比较文学与世界文学 研究丛书

主编 曹顺庆

初编 第 **22** 册

比较文学视阈下 30 年中国当代先锋小说作家创作研究（1989～2019）（上）

姬志海 著

花木兰文化事业有限公司

国家图书馆出版品预行编目资料

比较文学视阈下 30 年中国当代先锋小说作家创作研究（1989
～2019）（上）／姬志海 著 —— 初版 —— 新北市：花木兰文化
事业有限公司，2022〔民 111 〕
序 4+ 目 6+196 面；19×26 公分
（比较文学与世界文学研究丛书 初编 第 22 册）
ISBN 978-986-518-728-6（精装）
1.CST：中国小说 2.CST：比较文学 3.CST：文学评论
810.8   110022070

ISBN-978-986-518-728-6

9 789865 187286

比较文学与世界文学研究丛书
初编　第二二册　　　　　ISBN：978-986-518-728-6

比较文学视阈下 30 年中国当代
先锋小说作家创作研究（1989～2019）（上）

作　　　者 姬志海
主　　　编 曹顺庆
企　　　划 四川大学双一流学科暨比较文学研究基地
总 编 辑 杜洁祥
副总编辑 杨嘉乐
编辑主任 许郁翎
编　　　辑 张雅淋、潘玟静、刘子瑄　美术编辑 陈逸婷
出　　　版 花木兰文化事业有限公司
发 行 人 高小娟
联络地址 台湾 235 新北市中和区中安街七二号十三楼
　　　　　电话：02-2923-1455／传真：02-2923-1452
网　　　址 http://www.huamulan.tw 信箱 service@huamulans.com
印　　　刷 普罗文化出版广告事业
初　　　版 2022 年 3 月
定　　　价 初编 28 册（精装）台币 76,000 元　　　版权所有 请勿翻印

比较文学视阈下 30 年中国当代先锋小说作家创作研究（1989～2019）（上）

姬志海 著

作者简介

姬志海，山东青岛人。1973 年 12 月生于安徽亳州。南京大学文学博士，山东科技大学中文系教师。读博期间获日本笹川良一国际奖学金（一等）。近年来分别在《中国现代文学研究丛刊》《文艺争鸣》《文学理论前沿》《当代作家评论》《南方文坛》《小说评论》《当代文坛》《江汉论坛》《中南大学学报》（社会科学版）……等刊物发表学术论文近四十篇。文章被《中国人民大学复印报刊资料》《中外诗歌研究》《社会科学文摘》等媒体广泛转载。

提　　要

　　本书所研究的"先锋小说作家"，特指 20 世纪 80 年代中后期以来先后崛起于中国大陆文坛包括马原、莫言、扎西达娃、残雪、格非、孙甘露、苏童、余华、洪峰、北村、叶兆言、潘军和吕新等在内重在进行小说叙事革命、语言实验、生存探索的 13 位小说作家。本书共分为上、下两编。上编的"从模仿到创新：当代先锋小说作家的创作嬗变"共四章，是借镜比较文学的影响研究视阈从"合"的角度对三十多年以来中国当代先锋小说作家及其创作进行分类考察基础上的总体评述。旨在阐明：肇始于 1985 年前后的先锋小说创作，在八九十年代之交的 1989–1993 年期间的确经历了一个从创作意识到题材、主题，从人物塑造到叙事、语言美学形式的整体转型过渡。下编的"九十年代以来主要先锋小说作家的创作考量"同样包括四章，主要从作家作品论的"分"的角度，以残雪、余华、格非、北村、苏童、叶兆言以及莫言等七位作家为研究对象，在综述他们各自前期小说创作的研究基础上，重点对其在 1993 年以后到新世纪以来的创作进行追踪考量。

比较文学的中国路径

曹顺庆

自德国作家歌德提出"世界文学"观念以来，比较文学已经走过近二百年。比较文学研究也历经欧洲阶段、美洲阶段而至亚洲阶段，并在每一阶段都形成了独具特色学科理论体系、研究方法、研究范围及研究对象。中国比较文学研究面对东西文明之间不断加深的交流和碰撞现况，立足中国之本，辩证吸纳四方之学，而有了如今欣欣向荣之景象，这套丛书可以说是应运而生。本丛书尝试以开放性、包容性分批出版中国比较文学学者研究成果，以观中国比较文学学术脉络、学术理念、学术话语、学术目标之概貌。

一、百年比较文学争讼之端——比较文学的定义

什么是比较文学？常识告诉我们：比较文学就是文学比较。然而当今中国比较文学教学实际情况却并非完全如此。长期以来，中国学术界对"什么是比较文学？"却一直说不清，道不明。这一最基本的问题，几乎成为学术界纠缠不清、莫衷一是的陷阱，存在着各种不同的看法。其中一些看法严重误导了广大学生！如果不辨析这些严重误导了广大学生的观点，是不负责任、问心有愧的。恰如《文心雕龙·序志》说"岂好辩哉，不得已也"，因此我不得不辩。

其中一个极为容易误导学生的说法，就是"比较文学不是文学比较"。目前，一些教科书郑重其事地指出：比较文学不是文学比较。认为把"比较"与"文学"联系在一起，很容易被人们理解为用比较的方法进行文学研究的意思。并进一步强调，比较文学并不等于文学比较，并非任何运用比较方法来进行的比较研究都是比较文学。这种误导学生的说法几乎成为一个定论，

一个基本常识，其实，这个看法是不完全准确的。

让我们来看看一些具体例证，请注意，我列举的例证，对事不对人，因而不提及具体的人名与书名，请大家理解。在 Y 教授主编的教材中，专门设有一节以"比较文学不是文学比较"为题的内容，其中指出"比较文学界面临的最大的困惑就是把'比较文学'误读为'文学比较'"，在高等院校进行比较文学课程教学时需要重点强调"比较文学不是文学比较"。W 教授主编的教材也称"比较文学不是文学的比较"，因为"不是所有用比较的方法来研究文学现象的都是比较文学"。L 教授在其所著教材专门谈到"比较文学不等于文学比较"，因为，"比较"已经远远超出了一般方法论的意义，而具有了跨国家与民族、跨学科的学科性质，认为将比较文学等同于文学比较是以偏概全的。"J 教授在其主编的教材中指出，"比较文学并不等于文学比较"，并以美国学派雷马克的比较文学定义为根据，论证比较文学的"比较"是有前提的，只有在地域观念上跨越打通国家的界限，在学科领域上跨越打通文学与其他学科的界限，进行的比较研究才是比较文学。在 W 教授主编的教材中，作者认为，"若把比较文学精神看作比较精神的话，就是犯了望文生义的错误，一百余年来，比较文学这个名称是名不副实的。"

从列举的以上教材我们可以看出，首先，它们在当下都仍然坚持"比较文学不是文学比较"这一并不完全符合整个比较文学学科发展事实的观点。如果认为一百余年来，比较文学这个名称是名不副实的，所有的比较文学都不是文学比较，那是大错特错！其次，值得注意的是，这些教材在相关叙述中各自的侧重点还并不相同，存在着不同程度、不同方面的分歧。这样一来，错误的观点下多样的谬误解释，加剧了学习者对比较文学学科性质的错误把握，使得学习者对比较文学的理解愈发困惑，十分不利于比较文学方法论的学习、也不利于比较文学学科的传承和发展。当今中国比较文学教材之所以普遍出现以上强作解释，不完全准确的教科书观点，根本原因还是没有仔细研究比较文学学科不同阶段之史实，甚至是根本不清楚比较文学不同阶段的学科史实的体现。

实际上，早期的比较文学"名"与"实"的确不相符合，这主要是指法国学派的学科理论，但是并不包括以后的美国学派及中国学派的学科理论，如果把所有阶段的学科理论一锅煮，是不妥当的。下面，我们就从比较文学学科发展的史实来论证这个问题。"比较文学不是文学比较""comparative literature is not literary comparison"，只是法国学派提出的比较文学口号，只是法国学派一派的主张，而不是整个比较文学学科的基本特征。我们不能够把这个阶段性的比较文学口号扩大化，甚至让其突破时空，用于描述比较文学所有的阶段和学派，更不能够使其"放之四海而皆准"。

法国学派提出"比较文学不是文学比较"，这个"比较"（comparison）是他们坚决反对的！为什么呢，因为他们要的不是文学"比较"（literary comparison），而是文学"关系"（literary relationship），具体而言，他们主张比较文学是实证的国际文学关系，是不同国家文学的影响关系，influences of different literatures，而不是文学比较。

法国学派为什么要反对"比较"（comparison），这与比较文学第一次危机密切相关。比较文学刚刚在欧洲兴起时，难免泥沙俱下，乱比的情形不断出现，暴露了多种隐患和弊端，于是，其合法性遭到了学者们的质疑：究竟比较文学的科学性何在？意大利著名美学大师克罗齐认为，"比较"（comparison）是各个学科都可以应用的方法，所以，"比较"不能成为独立学科的基石。学术界对于比较文学公然的质疑与挑战，引起了欧洲比较文学学者的震撼，到底比较文学如何"比较"才能够避免"乱比"？如何才是科学的比较？

难能可贵的是，法国学者对于比较文学学科的科学性进行了深刻的的反思和探索，并提出了具体的应对的方法：法国学派采取壮士断臂的方式，砍掉"比较"（comparison），提出比较文学不是文学比较（comparative literature is not literary comparison），或者说砍掉了没有影响关系的平行比较，总结出了只注重文学关系（literary relationship）的影响（influences）研究方法论。法国学派的创建者之一基亚指出，比较文学并不是比较。比较不过是一门名字没取好的学科所运用的一种方法……企图对它的性质下一个严格的定义可能是徒劳的。基亚认为：比较文学不是平行比较，而仅仅是文学关系史。以"文学关系"为比较文学研究的正宗。为什么法国学派要反对比较？或者说为什么法国学派要提出"比较文学不是文学比较"，因为法国学派认为"比较"（comparison）实际上是乱比的根源，或者说"比较"是没有可比性的。正如巴登斯佩哲指出："仅仅对两个不同的对象同时看上一眼就作比较，仅仅靠记忆和印象的拼凑，靠一些主观臆想把可能游移不定的东西扯在一起来找点类似点，这样的比较决不可能产生论证的明晰性"。所以必须抛弃"比较"。只承认基于科学的历史实证主义之上的文学影响关系研究（based on scientificity and positivism and literary influences.）。法国学派的代表学者卡雷指出：比较文学是实证性的关系研究："比较文学是文学史的一个分支：它研究拜伦与普希金、歌德与卡莱尔、瓦尔特·司各特与维尼之间，在属于一种以上文学背景的不同作品、不同构思以及不同作家的生平之间所曾存在过的跨国度的精神交往与实际联系。"正因为法国学者善于独辟蹊径，敢于提出"比较文学不是文学比较"，甚至完全抛弃比较（comparison），以防止"乱比"，才形成了一套建立在"科学"实证性为基础的、以影响关系为特征的"不比较"的比较文学学科理论体系，这终于挡住了克罗齐等人对比较文学"乱比"的批判，形成了以"科学"实证为特征的文学影响关系研究，确立了法国学派的学科理论和一整套方法论体系。当然，法国学派悍然砍掉比较研究，又不放弃"比较文学"这个名称，于是不可避免地出现了比较文学名不副实的尴尬现象，出现了打着比较文学名号，而又不比较的法国学派学科理论，这才是问题的关键。

当然，法国学派提出"比较文学不是文学比较"，只注重实证关系而不注重文学比较和文学审美，必然会引起比较文学的危机。这一危机终于由美国著名比较文学家韦勒克（René Wellek）在 1958 年国际比较文学协会第二次大会上明确揭示出来了。在这届年会上，韦勒克作了题为《比较文学的危机》的挑战性发言，对"不比较"的法国学派进行了猛烈批判，宣告了倡导平行比较和注重文学审美的比较文学美国学派的诞生。韦勒克作了题为《比较文学的危机》的挑战性发言，对当时一统天下的法国学派进行了猛烈批判，宣告了比较文学美国学派的诞生。韦勒克说："我认为，内容和方法之间的人为界线，渊源和影响的机械主义概念，以及尽管是十分慷慨的但仍属文化民族主义的动机，是比较文学研究中持久危机的症状。"韦勒克指出："比较也不能仅仅局限在历史上的事实联系中，正如最近语言学家的经验向文学研究者表明的那样，比较的价值既存在于事实联系的影响研究中，也存在于毫无历史关系的语言现象或类型的平等对比中。"很明显，韦勒克提出了比较文学就是要比较（comparison），就是要恢复巴登斯佩哲所讽刺和抛弃的"找点类似点"的平行比较研究。美国著名比较文学家雷马克（Henry Remak）在他的著名论文《比较文学的定义与功用》中深刻地分析了法国学派为什么放弃"比较"（comparison）的原因和本质。他分析说："法国比较文学否定'纯粹'的比较（comparison），它忠实于十九世纪实证主义学术研究的传统，即实证主义所坚持并热切期望的文学研究的'科学性'。按照这种观点，纯粹的类比不会得出任何结论，尤其是不能得出有更大意义的、系统的、概括性的结论。……既然值得尊重的科学必须致力于因果关系的探索，而比较文学必须具有科学性，因此，比较文学应该研究因果关系，即影响、交流、变更等。"雷马克进一步尖锐地指出，"比较文学"不是"影响文学"。只讲影响不要比较的"比较文学"，当然是名不副实的。显然，法国学派抛弃了"比较"（comparison），但是仍然带着一顶"比较文学"的帽子，才造成了比较文学"名"与"实"不相符合，造成比较文学不比较的尴尬，这才是问题的关键。

美国学派最大的贡献，是恢复了被法国学派所抛弃的比较文学应有的本义——"比较"（The American school went back to the original sense of comparative literature ——"comparison"），美国学派提出了标志其学派学科理论体系的平行比较和跨学科比较："比较文学是一国文学与另一国或多国文学的比较，是文学与人类其他表现领域的比较。"显然，自从美国学派倡导比较文学应当比较（comparison）以后，比较文学就不再有名与实不相符合的问题了，我们就不应当再继续笼统地说"比较文学不是文学比较"了，不应当再以"比较文学不是文学比较"来误导学生！更不可以说"一百余年来，比较文学这个名称是名不副实的。"不能够将雷马克的观点也强行解释为"比较文学不是比较"。因为在美国学派看来，比较文学就是要比较（comparison）。比较文学就是要恢复被巴登斯佩哲所讽刺和抛弃的"找点类似点"的平行比较研究。因为平行研究的可比性，正是类同性。正如韦勒克所说，"比较的价值既存在于事实联系的影响研究中，也存在于毫无历史关系的语言现象或类型的平等对比中。"恢复平行比较研究、跨学科研究，形成了以"找点类似点"的平行研究和跨学科研究为特征的比较文学美国学派学科理论和方法论体系。美国学派的学科理论以"类型学"、"比较诗学"、"跨学科比较"为主，并拓展原属于影响研究的"主题学"、"文类学"等领域，大大扩展比较文学研究领域。

二、比较文学的三个阶段

下面，我们从比较文学的三个学科理论阶段，进一步剖析比较文学不同阶段的学科理论特征。现代意义上的比较文学学科发展以"跨越"与"沟通"为目标，形成了类似"层叠"式、"涟漪"式的发展模式，经历了三个重要的学科理论阶段，即：

一、欧洲阶段，比较文学的成形期；二、美洲阶段，比较文学的转型期；三、亚洲阶段，比较文学的拓展期。我们将比较文学三个阶段的发展称之为"涟漪式"结构，实际上是揭示了比较文学学科理论的继承与创新的辩证关系：比较文学学科理论的发展，不是以新的理论否定和取代先前的理论，而是层叠式、累进式地形成"涟漪"式的包容性发展模式，逐步积累推进。比较文学学科理论发展呈现为层叠式、"涟漪"式、包容式的发展模式。我们把这个模式描绘如下：

法国学派主张比较文学是国际文学关系，是不同国家文学的影响关系。形成学科理论第一圈层：比较文学——影响研究；美国学派主张恢复平行比较，形成学科理论第二圈层：比较文学——影响研究＋平行研究＋跨学科研究；中国学派提出跨文明研究和变异研究，形成学科理论第三圈层：比较文学——影响研究＋平行研究＋跨学科研究＋跨文明研究＋变异研究。这三个圈层并不互相排斥和否定，而是继承和包容。我们将比较文学三个阶段的发展称之为层叠式、"涟漪"式、包容式结构，实际上是揭示了比较文学学科理论的继承与创新的辩证关系。

法国学派提出，可比性的第一个立足点是同源性，由关系构成的同源性。同源性主要是针对影响关系研究而言的。法国学派将同源性视作可比性的核心，认为影响研究的可比性是同源性。所谓同源性，指的是通过对不同国家、不同民族和不同语言的文学的文学关系研究，寻求一种有事实联系的同源关系，这种影响的同源关系可以通过直接、具体的材料得以证实。同源性往往建立在一条可追溯关系的三点一线的"影响路线"之上，这条路线由发送者、接受者和传递者三部分构成。如果没有相同的源流，也就不可能有影响关系，也就谈不上可比性，这就是"同源性"。以渊源学、流传学和媒介学作为研究的中心，依靠具体的事实材料在国别文学之间寻求主题、题材、文体、原型、思想渊源等方面的同源影响关系。注重事实性的关联和渊源性的影响，并采用严谨的实证方法，重视对史料的搜集和求证，具有重要的学术价值与学术意义，仍然具有广阔的研究前景。渊源学的例子：杨宪益，《西方十四行诗的渊源》。

比较文学学科理论的第二阶段在美洲，第二阶段是比较文学学科理论的转型期。从 20 世纪 60 年代以来，比较文学研究的主要阵地逐渐从法国转向美国，平行研究的可比性是什么？是类同性。类同性是指是没有文学影响关系的不同国家文学所表现出的相似和契合之处。以类同性为基本立足点的平行研究与影响研究一样都是超出国界的文学研究，但它不涉及影响关系研究的放送、流传、媒介等问题。平行研究强调不同国家的作家、作品、文学现象的类同比较，比较结果是总结出于文学作品的美学价值及文学发展具有规律性的东西。其比较必须具有可比性，这个可比性就是类同性。研究文学中类同的：风格、结构、内容、形式、流派、情节、技巧、手法、情调、形象、主题、文类、文学思潮、文学理论、文学规律。例如钱钟书《通感》认为，中国诗文有一种描写手法，古代批评家和修辞学家似乎都没有拈出。宋祁《玉楼春》词有句名句："红杏枝头春意闹。"这与西方的通感描写手法可以比较。

比较文学的又一次危机：比较文学的死亡

九十年代，欧美学者提出，比较文学作为一门学科已经死亡！最早是英国学者苏珊·巴斯奈特 1993 年她在《比较文学》一书中提出了比较文学的死亡论，认为比较文学作为一门学科，在某种意义上已经死亡。尔后，美国学者斯皮瓦克写了一部比较文学专著，书名就叫《一个学科的死亡》。为什么比较文学会死亡，斯皮瓦克的书中并没有明确回答！为什么西方学者会提出比较文学死亡论？全世界比较文学界都十分困惑。我们认为，20 世纪 90 年代以来，欧美比较文学继"理论热"之后，又出现了大规模的"文化转向"。脱离了比较文学的基本立场。首先是不比较，即不讲比较文学的可比性问题。西方比较文学研究充斥大量的 Culture Studies（文化研究），已经不考虑比较的合理性，不考虑比较文学的可比性问题。第二是不文学，即不关心文学问题。西方学者热衷于文化研究，关注的已经不是文学性，而是精神分析、政治、性别、阶级、结构等等。最根本的原因，是比较文学学科长期囿于西方中心论，有意无意地回避东西方不同文明文学的比较问题，基本上忽略了学科理论的新生长点，比较文学学科理论缺乏创新，严重忽略了比较文学的差异性和变异性。

要克服比较文学的又一次危机，就必须打破西方中心论，克服比较文学学科理论一味求同的比较文学学科理论模式，提出适应当今全球化比较文学研究的新话语。中国学派，正是在此次危机中，提出了比较文学变异学研究，总结出了新的学科理论话语和一套新的方法论。

中国大陆第一部比较文学概论性著作是卢康华、孙景尧所著《比较文学导论》，该书指出："什么是比较文学？现在我们可以借用我国学者季羡林先生的解释来回答了：'顾名思义，比较文学就是把不同国家的文学拿出来比较，这可以说是狭义的比较文学。广义的比较文学是把文学同其他学科来比较，包括人文科学和社会科学'。"[1]这个定义可以说是美国雷马克定义的翻版。不过，该书又接着指出："我们认为最精炼易记的还是我国学者钱钟书先生的说法：'比较文学作为一门专门学科，则专指跨越国界和语言界限的文学比较'。更具体地说，就是把不同国家不同语言的文学现象放在一起进行比较，研究他们在文艺理论、文学思潮，具体作家、作品之间的互相影响。"[2]这个定义似乎更接近法国学派的定义，没有强调平行比较与跨学科比较。紧接该书之后的教材是陈挺的《比较文学简编》，该书仍旧以"广义"与"狭义"来解释比较文学的定义，指出："我们认为，通常说的比较文学是狭义的，即指超越国家、民族和语言界限的文学研究……广义的比较文学还可以包括文学与其他艺术（音乐、绘画等）与其他意识形态（历史、哲学、政治、宗教等）之间的相互关系的研究。"[3]中国比较文学早期对于比较文学的定义中凸显了很强的不确定性。

由乐黛云主编，高等教育出版社 1988 年的《中西比较文学教程》，则对比较文学定义有了较为深入的认识，该书在详细考查了中外不同的定义之后，该书指出："比较文学不应受到语言、民族、国家、学科等限制，而要走向一种开放性，力图寻求世界文学发展的共同规律。"[4]"世界文学"概念的纳入极大拓宽了比较文学的内涵，为"跨文化"定义特征的提出做好了铺垫。

随着时间的推移，学界的认识逐步深化。1997 年，陈惇、孙景尧、谢天振主编的《比较文学》提出了自己的定义："把比较文学看作跨民族、跨语言、跨文化、跨学科的文学研究，更符合比较文学的实质，更能反映现阶段人们对于比较文学的认识。"[5]2000 年北京师范大学出版社出版了《比较文学概论》修订本，提出："什么是比较文学呢？比较文学是一种开放式的文学研究，它具有宏观的视野和国际的角度，以跨民族、跨语言、跨文化、跨学科界限的各种文学关系为研究对象，在理论和方法上，具有比较的自觉意识和兼容并包的特色。"[6]这是我们目前所看到的国内较有特色的一个定义。

1 卢康华、孙景尧著《比较文学导论》，黑龙江人民出版社 1984，第 15 页。
2 卢康华、孙景尧著《比较文学导论》，黑龙江人民出版社 1984 年版。
3 陈挺《比较文学简编》，华东师范大学出版社 1986 年版。
4 乐黛云主编《中西比较文学教程》，高等教育出版社 1988 年版。
5 陈惇、孙景尧、谢天振主编《比较文学》，高等教育出版社 1997 年版。
6 陈惇、刘象愚《比较文学概论》，北京师范大学出版社 2000 年版。

具有代表性的比较文学定义是 2002 年出版的杨乃乔主编的《比较文学概论》一书，该书的定义如下："比较文学是以跨民族、跨语言、跨文化与跨学科为比较视域而展开的研究，在学科的成立上以研究主体的比较视域为安身立命的本体，因此强调研究主体的定位，同时比较文学把学科的研究客体定位于民族文学之间与文学及其他学科之间的三种关系：材料事实关系、美学价值关系与学科交叉关系，并在开放与多元的文学研究中追寻体系化的汇通。"[7]方汉文则认为："比较文学作为文学研究的一个分支学科，它以理解不同文化体系和不同学科间的同一性和差异性的辩证思维为主导，对那些跨越了民族、语言、文化体系和学科界限的文学现象进行比较研究，以寻求人类文学发生和发展的相似性和规律性。"[8]由此而引申出的"跨文化"成为中国比较文学学者对于比较文学定义所做出的历史性贡献。

我在《比较文学教程》中对比较文学定义表述如下："比较文学是以世界性眼光和胸怀来从事不同国家、不同文明和不同学科之间的跨越式文学比较研究。它主要研究各种跨越中文学的同源性、变异性、类同性、异质性和互补性，以影响研究、变异研究、平行研究、跨学科研究、总体文学研究为基本方法论，其目的在于以世界性眼光来总结文学规律和文学特性，加强世界文学的相互了解与整合，推动世界文学的发展。"[9]在这一定义中，我再次重申"跨国""跨学科""跨文明"三大特征，以"变异性""异质性"突破东西文明之间的"第三堵墙"。

"首在审己，亦必知人"。中国比较文学学者在前人定义的不断论争中反观自身，立足中国经验、学术传统，以中国学者之言为比较文学的危机处境贡献学科转机之道。

三、两岸共建比较文学话语——比较文学中国学派

中国学者对于比较文学定义的不断明确也促成了"比较文学中国学派"的生发。得益于两岸几代学者的垦拓耕耘，这一议题成为近五十年来中国比较文学发展中竖起的最鲜明、最具争议性的一杆大旗，同时也是中国比较文学学科理论研究最有创新性，最亮丽的一道风景线。

---

7 杨乃乔主编《比较文学概论》，北京大学出版社 2002 年版。
8 方汉文《比较文学基本原理》，苏州大学出版社 2002 年版。
9 曹顺庆《比较文学教程》，高等教育出版社 2006 年版。

比较文学"中国学派"这一概念所蕴含的理论的自觉意识最早出现的时间大约是 20 世纪 70 年代。当时的台湾由于派出学生留洋学习，接触到大量的比较文学学术动态，率先掀起了中外文学比较的热潮。1971 年 7 月在台湾淡江大学召开的第一届"国际比较文学会议"上，朱立元、颜元叔、叶维廉、胡辉恒等学者在会议期间提出了比较文学的"中国学派"这一学术构想。同时，李达三、陈鹏翔（陈慧桦）、古添洪等致力于比较文学中国学派早期的理论催生。如 1976 年，古添洪、陈慧桦出版了台湾比较文学论文集《比较文学的垦拓在台湾》。编者在该书的序言中明确提出："我们不妨大胆宣言说，这援用西方文学理论与方法并加以考验、调整以用之于中国文学的研究，是比较文学中的中国派"[10]。这是关于比较文学中国学派较早的说明性文字，尽管其中提到的研究方法过于强调西方理论的普世性，而遭到美国和中国大陆比较文学学者的批评和否定；但这毕竟是第一次从定义和研究方法上对中国学派的本质进行了系统论述，具有开拓和启明的作用。后来，陈鹏翔又在台湾《中外文学》杂志上连续发表相关文章，对自己提出的观点作了进一步的阐释和补充。

在"中国学派"刚刚起步之际，美国学者李达三起到了启蒙、催生的作用。李达三于 60 年代来华在台湾任教，为中国比较文学培养了一批朝气蓬勃的生力军。1977 年 10 月，李达三在《中外文学》6 卷 5 期上发表了一篇宣言式的文章《比较文学中国学派》，宣告了比较文学的中国学派的建立，并认为比较文学中国学派旨在"与比较文学中早已定于一尊的西方思想模式分庭抗礼。由于这些观念是源自对中国文学及比较文学有兴趣的学者，我们就将含有这些观念的学者统称为比较文学的'中国'学派。"并指出中国学派的三个目标：1、在自己本国的文学中，无论是理论方面或实践方面，找出特具"民族性"的东西，加以发扬光大，以充实世界文学；2、推展非西方国家"地区性"的文学运动，同时认为西方文学仅是众多文学表达方式之一而已；3、做一个非西方国家的发言人，同时并不自诩能代表所有其他非西方的国家。李达三后来又撰文对比较文学研究状况进行了分析研究，积极推动中国学派的理论建设。[11]

继中国台湾学者垦拓之功，在 20 世纪 70 年代末复苏的大陆比较文学研

---

10 古添洪、陈慧桦《比较文学的垦拓在台湾》，台湾东大图书公司 1976 年版。
11 李达三《比较文学研究之新方向》，台湾联经事业出版公司 1978 年版。

究亦积极参与了"比较文学中国学派"的理论建设和学科建设。

季羡林先生 1982 年在《比较文学译文集》的序言中指出："以我们东方文学基础之雄厚，历史之悠久，我们中国文学在其中更占有独特的地位，只要我们肯努力学习，认真钻研，比较文学中国学派必然能建立起来，而且日益发扬光大"[12]。1983 年 6 月，在天津召开的新中国第一次比较文学学术会议上，朱维之先生作了题为《比较文学中国学派的回顾与展望》的报告，在报告中他旗帜鲜明地说："比较文学中国学派的形成（不是建立）已经有了长远的源流，前人已经做出了很多成绩，颇具特色，而且兼有法、美、苏学派的特点。因此，中国学派绝不是欧美学派的尾巴或补充"[13]。1984 年，卢康华、孙景尧在《比较文学导论》中对如何建立比较文学中国学派提出了自己的看法，认为应当以马克思主义作为自己的理论基础，以我国的优秀传统与民族特色为立足点与出发点，汲取古今中外一切有用的营养，去努力发展中国的比较文学研究。同年在《中国比较文学》创刊号上，朱维之、方重、唐弢、杨周翰等人认为中国的比较文学研究应该保持不同于西方的民族特点和独立风貌。1985 年，黄宝生发表《建立比较文学的中国学派：读〈中国比较文学〉创刊号》，认为《中国比较文学》创刊号上多篇讨论比较文学中国学派的论文标志着大陆对比较文学中国学派的探讨进入了实际操作阶段。[14]1988 年，远浩一提出"比较文学是跨文化的文学研究"（载《中国比较文学》1988 年第 3 期）。这是对比较文学中国学派在理论特征和方法论体系上的一次前瞻。同年，杨周翰先生发表题为"比较文学：界定'中国学派'，危机与前提"（载《中国比较文学通讯》1988 年第 2 期），认为东方文学之间的比较研究应当成为"中国学派"的特色。这不仅打破比较文学中的欧洲中心论，而且也是东方比较学者责无旁贷的任务。此外，国内少数民族文学的比较研究，也应该成为"中国学派"的一个组成部分。所以，杨先生认为比较文学中的大量问题和学派问题并不矛盾，相反有助于理论的讨论。1990 年，远浩一发表"关于'中国学派'"（载《中国比较文学》1990 年第 1 期），进一步推进了"中国学派"的研究。此后直到 20 世纪 90 年代末，中国学者就比较文学中国学派的建立、理论与方法以及相应的学科理论等诸多问题进行了积极而富有成效的探讨。

---

12 张隆溪《比较文学译文集》，北京大学出版社 1984 年版。
13 朱维之《比较文学论文集》，南开大学出版社 1984 年版。
14 参见《世界文学》1985 年第 5 期。

刘介民、远浩一、孙景尧、谢天振、陈淳、刘象愚、杜卫等人都对这些问题付出过不少努力。《暨南学报》1991 年第 3 期发表了一组笔谈，大家就这个问题提出了意见，认为必须打破比较文学研究中长期存在的法美研究模式，建立比较文学中国学派的任务已经迫在眉睫。王富仁在《学术月刊》1991 年第 4 期上发表"论比较文学的中国学派问题"，论述中国学派兴起的必然性。而后，以谢天振等学者为代表的比较文学研究界展开了对"X+Y"模式的批判。比较文学在大陆复兴之后，一些研究者采取了"X+Y"式的比附研究的模式，在发现了"惊人的相似"之后便万事大吉，而不注意中西巨大的文化差异性，成为了浅度的比附性研究。这种情况的出现，不仅是中国学者对比较文学的理解上出了问题，也是由于法美学派研究理论中长期存在的研究模式的影响，一些学者并没有深思中国与西方文学背后巨大的文明差异性，因而形成"X+Y"的研究模式，这更促使一些学者思考比较文学中国学派的问题。

经过学者们的共同努力，比较文学中国学派一些初步的特征和方法论体系逐渐凸显出来。1995 年，我在《中国比较文学》第 1 期上发表《比较文学中国学派基本理论特征及其方法论体系初探》一文，对比较文学在中国复兴十余年来的发展成果作了总结，并在此基础上总结出中国学派的理论特征和方法论体系，对比较文学中国学派作了全方位的阐述。继该文之后，我又发表了《跨越第三堵'墙'创建比较文学中国学派理论体系》等系列论文，论述了以跨文化研究为核心的"中国学派"的基本理论特征及其方法论体系。这些学术论文发表之后在国内外比较文学界引起了较大的反响。台湾著名比较文学学者古添洪认为该文"体大思精，可谓已综合了台湾与大陆两地比较文学中国学派的策略与指归，实可作为'中国学派'在大陆再出发与实践的蓝图"[15]。

在我撰文提出比较文学中国学派的基本特征及方法论体系之后，关于中国学派的论争热潮日益高涨。反对者如前国际比较文学学会会长佛克马（Douwe Fokkema）1987 年在中国比较文学学会第二届学术讨论会上就从所谓的国际观点出发对比较文学中国学派的合法性提出了质疑，并坚定地反对建立比较文学中国学派。来自国际的观点并没有让中国学者失去建立比较文学中国学派的热忱。很快中国学者智量先生就在《文艺理论研究》1988 年第

---

15 古添洪《中国学派与台湾比较文学界的当前走向》，参见黄维梁编《中国比较文学理论的垦拓》167 页，北京大学出版社 1998 年版。

1 期上发表题为《比较文学在中国》一文，文中援引中国比较文学研究取得的成就，为中国学派辩护，认为中国比较文学研究成绩和特色显著，尤其在研究方法上足以与比较文学研究历史上的其他学派相提并论，建立中国学派只会是一个有益的举动。1991 年，孙景尧先生在《文学评论》第 2 期上发表《为"中国学派"一辩》，孙先生认为佛克马所谓的国际主义观点实质上是"欧洲中心主义"的观点，而"中国学派"的提出，正是为了清除东西方文学与比较文学学科史中形成的"欧洲中心主义"。在 1993 年美国印第安纳大学举行的全美比较文学会议上，李达三仍然坚定地认为建立中国学派是有益的。二十年之后，佛克马教授修正了自己的看法，在 2007 年 4 月的"跨文明对话——国际学术研讨会（成都）"上，佛克马教授公开表示欣赏建立比较文学中国学派的想法[16]。即使学派争议一派繁荣景象，但最终仍旧需要落点于学术创见与成果之上。

比较文学变异学便是中国学派的一个重要理论创获。2005 年，我正式在《比较文学学》[17]中提出比较文学变异学，提出比较文学研究应该从"求同"思维中走出来，从"变异"的角度出发，拓宽比较文学的研究。通过前述的法、美学派学科理论的梳理，我们也可以发现前期比较文学学科是缺乏"变异性"研究的。我便从建构中国比较文学学科理论话语体系入手，立足《周易》的"变异"思想，建构起"比较文学变异学"新话语，力图以中国学者的视角为全世界比较文学学科理论提供一个新视角、新方法和新理论。

比较文学变异学的提出根植于中国哲学的深层内涵，如《周易》之"易之三名"所构建的"变易、简易、不易"三位一体的思辨意蕴与意义生成系统。具体而言，"变易"乃四时更替、五行运转、气象畅通、生生不息；"不易"乃天上地下、君南臣北、纲举目张、尊卑有位；"简易"则是乾以易知、坤以简能、易则易知、简则易从。显然，在这个意义结构系统中，变易强调"变"，不易强调"不变"，简易强调变与不变之间的基本关联。万物有所变，有所不变，且变与不变之间存在简单易从之规律，这是一种思辨式的变异模式，这种变异思维的理论特征就是：天人合一、物我不分、对立转化、整体关联。这是中国古代哲学最重要的认识论，也是与西方哲学所不同的"变异"思想。

---

16 见《比较文学报》2007 年 5 月 30 日，总第 43 期。
17 曹顺庆《比较文学学》，四川大学出版社 2005 年版。

由哲学思想衍生于学科理论，比较文学变异学是"指对不同国家、不同文明的文学现象在影响交流中呈现出的变异状态的研究，以及对不同国家、不同文明的文学相互阐发中出现的变异状态的研究。通过研究文学现象在影响交流以及相互阐发中呈现的变异，探究比较文学变异的规律。"[18]变异学理论的重点在求"异"的可比性，研究范围包含跨国变异研究、跨语际变异研究、跨文化变异研究、跨文明变异研究、文学的他国化研究等方面。比较文学变异学所发现的文化创新规律、文学创新路径是基于中国所特有的术语、概念和言说体系之上探索出的"中国话语"，作为比较文学第三阶段中国学派的代表性理论已经受到了国际学界的广泛关注与高度评价，中国学术话语产生了世界性影响。

四、国际视野中的中国比较文学

文明之墙让中国比较文学学者所提出的标识性概念获得国际视野的接纳、理解、认同以及运用，经历了跨语言、跨文化、跨文明的多重关卡，国际视野下的中国比较文学书写亦经历了一个从"遍寻无迹""只言片语"而"专篇专论"，从最初的"话语乌托邦"至"阶段性贡献"的过程。

二十世纪六十年代以来港台学者致力于从课程教学、学术平台、人才培养，国内外学术合作等方面巩固比较文学这一新兴学科的建立基石，如淡江文理学院英文系开设的"比较文学"（1966），香港大学开设的"中西文学关系"（1966）等课程；台湾大学外文系主编出版之《中外文学》月刊、淡江大学出版之《淡江评论》季刊等比较文学研究专刊；后又有台湾比较文学学会（1973 年）、香港比较文学学会（1978）的成立。在这一系列的学术环境构建下，学者前贤以"中国学派"为中国比较文学话语核心在国际比较文学学科理论、方法论中持续探讨，率先启声。例如李达三在 1980 年香港举办的东西方比较文学学术研讨会成果中选取了七篇代表性文章，以 *Chinese-Western Comparative Literature: Theory and Strategy* 为题集结出版，[19]并在其结语中附上那篇"中国学派"宣言文章以申明中国比较文学建立之必要。

学科开山之际，艰难险阻之巨难以想象，但从国际学者相关言论中可见西方对于中国比较文学学科的发展抱有的希望渺小。厄尔·迈纳（Earl Miner）

---

18 曹顺庆主编《比较文学概论》，高等教育出版社 2015 年版。

19 *Chinese-Western Comparative Literature：Theory & Strategy*，Chinese Univ Pr.1980-6

在 1987 年发表的 *Some Theoretical and Methodological Topics for Comparative Literature* 一文中谈到当时西方的比较文学鲜有学者试图将非西方材料纳入西方的比较文学研究中。（until recently there has been little effort to incorporate non-Western evidence into Western com- parative study.）1992 年，斯坦福大学教授 David Palumbo-Liu 直接以《话语的乌托邦：论中国比较文学的不可能性》为题（*The Utopias of Discourse: On the Impossibility of Chinese Comparative Literature*）直言中国比较文学本质上是一项"乌托邦"工程。（My main goal will be to show how and why the task of Chinese comparative literature, particularly of pre-modern literature, is essentially a *utopian* project.）这些对于中国比较文学的诘难与质疑，今美国加州大学圣地亚哥分校文学系主任张英进教授在其 1998 编著的 *China in a polycentric world: essays in Chinese comparative literature* 前言中也不得不承认中国比较文学研究在国际学术界中仍然处于边缘地位（The fact is, however, that Chinese comparative literature remained marginal in academia, even though it has developed closely with the rest of literary studies in the United Stated and even though China has gained increasing importance in the geopolitical world order over the past decades.）。[20]但张英进教授也展望了下一个千年中国比较文学研究的蓝景。

新的千年新的气象，"世界文学""全球化"等概念的冲击下，让西方学者开始注意到东方，注意到中国。如普渡大学教授斯蒂文·托托西（Tötösy de Zepetnek, Steven）1999 年发长文 *From Comparative Literature Today Toward Comparative Cultural Studies* 阐明比较文学研究更应该注重文化的全球性、多元性、平等性而杜绝等级划分的参与。托托西教授注意到了在法德美所谓传统的比较文学研究重镇之外，例如中国、日本、巴西、阿根廷、墨西哥、西班牙、葡萄牙、意大利、希腊等地区，比较文学学科得到了出乎意料的发展（emerging and developing strongly）。在这篇文章中，托托西教授列举了世界各地比较文学研究成果的著作，其中中国地区便是北京大学乐黛云先生出版的代表作品。托托西教授精通多国语言，研究视野也常具跨越性，新世纪以来也致力于以跨越性的视野关注世界各地比较文学研究的动向。[21]

---

20 Moran T . Yingjin Zhang, Ed. China in a Polycentric World: Essays in Chinese Comparative Literature[J].现代中文文学学报,2000,4(1):161-165.

21 Tötösy de Zepetnek, Steven. "From Comparative Literature Today Toward Comparative Cultural Studies." CLCWeb: Comparative Literature and Culture 1.3 (1999):

　　以上这些国际上不同学者的声音一则质疑中国比较文学建设的可能性，一则观望着这一学科在非西方国家的复兴样态。争议的声音不仅在国际学界，国内学界对于这一新兴学科的全局框架中涉及的理论、方法以及学科本身的立足点，例如前文所说的比较文学的定义，中国学派等等都处于持久论辩的漩涡。我们也通晓如果一直处于争议的漩涡中，便会被漩涡所吞噬，只有将论辩化为成果，才能转漩涡为涟漪，一圈一圈向外辐射，国际学人也在等待中国学者自己的声音。

　　上海交通大学王宁教授作为中国比较文学学者的国际发声者自 20 世纪末至今已撰文百余篇，他直言，全球化给西方学者带来了学科死亡论，但是中国比较文学必将在这全球化语境中更为兴盛，中国的比较文学学者一定会对国际文学研究做出更大的贡献。新世纪以来中国学者也不断地将自身的学科思考成果呈现在世界之前。2000 年，北京大学周小仪教授发文（*Comparative Literature in China*）[22]率先从学科史角度构建了中国比较文学在两个时期（20 世纪 20 年代至 50 年代，70 年代至 90 年代）的发展概貌，此文关于中国比较文学的复兴崛起是源自中国文学现代性的产生这一观点对美国芝加哥大学教授苏源熙（Haun Saussy）影响较深。苏源熙在 2006 年的专著 *Comparative Literature in an Age of Globalization* 中对于中国比较文学的讨论篇幅极少，其中心便是重申比较文学与中国文学现代性的联系。这篇文章也被哈佛大学教授大卫·达姆罗什（David Damrosch）收录于《普林斯顿比较文学资料手册》（*The Princeton Sourcebook in Comparative Literature*，2009[23]）。类似的学科史介绍在英语世界与法语世界都接续出现，以上大致反映了中国学者对于中国比较文学研究的大概描述在西学界的接受情况。学科史的构架对于国际学术对中国比较文学发展脉络的把握很有必要，但是在此基础上的学科理论实践才是关系于中国比较文学学科国际性发展的根本方向。

　　我在 20 世纪 80 年代以来 40 余年间便一直思考比较文学研究的理论构建问题，从以西方理论阐释中国文学而造成的中国文艺理论"失语症"思考

---

22 Zhou, Xiaoyi and Q.S. Tong, "Comparative Literature in China", Comparative Literature and Comparative Cultural Studies, ed., Totosy de Zepetnek, West Lafayette, Indiana: Purdue University Press, 2003, 268-283.

23 Damrosch, David (EDT)*The Princeton Sourcebook in Comparative Literature*: Princeton University Press

属于中国比较文学自身的学科方法论，从跨异质文化中产生的"文学误读""文化过滤""文学他国化"提出"比较文学变异学"理论。历经 10 年的不断思考，2013 年，我的英文著作：The Variation Theory of Comparative Literature（《比较文学变异学》），由全球著名的出版社之一斯普林格（Springer）出版社出版，并在美国纽约、英国伦敦、德国海德堡出版同时发行。The Variation Theory of Comparative Literature（《比较文学变异学》）系统地梳理了比较文学法国学派与美国学派研究范式的特点及局限，首次以全球通用的英语语言提出了中国比较文学学科理论新话语："比较文学变异学"。这一新概念、新范畴和新表述，引导国际学术界展开了对变异学的专刊研究（如普渡大学创办刊物《比较文学与文化》2017 年 19 期）和讨论。

欧洲科学院院士、西班牙圣地亚哥联合大学让·莫内讲席教授、比较文学系教授塞萨尔·多明戈斯教授（Cesar Dominguez），及美国科学院院士、芝加哥大学比较文学教授苏源熙（Haun Saussy）等学者合著的比较文学专著（Introducing Comparative literature: New Trends and Applications[24]）高度评价了比较文学变异学。苏源熙引用了《比较文学变异学》（英文版）中的部分内容，阐明比较文学变异学是十分重要的成果。与比较文学法国学派和美国学派形成对比，曹顺庆教授倡导第三阶段理论，即，新奇的、科学的中国学派的模式，以及具有中国学派本身的研究方法的理论创新与中国学派"（《比较文学变异学》（英文版）第 43 页）。通过对"中西文化异质性的"跨文明研究"，曹顺庆教授的看法会更进一步的发展与进步（《比较文学变异学》（英文版）第 43 页），这对于中国文学理论的转化和西方文学理论的意义具有十分重要的价值。（"Another important contribution in the direction of an imparative comparative literature-at least as procedure-is Cao Shunqing's 2013 The Variation Theory of Comparative Literature. In contrast to the "French School" and "American School" of comparative Literature, Cao advocates a "third-phrase theory", namely, "a novel and scientific mode of the Chinese school," a "theoretical innovation and systematization of the Chinese school by relying on our *own* methods" (*Variation Theory* 43; emphasis added). From this etic beginning, his proposal moves forward emically by developing a "cross-civilizaional study on the heterogeneity between

---

24 Cesar Dominguez,Haun Saussy,Dario Villanueva Introducing Comparative literature: New Trends and Applications，Routledge,2015

Chinese and Western culture" (43), which results in both the foreignization of Chinese literary theories and the Signification of Western literary theories.）

法国索邦大学（Sorbonne University）比较文学系主任伯纳德·弗朗科（Bernard Franco）教授在他出版的专著（《比较文学：历史、范畴与方法》）*La littératurecomparée: Histoire, domaines, méthodes* 中以专节引述变异学理论，他认为曹顺庆教授提出了区别于影响研究与平行研究的"第三条路"，即"变异理论"，这对应于观点的转变，从"跨文化研究"到"跨文明研究"。变异理论基于不同文明的文学体系相互碰撞为形式的交流过程中以产生新的文学元素，曹顺庆将其定义为"研究不同国家的文学现象所经历的变化"。因此曹顺庆教授提出的变异学理论概述了一个新的方向，并展示了比较文学在不同语言和文化领域之间建立多种可能的桥梁。（Il évoque l'hypothèse d'une troisième voie, la « théorie de la variation », qui correspond à un déplacement du point de vue, de celui des « études interculturelles » vers celui des « études transcivilisationnelles . » Cao Shunqing la définit comme « l'étude des variations subies par des phénomènes littéraires issus de différents pays, avec ou sans contact factuel, en même temps que l'étude comparative de l'hétérogénéité et de la variabilité de différentes expressions littéraires dans le même domaine ».Cette hypothèse esquisse une nouvelle orientation et montre la multiplicité des passerelles possibles que la littérature comparée établit entre domaines linguistiques et culturels différents.） [25]。

美国哈佛大学（Harvard University）厄内斯特·伯恩鲍姆讲席教授、比较文学教授大卫·达姆罗什（David Damrosch）对该专著尤为关注。他认为《比较文学变异学》（英文版）以中国视角呈现了比较文学学科话语的全球传播的有益尝试。曹顺庆教授对变异的关注提供了较为适用的视角，一方面超越了亨廷顿式简单的文化冲突模式，另一方面也跨越了同质性的普遍化。[26]国际学界对于变异学理论的关注已经逐渐从其创新性价值探讨延伸至文学研究，例如斯蒂文·托托西近日在 *Cultura* 发表的（Peripheralities: "Minor" Literatures, Women's Literature, and Adrienne Orosz de Csicser's Novels）一文中便成功地将变异学理论运用于阿德里安·奥罗兹的小说研究中。

---

25 Bernard Franco La littératurecomparée: Histoire, domaines, méthodes，Armand Colin 2016.

26 David Damrosch Comparing the Literatures,Literary Studies in a Global Age,Princeton University Press,2020.

国际学界对于比较文学变异学的认可也证实了变异学作为一种普遍性理论提出的初衷，其合法性与适用性将在不同文化的学者实践中巩固、拓展与深化。它不仅仅是跨文明研究的方法，而是一种具有超越影响研究和平行研究，超越西方视角或东方视角的宏大视野、一种建立在文化异质性和变异性基础之上的融汇创生、一种追求世界文学和总体问题最终理想的哲学关怀。

以如此篇幅展现中国比较文学之况，是因为中国比较文学研究本就是在各种危机论、唱衰论的压力下，各种质疑论、概念论中艰难前行，不探源溯流难以体察今日中国比较文学研究成果之不易。文明的多样性发展离不开文明之间的交流互鉴。最具"跨文明"特征的比较文学学科更需要文明之间成果的共享、共识、共析与共赏，这是我们致力于比较文学研究领域的学术理想。

千里之行，不积跬步无以至，江海之阔，不积细流无以成！如此宏大的一套比较文学研究丛书得承花木兰总编辑杜洁祥先生之宏志，以及该公司同仁之辛劳，中国比较文学学者之鼎力相助，才可顺利集结出版，在此我要衷心向诸君表达感谢！中国比较文学研究仍有一条长远之途需跋涉，期以系列丛书一展全貌，愿读者诸君敬赐高见！

曹顺庆

二零二一年十月二十三日于成都锦丽园

序言 "异变"的回眸与展望

丁 帆

中国的现代文学生态在 20 世纪 80 年代中期发生了一次无可争议的"异变"。这种"异变"可以视为主要是外来文艺思潮的传播对于中国当代小说作家施与影响的直接后果。大约在 1978 年后，中国的大陆作家缘于自身现代化诉求的巨大历史矢量，对西方现代主义、后现代主义文学和理论进行了无比热情的拥抱。在新时期以来短短的数年间，"意识流"、欧美现代派文学、拉美魔幻现实主义文学以及存在主义、荒诞派戏剧、垮掉派、黑色幽默、新小说派等各色各样的现代、后现代主义文学流派强烈地冲击了二次启蒙后"重新睁眼看世界"的中国作家和中国批评界。历经了现代主义文学的前期孕育后，1985 年前后，当代中国文学终于呈现出了迥异于此前几年专注于现实主义文学的态势，追求新奇、鼓吹实验的现代主义文学的"向内转"倾向风靡一时，大批作家从各个向度对"社会主义现实主义"文学观进行思想、艺术两个层面的挑战和反叛，在其时的历史现场，以马原、洪峰、扎西达娃、莫言、残雪、苏童、余华、叶兆言、格非、北村、潘军等为代表的先锋作家群体纷纷从西方现代主义以及后现代主义哲学、美学和文学资源中汲取营养，迅速成为文坛瞩目的一代风流人物。

在批评界，从 1985 年前后开始，针对先锋作家如马原、莫言、残雪、扎西达娃等进行追踪研究的学术文章就开始出现，80 年代中后期针对先锋小说创作最有影响的批评家主要有陈晓明、王宁、张清华、吴亮、李劼、吴义勤、张钧、南帆等人。陈晓明的《无边的挑战：中国先锋文学的后现代性》、王宁的《接受与变形：中国当代先锋小说中的后现代性》、吴义勤的《中国当代新潮小说论》、朱伟的《中国先锋小说》、张玞的《作家的白日梦》……等等都是可资代表的研究专著。这一研究一直延续到 20 世纪九十年代，可谓硕果累累。21 世纪以来，虽然有关当代先锋小说的研究弦歌不断，但针对大部分先锋小说作家在姿态调整或者创作转型后的重大创作成果，这些研究不能不说失之零散和单一，显得系统性、整体性研究的某种缺失。山东科技大学姬志海的《比较文学视阈下 30 年中国当代先锋小说作家创作研究（1989-2019）》便是在上述时代背景和学术语境中产生的接踵先前学人研究基础上承前启后的一部综合性研究论著。

《比较文学视阈下 30 年中国当代先锋小说作家创作研究（1989-2019）》是一部学术性质很强的论著。全书近 36 万字，有叙有论，叙论结合，颇具创新意义。该书分为上下两篇，上篇四章旨在借镜比较文学视阈，从"合"的角度对三十多年以来中国当代先锋小说作家及其创作进行分类考察基础上的总体评述。下篇四章则从作品创作论的"分"的角度，以残雪、余华、北村、格非、苏童、叶兆言及莫言等七位进入新世纪以后依然活跃在文坛的先锋小说作家为研究对象，在综述他们各自前期小说创作的研究基础上，重点对其在 1993 年以后到新世纪以来的创作进行个案考量。论著的研究可谓做到了"既见森林，又见树木"。

该著绪论从陈晓明教授在 1991 年第 5 期的《文学评论》上发表的一篇文章《最后的仪式——"先锋派"的历史及其评估》中的一个颇具预言式的判断和影响谈起，提出该论著旨在接续以陈晓明为主要代表的学人之研究路径，继续追踪九十年代初、中期以后迄今三十多年来中国当代先锋小说的后续发展流脉。作者认为：站在先锋小说创作发展三十多年以后的今天来重新打量《最后的仪式——"先锋派"的历史及其评估》这篇宏文，当年提出的许多前沿性的观点无疑尚有许多值得进一步宽拓深掘的空间——与 1989 年先锋小说发生整体转向的上限时间起点对应的下限时间终点是哪一年？造成先锋小说整体创作上发生嬗变的内在社会、文化原因何在？先锋小说发生嬗变的具体文本表现有哪些？这种嬗变完成以后，先锋小说创作是走向了更加成熟和深刻还是迅速地溃逃、分崩离析、风流云散了？

正是带着对这些问题的进一步追问，作者才在以陈晓明、王宁、张清华、吴义勤、洪治纲、王干、孟繁华、南帆、赵毅衡、谢有顺等既有学者的前期研究成果基础上，开启了自己在此一学术路径上数年来的艰苦探索。在充分研究经过八九十年代之交转型的先锋小说创作的发展、嬗变和演进的整体脉络基础上，作者竭力对上述若干问题给出了自己的学术和学理的回答。为以后先锋小说的研究作出了多方面的有益探索和创新积淀。

首先，该书值得关注的是作者对研究对象、研究时间的范围扩充。该书对中国当代先锋小说作家的研究范围扩展到自 1980 年代中期迄今近四十年来的几乎全部时间段，这样做的一个很大的优势就是可以将这些中国当代先锋小说作家在九十年代中后期以来的大量小说文本作为研究的"新材料"纳入到研究视阈中来。以此弥补目前学界针对九十年代中后期以来大部分先锋小说作家所创作的某些影响很大的小说作品研究不足的缺失。

其次，该书给人启迪的是多元观照的研究路径。全书从文学、社会、历史、哲学、美学等多角度展开对中国当代先锋小说的综合研究，其中又不乏人本主义、人文情怀的观照，可谓一次"融汇贯通研究"的呈现。具体而言，在本书的写作进程中，法国年鉴学派的长时段研究方法的使用，让作者意识到任何时候都不应该忽略近 40 年中国当代先锋小说这一整体在"历史时段节点内"呈现出的结构与局势特性。而艾布拉姆斯提出的兼顾世界、作家、作品和读者思维的综合研究视域，让作者能够得以采用整体把握与个案解读相结合、历史原则和逻辑原则相统一的研究路径。这些无疑为作者聚焦 1989-2019 年中国当代先锋小说的创作研究提供了开放的视角，从而既可以对以往解读既有的研究之中出现的不妥之处（以商榷的态度）进行力所能及的纠偏和疏浚，又可以利用这一宽广的研究视阈力争还原出三十多年来的先锋小说作家创作中尚未被充分发掘出来的"具有原生意义的阐释点群"。

再者，该著最富创意和学术贡献的一点，是提出了颇具既有先锋小说研究知识增量意义上的两个新论断。第一，历经 1989-1993 年这一过渡期间，中国当代先锋小说基本上完成了自身发展的否定之否定的嬗变更迭，以 1993 年为大致分水岭将中国当代的先锋小说创作划分为前后两个阶段的论断有充分的学理支撑；第二，从比较文学影响研究的视阈出发，在 1993 年之前的阶段，先锋小说作家在其创作过程中偏重于对外来优秀文学经验进行移植模仿；在后一阶段，多数先锋小说作家的创作走向了更加廓大的开拓和成熟。前后两个阶段的先锋小说创作在自身的模仿与创新、启航与续航的逻辑延展中应视为一个血脉相连、气韵贯通、不可随意拆解分割的统一有机体。

最后，该书并非是为完成某项科研攻关而少经打磨的"急就章"，而是厚积薄发的成果。其源头可追溯至姬志海 2015 年于南京大学开始写作的博士毕业论文《中国当代先锋小说创作嬗变考论（1989-1993）》。作者一直以来致力于中国当代先锋小说作家近四十年的创作研究，前期已经结项的两项科研课题（分别是"'后诺奖时期'莫言研究的综合路径"和"三十年中国当代先锋小说作家创作嬗变论"）为本书提供了学术进路和前期准备。

当然，学术探究是永无止境的，《比较文学视阈下 30 年中国当代先锋小说作家创作研究（1989-2019）》一书自然也未穷尽中国当代先锋小说研究的所有论题。希望作者在以后的问学路径上继续努力，力争开拓学术研究上的新境界。

是为序。

目

次

上编　从模仿到创新：当代先锋小说作家的创作嬗变

　　上篇旨在借镜比较文学视阈，从"合"的角度对三十多年以来中国当代先锋小说作家及其创作进行分类考察基础上的总体评述。旨在阐明：在外国现代、后现代文学思潮影响下肇始于 1985 年前后的先锋小说创作，在八九十年代之交的 1989-1993 年期间的确经历了一个从创作意识到题材、主题，从人物塑造到叙事、语言美学形式的整体转型过渡。历经 1989-1993 年这一过渡期，中国当代先锋小说基本上完成了其自身发展否定之否定的嬗变更迭，进而使得以 1993 年为大致分水岭将中国当代的先锋小说创作划分为前后两个阶段的论断有了充分的学理支撑——整体看来，就这两个阶段的内在逻辑关系而言，如果说在第一阶段，先锋小说作家在其创作过程中是偏重于对外来优秀文学经验进行移植模仿的话，那么进入第二阶段以后，这些先锋小说作家的小说创作则无疑是他们将前期沉淀、积聚的外国现代派、后现代派的诸多小说美学经验自觉地和民族化积极结合后孕育生产的更加美好的宁馨儿。

绪　论

第一节　先锋小说的"小众化写作"及其批评史命运

　　1984 年《西藏文学》第 8 期发表了马原的《拉萨河女神》，尽管当时并未引起多大的反响，但却标志着中国当代先锋小说即将正式登上历史舞台。相当一部分批评家们后来以其文本内在的"叙述"对"故事"的"干预"而将之作为先锋小说的一个稳定起点。半年后，《上海文学》主编李子云又将马原的成名作《冈底斯的诱惑》发表在该刊的 1985 年第 2 期并旋即引起了文坛评坛的巨大轰动，成为 1985 年"先锋小说"的代表性作品。小说写了几个外来的年轻人进藏后的见闻，藏族神猎手穷布猎熊时发现了喜玛拉雅山雪人；陆高结识的那位藏族姑娘央金意外地死于车祸；一行人去看"天葬"却被天葬师赶走以及围绕着顿月、顿珠兄弟交代的几件暧昧不清的事情。作品中既缺乏连贯始终的情节，也没有传统意义上的完整故事，叙述中布满了各种形式主义的"叙述圈套"。一些评论者认为小说中作者对毫无关联的几个故事拼贴并置的处理手法"是对小说作为一种整体化、有序化虚构的本质的颠覆。"，[1]小说"提供了一个向小说复调世界展开的探索标本，也为小说观念变化的思索提供了一个探索方向。"[2]从 1985 年到 1987 年间，马原又相继发表了《错误》、《虚构》、《大元和他的寓言》、《游神》、《大师》等标志

1　唐正序、陈厚诚：《20 世纪中国文学与西方现代主义思想》，成都：四川人民出版社，1992 年版，第 584 页。

2　吴方：《〈冈底斯的诱惑〉与复调世界的展开》，《文艺研究》1985 年第 8 期。

着先锋文学诞生的作品。于此同时或稍后，仿佛是作为呼应，其他先锋小说作家的"叙事试验性"作品也陆续问世。如莫言的《透明的红萝卜》《球状闪电》《金发婴儿》和扎西达娃的《系在皮绳扣上的魂》《西藏隐秘的岁月》；残雪的《公牛》《山上的小屋》《黄泥街》；洪峰的《白雾》《极地之侧》；余华的《十八岁出门远行》《现实一种》《世事如烟》；叶兆言的《绿色咖啡馆》《五月的黄昏》《枣树的故事》；苏童的《一九三四年的逃亡》《罂粟之家》；格非的《迷舟》《褐色鸟群》；孙甘露的《信使之函》《请女人猜谜》；潘军的《省略》《南方的情绪》等等，造成了不小的声势，批评界面对这些引发传统叙事革新乃至革命的探索性作品雨后春笋般地不断涌现，一时间应接不暇，他们急于给这波文坛新潮命名为"新小说""新潮小说""探索小说""实验小说""结构主义小说""现代派小说""后现代主义小说"……等等，直到 90 年代前后才正式统一命名为先锋小说。而作为最早运用现代派、后现代派叙事手法的马原，更是被称为"一个标明历史界线的起点"和"先锋得登峰造极"的作家。仅在 1987 年左右，关于马原的讨论会"从南到北不下十次"，[3] 从先锋小说的发行平台层面来看，除了较早在《西藏文学》曾推出"魔幻小说特辑"而外，《上海文学》、《收获》、《北京文学》、《芙蓉》、《钟山》、《花城》等国内大型文学期刊都曾力推过先锋小说，到了 1987 年，先锋作家更是获得了在《人民文学》"前锋文学"专号和《收获》先锋小说专号上集中亮相的殊荣……，这种种情况表明，先锋小说作家的小说创作实绩已得到文学界很大程度上的承认。从某种意义上，先锋作家和一部分批评家、编辑家此一时期如遇知音、惺惺相惜的亲密关系显而易见，在批评界，从1985 年开始，针对先锋作家如马原、莫言、残雪、扎西达娃等进行追踪研究的学术文章就开始出现，80 年代中后期针对先锋小说创作最有影响的批评家主要有吴亮、李劼、吴义勤、张玞、陈晓明、南帆等人。陈晓明的《无边的挑战：中国先锋文学的后现代性》、吴义勤的《中国当代新潮小说论》、朱伟的《中国先锋小说》、张玞的《作家的白日梦》……等等都是可资代表的研究专著。马原曾坦言："前不久在李陀家闲谈，他很意外地岔开话题，谈到《冈底斯的诱惑》，他说他'突然感到，这篇东西有种强烈的形而上的力量，通篇渗透着对某种绝对意志的崇拜'，我顿时感到被打中了。很少有这

3　陈晓明：《表意的焦虑：历史祛魅与当代文学变革》，北京：中央编译出版社，2002 年版，第 85 页。

种时候；很少有人这样一语破的，道出我深在的感受或想法。"[4]对于三者之间的这段如胶似漆的蜜月期，许多年以后程光炜教授仍有感慨，他说："我们所知道的'先锋小说'，某种意义上也可以说是八十年代作家、批评家和编辑家根据当时历史语境需要而推出，经'文学史共识'所定型的那种'先锋小说'。"[5]这种说法虽不乏有过于贬低先锋小说自身应有的文学史定位的偏激，但也可以对这种作家与批评家之间过从甚密的情况从侧面予以旁证。

　　但是，应该看到，由于先锋作家在创作的起步之初就刻意地在文本中利用意识流、元小说、拼贴、空缺、蒙太奇、时空倒错……等各种现代派、后现代派的"叙事化"手法对传统小说的情节、故事层面的有机完整性进行过分的干预、控制、挤压和破坏，这就从内在基因上决定了先锋小说的写作从一开始就是一种很难在受众中被普及推广的"小众"写作。虽然像马原、余华、格非、苏童、残雪、孙甘露、北村等先锋作家的小说作品大多发表在《人民文学》、《收获》、《上海文学》、《钟山》、《花城》等主流权威的纯文学期刊杂志上，但这些作品单行本的销量都非常有限。随着时间的推移和先锋小说创作影响的迅速扩大，以单纯模仿、平移现代主义、后现代主义叙事手段为主的美学形式"空转"的问题也开始在先锋小说的创作中凸显起来，这方面可以孙甘露的碎片式写作、残雪潜意识梦魇式的自我重复写作和北村的"者说"系列的迷宫体写作为代表。这些小说通篇的窒碍晦涩不仅拒绝一般的读者的进入，竟而连大部分的专业批评家也都望而却步、无从理解。于是，针对先锋文本中"意义"的刻意被放逐和隐匿的指责不断响起，这种矢量不断增强的质疑声音终于在八九十年代之交发展成一种对先锋小说创作进行几乎全盘否定的压倒性力量。在1988年第2期的《北京文学》上，黄子平以对包括先锋小说在内的诸种新潮小说进行批驳的檄文《关于"伪现代派"及其批评》的发表引发了评坛文坛的共同注目，这以后，李陀[6]、李诘非和此前就对先锋小说潜在问题进行挞伐的张陵、刘晓波、陈冲、季红真等批评家们的质疑声交相汇合，他们从文本本身的形式主义操作、文学和时代社会关系以及形式迷宫导致的阅读障碍等多方面对先锋小说的创作提出了侧重不同的一致批判。随之

4　徐振强、马原：《关于〈冈底斯的诱惑〉的对话》，《当代作家评论》1985年第5期。

5　程光炜：《如何理解"先锋小说"》，《当代作家评论》，2009年02期。

6　李陀在《北京文学》发表的《也谈"伪现代派"及其批评》在文中对先锋小说作了有保留的批评，主要态度还是褒扬。

接踵而来的，是在 1988 年 10 月 11-16 日，《文学评论》《钟山》编辑部在无锡联合召开现实主义与先锋派文学研讨会上与会批评者们对先锋小说中不断出现的负面因素发起的更为凌厉的抨击："毛时安首先发难，他认为我们只有模仿，而没有真正属于自己的'主义'；先锋派文学应当是一种具有丰富而高超想象力的文学，而我们则匮乏想象力，这是导致先锋派小说疲软的最根本的原因。毛时安的分析令人沮丧。而李劼这个不遗余力鼓吹先锋小说的青年评论家，亦对现今的先锋派文学表示失望，他甚至认为先锋派这个称号，现在这批作家还配不上，他们不过是过渡阶段的人物而已。"[7]由于参加这次会议的多数批评家都曾是先锋文学的追捧者，所以这种几近一致的负面评论对于先锋小说的打击不可谓不大。这以后，虽然《上海文学》在 1989 年的第 5 期推出"批评家俱乐部"专栏，发表朱大可、张献、宋琳、孙甘露、杨小滨、曹磊等人的对话录企图继续"保卫先锋文学"，但对于挽救先锋文学所处的历史窘境而言显然力不从心，收效甚微。这以后，随着绝大多数的批评家将批评的重心移到了对艺术手法上不断创新、对传统现实主义进行反动及对生活原生态真正还原的"新写实主义"、"后现实主义"的研究上，中国当代先锋文学被理论界普遍关注的黄金时代也就从此谢幕了。进入到九十年代，随着陈晓明、吴义勤、张清华、南帆、谢有顺和孟繁华等对先锋小说最终解散溃逃的先后论断，先锋小说的命运作为一种"后现代主义文学在中国大陆八十年代文学环境中的提前登录的失败性预支"[8]遂被盖棺论定。

笔者以为，学界既往对先锋小说在八九十年代之交迅速地走向断裂乃至消亡的判断是值得商榷的。站在比较文学"影响-接受"的研究角度来看，对于主要在外国现代主义、后现代主义文艺思潮放送影响下成长起来的中国先锋小说流派而言，正常情况下，其所经历由酝酿、兴起到发展、成熟的自身周期绝不可能在短短的三五年之间就能全部圆满地予以完成，正基于此，笔者在着手进行先锋小说研究的过程中，力图做到将 1985 年滥觞迄今三十多年的先锋小说创作作为一个"历史性整体"的研究对象放进法国年鉴学派强调的"态势"、"周期"或"间周期"的历史长时段内进行考察的。通过研究笔者

---

7 李兆忠：《旋转的文坛——现实主义与先锋派文学研讨会简记》，《文学评论》1989 年第 1 期。

8 许志英、丁帆主编《中国新时期小说主潮》（上卷），北京：人民文学出版社，2002 年 05 月第 1 版，第 10 页。

发现：就导致早期先锋小说"小众化阅读"乃至最后滑入到"小众化批评"的先锋小说的叙事化形式革新，在大多数的先锋小说作家笔下并非都是远离时代主题、内容，一味追求花样翻新的单纯"形式"的模仿和移植。在其叙事化美学形式的背后，深藏着八十年代启蒙的时代社会主题和类乎西方存在主义的内省心理内容。在"1989-1993"这一时期，在批评界负面指责的警醒下，在时代、社会和文化语境发生进一步移形换位的与时俱进中，先锋小说的创作经历了一个从写作意识到叙事实验和语言形式，从题材主旨到人物塑造的全方位的整体嬗变过程。经历了这一嬗变过程的大多数先锋小说作家在创作上俱都走向了自身创作上的开拓和成熟。以 1993 年为大致分野的九十年代前后两个阶段的中国先锋小说创作是不可随意拆解分割的统一有机整体，它们的共同渊源，既是在 80 年代外来先进的文学思潮的放送传播对"后文革"时期中国特殊国情中长期沉淀淤积的情绪"矢量"和思想"潜力"的双重解放。又是以表现主义"艺术真实"观、存在主义"艺术真实"观、博尔赫斯式的"虚构型艺术真实"观、魔幻现实主义的"魔幻艺术真实"观和新历史主义的"文本艺术真实"观……等为代表的现代主义、后现代主义艺术"真实"观对此前社会主义现实主义"艺术真实"观一元解构后开辟的各种现代小说自由创作的多元共鸣。九十年代以后中国先锋小说作家的创作是上承八十年代中后期先锋小说作家第一阶段创作余绪后的开拓和创新，是沿着其第一阶段开凿的先锋航道上的自然延展和扬帆续航。

第二节　当代先锋小说的研究意义

"先锋"一词，从其词源上说，中外相同，最早是一个军事术语，指"先头部队"，亦即军事上的前卫力量。19 世纪上半叶，在西方，这个概念演变成为一个政治术语，用来指代空想社会主义者对未来的向往、设计和虚构；19 世纪后半叶以来，该词被用来描述现代主义的文学和艺术，产生了"先锋文学"的概念。而在上世纪六十年代以后，这一范畴的外延又有延展，除原先的现代派作家继续被称作"先锋"外，一些后现代派小说作家如博尔赫斯、卡尔维诺、巴塞尔姆、穆齐尔、品钦、里德等也都分享了这一称号。由此，在《剑桥百科全书》中，先锋派（Avant-Grade）这一条目就被解释为，"最初用以指 19 世纪中叶法国和俄国往往带有政治性的激进艺术家，后来指各时期具有革新实践精神的艺术家。"。[9]尤奈斯库在《论先锋派》（1959 年）一文也这样指出："先锋派就应当是艺术和文化的一种先驱的现象，从这个词的字面上来讲是说得通的。它应当是一种前风格，是先知，是一种变化的方向……这种变化终将被接受，并且真正地改变一切。"。[10]由此可见，所谓"先锋文学"是相对的，在所有的文化范畴中，总有一种比较激进、带有反抗背叛性质的文化，它们或者处于上升阶段，或者瞬间便已逝去，肯定有一种积极意义。所以，凡是具有冒险精神、创新意识、超前风格的文学艺术都具有先锋性。

结合中国二十世纪八十年代以降的文学发展历程来看，"先锋小说作家"作为一个文学史概念，在新时期以来的中国文坛是存有歧义的，譬如以张清华、洪治纲等为代表的不少论者在承认八十年代中后期依次登上文坛的一批先锋小说作家群体而外，还将九十年代以后以韩东、朱文等为代表的"晚生代"作家也同样作为先锋小说作家来阃定。在 90 年代的先锋读物中，一部冠名为《九十年代文学书系·先锋小说卷》的小说集，就选录了 90 年代这些新生代作家的小说作品。正基于此，笔者这里有必要澄清，作为本书研究对象的所谓的"先锋小说作家"，特指 20 世纪 80 年代中后期先后崛起于中国当代文学史上重在进行小说叙事革命、语言实验、生存探索的新潮小说作家群体。具体而微，本书所研究的对象就是对马原、莫言、扎西达娃、残雪、格非、孙甘露、苏童、余华、洪峰、北村、叶兆言、潘军和吕新这 13 位先锋小说作家自上世纪八十年代中期至今的全部小说作品。

新时期的中国当代文学生态在 1985 年发生了一次无可争议的"异变"，现代主义、后现代主义等外国文艺思潮的传播无疑是催生这种"异变"的主要力量之一。"文革"后文学代际发展的现代化诉求，在"文学自律"的名义下，对西方现代主义、后现代主义文学和理论进行了无比热情的拥抱，历经了前期"妊娠"的一九八五年年度，当代文学在整体文学走势上呈现出了迥异于此前几年专注于现实主义文学的，追求新奇、鼓吹实验的现代主义文学的鲜明倾向。正基于此，具备内容趋新、形式求变等自觉先锋意识的这批当代先锋小说作家在八十年代中后期接踵被推到百年中国现代白话小说创作的历史演出前台。进入

---

9 [英]大卫·克里斯特尔：《剑桥百科全书》，北京：中国友谊出版公司，1998 年版，第 91 页。

10 王忠琪等译：《法国作家论文学》，北京：生活·读书·新知三联书店，1984 年第 56 页。

九十年代以后迄今，由于社会、文化和作家自身的种种原因，虽然他们的写作已经不能构成主流，但却仍能在文坛上散发出不容忽视的耀眼光芒。本书力图在尽量廓清八十年代中国当代先锋小说产生的背景、语境、缘起以及发展脉络的基础上，对这一先锋小说作家群体在九十年代以来至新世纪进一步的创作发展进行研究分析和得失考量。力图在这三十多年来先锋小说作家创作的过程中找出一些规律性的论断，从而对目前学界关于先锋小说的热点争议进行回应，并尽量为这一研究领域贡献自己的一份绵薄之力。

倘以麦克卢汉的历史"后视镜"理论打量，不难发现，继伤痕小说、反思小说、改革小说、现代派小说等之后，几乎与寻根小说同时出现的先锋小说无疑是新时期文学发展过程中出现的又一次更为令人瞩目的创作突破。"先锋小说"之所以能够在八十年代后半期得以异军突起，究其原因，于复杂的社会变革态势、时代审美风尚、作家主体创造等多种因素而外，无疑是和这批作家在二次启蒙的社会语境中，在文学二次现代化的时代潮头，对欧美现代主义和后现代主义诸小说大师们的思想、美学营养进行积极地汲取分不开的。

没有继承、模仿就断然不会有创新，这是文学的基本规律和常识，正如加西亚·马尔克斯曾一再重申的那样："要用世界的全部成就充实自己，效法前贤。学习写作总归要以前贤为楷模的……"。[11]先锋小说作家在世界先进文学的他者视界中，在对之进行积极接轨和锐意赶超的野心促使下，其所取得的成绩是有目共睹的，它真正意义上突破了已经产生重大缺陷的社会主义现实主义文学的叙事规范，以一种颠覆叙事传统的激进方式将传统叙述经验挤到边缘，终结了意识形态小说模式的话语霸权，扩大了当代文学的形式美学空间，不仅从语言学、符号学和叙述学意义上缩短了当代中国小说与世界优秀小说的艺术和技术差距，也为90年代的中国文学提供了艺术经验和写作资源。

但是，对欧美先进世界文学资源进行广泛地阅读的最终目的，是使自身在继承中受到启发、获取灵感、汲取丰富的文学营养以后推陈出新，因为文学的生命在于创新，文学家的成功在于创造。而想要进行创新和创造，对于80年代中后期以横向移植外来文学经验、多少显得原创性不足的先锋小说作家而言，必须要落实到把外来文化与中国本土的民族性相结合的道路上来。

---

11 加西亚·马尔克斯：《两百年的孤独》，昆明：云南人民出版社1997年版，第171页。

多数的先锋小说作家对此都有着深刻的自省和认知，正基于此，他们才不约而同地在经历了 1989-1993 年这个总体创作上的转型以后，在写作的题材内容上纷纷开始将目光转向了中国的历史和现实，在写作的美学倾向上，则同样显出了向传统现实主义乃至中国古典话本、章回小说的趋近与靠拢——必须阐明的是，这后一种写作美学上的靠拢和走近，绝不意味着一味地返祖和倒退，而是使得先锋与传统二者在更高意义上的有机融合。正如格非所言，先锋小说作家虽然暂时"同现实主义达成了和解"。但对他们来讲，现实主义不再仅仅代表一种再现反映论，而只是作为一种修辞和叙事意义上的"现实感"，譬之"余华和苏童的小说中也从不缺乏所谓的现实感，假如他们笔下的现实图景过于虚幻或怪异，那是因为这一图景的存在唤醒了他们的智慧或本能：正如烈日下的向日葵在凡高的眼中本来就是一团火焰，而不是凡高没有能力将它画得'更像'。"[12]综上所述，从模仿与创新的辩证关系上来看，如果说在八十年代中后期，先锋小说作家是重在对外来优秀文学经验进行模仿的话，那么在九十年代初先锋小说完成整体转型后迄今，这些先锋小说作家践行的则是重在将先锋的外来技巧和立足民族性的历史、现实关怀二者积极结合基础上的更为开阔的艺术创新。

正是在上述笔者指出的这一意义上，我们欣慰地看到，从创作实绩上而言：进入九十年代以后，由于社会、文化和作家自身的种种原因，尽管作家马原已鲜有作品问世，但大部分先锋作家在经历了短暂的创作瓶颈和写作调整之后，仍旧带着不失先锋精神的各自长篇佳制，屡屡冲击着中国文坛。进入二十一世纪之后，上述先锋作家中的莫言、苏童、余华、格非、北村、叶兆言、残雪等以各自更加成熟的创作成就先后获得文坛、评坛的经典指认和持续关注，苏童、格非分别获得了茅盾文学奖、莫言更是在 2012 年斩获了诺贝尔文学奖。相对于八十年代的形式先锋性而言，在九十年代以后至今，这些作家中的大部分在保持先锋形式和民族传统有机糅合的探索基础上，又从"形式"＋"精神"的先锋意义维度每每站到中国文学的顶端，虽然他们的写作已经不能构成主流，但却仍能在文坛上散发出耀眼的光芒。

可见，从某种意义上，对三十多年以来先锋小说作家创作嬗变前后的整体创作进行考量，不仅仅是对中国当代小说前沿创作主潮之一的追踪研究。

---

12 格非：《塞壬的歌声》，上海：上海文艺出版社，2001 年版，第 77 页。

从更深层面的意义上来讲，它还是建构更科学的中国当代文学史、当代小说史体系的学术要求。

第三节　论题的研究综述和研究目标

本小节笔者主要简述一下论题的国内外研究现状和本书力图达到的研究目标和拟解决的主要问题。

一、研究综述

（一）国内研究现状、水平

1. 八十年代中后期学界对先锋小说的研究

从 1985 年开始，针对先锋作家如马原、莫言、残雪、扎西达娃等进行追踪研究的学术文章就开始出现，80 年代中后期针对先锋小说创作最有影响的批评家主要有吴亮、李劼、吴义勤、张玞、陈晓明、南帆等人。陈晓明的《无边的挑战：中国先锋文学的后现代性》、吴义勤的《中国当代新潮小说论》、朱伟的《中国先锋小说》、张玞的《作家的白日梦》……等等都是可资代表的研究专著。到了 1987 年以后，针对先锋小说创作的评价渐次分化：黄子平在 1988 第 2 期的《北京文学》上发表了《关于"伪现代派"及其批评》的文章，拉开了对包括先锋小说在内的诸种新潮小说的批驳，这以后，李陀在该刊发表的《也谈"伪现代派"及其批评》，李洁非在《百家》上发表的《"伪"的含义及现实》共同使得"伪现代派"问题成为 1988 年文坛论争的焦点，"此问题在此之前有所讨论，如李洁非、张陵《被光芒掩盖的困难——新时期文学十年之际的一点怀疑》（《中国青年报》1986 年 9 月 21 日）、刘晓波《新时期文学面临危机》（《深圳青年报》1986 年 1 月 3 日）、陈冲《现代意识和文学的摩登化》（《文论报》1987 年 1 月 21 日）、季红真《中国近年小说与西方现代主义文学》（《文艺报》1988 年 1 月 2 日，1 月 9 日），等等。这些文章多次对新潮文学的某些现象和作品表示不满，对模仿西方'现代派'的先锋小说提出批评，并且在中西对比中质疑此类作品的有效性。"[13]这些批评家们主要从文本本身的形式主义操作、文学和时代社会关系以及形式迷宫导致的阅读障

---

13 李建周：《形式策略与文化政治——先锋小说十年（1984-1993）》，《文艺争鸣》，2015 年 10 期。

碍等三个方面对先锋小说的创作提出尖锐的质疑和批判。与此相反，赵毅衡认为应该把"群众拒绝，同行侧目"作为判别先锋派的标准之一，先锋文化不能一味俯就"下里巴人"的阅读水平，而应该坚持永葆自身语言的生命力和应有的文化价值。以凸显自身和通俗文学、通俗小说的有意识区别。在孕育先锋小说的上海则打出了"保卫先锋文学"的旗号。吴亮在《上海文论》直接亮出了"向先锋派致敬"的标题，为先锋小说辩解。《上海文学》第 5 期也在"批评家俱乐部"栏目中发表朱大可、张献、宋琳、孙甘露、杨小滨、曹磊等人的对话录《保卫先锋文学》。针对《文艺报》《文论报》《人民日报》上对先锋小说创作的批评作了具有针对性的反击。

2. 对先锋小说在八、九十年代的转型研究

以孟繁华的《九十年代：先锋文学的终结》，陈晓明的《关于九十年代先锋派变异的思考》，施战军的《九十年代创作走向分流的实质——一个有关文学理想的话题》，洪治纲的《先锋精神的还原与重铸——兼论九十年代先锋文学存在的必要性》与《先锋：自由的迷津——论九十年代以来中国先锋小说面临的六大障碍》，吴义勤的《先兆与前奏——二十世纪八十年代先锋作家走向九十年代的转型历程》，还有谢有顺的两篇文章《历史时代的终结：回到当代——论先锋小说的转型》、《重返伊甸园与反乌托邦——转型期的先锋小说》……等为代表，这些文章都以各自独到的见解，谈到了先锋小说在八十年代中后期之后，在九十年代所面临的危机与障碍，承续、转型与隐匿。

3. 对先锋小说在九十年代以来的分别研究

（1）对多位先锋作家各自的研究资料汇编：孔范今、施战军主编的《余华研究资料》、《苏童研究资料》、《莫言研究资料》，郭春林主编的《马原源码——马原研究资料集》……等，详尽的收录了一些十分重要的评论文章，对作家作品内容、形式等方面的分析可谓面面俱到。

（2）针对个别作家作品的专论：如张学昕的《南方想象的诗学——论苏童的当代唯美写作》，张志忠教授的《莫言论》，张旭东的《自我意识的童话——格非与实验小说的几个母题》，陈晓明的《空缺与重复：格非的叙事策略》，张清华的《叙事·文本·记忆·历史——论格非小说中的历史哲学、历史诗学及其启示》，易晖的《世纪末的精神画像——论格非九十年代小说创作》……等，这些无疑都为九十年代以来先锋小说创作的研究添砖加瓦，作出了不菲的贡献。

（3）对先锋小说在九十年代以来的综合研究：如王宁先后发表的《后现代主义与中国当代先锋文学》，《后现代主义的终结——兼论中国当代先锋小说之命运》，《接受与变形：中国当代先锋小说中的后现代性》等论文，以及陈晓明的著作《无边的挑战——先锋文学的后现代性》，让我们从后现代性的角度对先锋文学有了比较深入的了解。南帆则在文章《边缘：先锋小说的位置》，张闳的《感官王国——先锋小说叙事艺术研究》，李劼的《论中国当代新潮小说的语言结构》，从叙事学的角度对先锋小说进行了勾勒。洪治纲的《无边的迁徙：先锋文学的精神主题》，张清华在专著《中国当代先锋文学思潮》则是从先锋小说的精神主题方面入手，对先锋小说的后续发展进行了思考。

（4）其他：另外，九十年代以来先锋小说创作的国内研究还包括中国知网收集的硕士、博士大量的关乎此方面的研究论文。

从国内的研究现状上和发展趋势上来看：

八十年代，学界对先锋小说的研究评判分为褒贬不一的明显两派，正反双方都从不同向度上对早期先锋小说创作的思想、美学价值的认知达到了各自应有的深刻程度。对先锋小说的创作在 1989-1993 年发生的整体转型以及转型后的创作有明显的指导意义。九十年代至今，针对大部分先锋小说作家在姿态调整或者创作转型后的重大创作成果，虽然评坛同样给予过广泛的关注和持久的讨论。然而，较之于八十年代中后期，这些研究不能不说失之零散和单一，显得系统性、整体性研究的某种缺失，一些困扰学界的热点争论至今未有圆满地解决，譬如在对于九十年代以后的先锋小说创作性质的定位上，批评界一些知名的学者都坚信先锋小说总体上呈现出的是被迫的转型和甚至是溃逃，而几乎所有先锋小说作家（尤以格非、潘军、余华、马原、残雪等为代表）本人却始终认为他们在九十年代以后的创作是走向了深刻和开拓。一言蔽之，三十多年以来中国当代先锋小说作家及其创作的研究仍然尚存有不少有待拓展和深掘的空间。

（二）国外研究现状、水平

国外研究经过了几十年来对先锋小说的关注，现在已经基本上形成一定的声势，这些研究，主要是以对不同作家作品的分别研究入手的，撷其要者，如研究莫言的有 Duke，Michael 在 1993 年发表的《二十世纪八十年代莫言小说的过去，现在和未来》；Gold blat，Howard 在 2000 年发表的《莫言的"阴郁的"进食》等；研究余华的有王德威的《阅读当代小说：台湾·大陆·香港》和韩国的若干博士论文（如申义莲的《关于余华小说的研究》，金惠圣的《余华小说研究》及金俸延的《关于余华小说中的"暴力"研究》等）；研究格非的有日本研究者下出宣子、关根谦等对格非小说迷宫叙事及其他先锋技巧的评价文章；研究残雪的近藤直子的《陌生的叙述者——残雪的叙述法和时空结构》及美国 Robert Cover 和 Susan Sontag 对残雪的小说作品"后现代性质"的相关评述文章；研究马原的专著 Henry·Y·H 的《马原小说的虚构艺术》（李煜华译）……等。当然，外国学者中，也有对当代先锋小说作家作整体透视研究的，如韩国张允瑄于 2000 年发表于《中国语文学志》的《试论八十年代先锋作家文学思想的革命》以及汉学家顾彬在《什么是好的中国文学》《海外中国当代文学与文学史写作》等文中述及的对中国当代先锋作家作品的批评部分……等。这些研究从不同的文化和文学视野对当代先锋小说作家的研究提供了崭新的视角。

从国外的研究现状上和发展趋势上来看：整体说来，国外批评界对中国先锋小说作家的研究普遍经历了一个从单纯的政治母题解读到审美多元化解读的过程，这尤其在欧美批评界对莫言、残雪、余华等的解读前后的演变可以清晰地得出。就目前的外国研究材料文献而言，各国对先锋小说作家的研究主要集中在莫言、余华、格非、残雪、马原等作家身上，而相对而言，对于洪峰、吕新、潘军和扎西达娃等作家的研究不是太多，前者的研究大多与作家的小说被电影的海外传播有关，加上翻译中小说原著文本的损耗、变异，虽然较前期的专注于政治意识形态方面的诠释而言有所进步，但总体上其价值水平并不能和国内相提并论。

二、本书的研究目标和创新所在

米兰·昆德拉说过："伟大的作品只能诞生于它们的艺术历史之中，并通过参与这一历史而实现。只有在历史之内我们才能把握什么是新的，什么是重复性的，什么是被发现的，什么是摹仿的。换言之，只有在历史之内，一部作品才可作为价值而存在，而被发现，而被评价。所以，就艺术而言，在我看来没有比跌落到它的历史之外更为可怕，因为这是跌入混乱，美学价值在其中鱼目混珠，人不再可以辨认"。[14]本书企图在汲取既有先锋小说作家作品研究成果的基础上，力争做到以 1989-2019 年为聚焦中心，对三十多年来中国

---

14 [法]米兰·昆德拉：《被背叛的遗嘱》，上海：上海人民出版社，1995 年版，第 16 页。

当代先锋小说作家作品进行全面的、综合性的、客观的研究与评价。并拟以和而不同的宽容心态而非求全责备的苛求心态，在百年中国现代白话小说史的纵向坐标对比中，在以欧美现代派、后现代派小说的思想、美学高标所构成坐标的横向观照下，对三十年中国当代先锋小说作家作品取得的文学实绩和经验教训以及应有的文学史地位进行更为准确中肯的界定，对目前先锋小说在诸多学术前沿的问题争论作出自己的研究回应。

本书的创新集中在两个方面。

1. **材料新：** 从研究对象而言，本书以 1989-2019 年为聚焦中心，将对中国当代先锋小说作家的研究范围扩展到自上世纪八十年代中期迄今的全部时间段，这样做的一个很大的优势就是可以将这些中国当代先锋小说作家在九十年代中后期至今以来的大量小说文本作为研究的"新材料"纳入到研究视阈中来。以此弥补目前学界针对九十年代中后期以来大部分先锋小说作家所创作的某些影响很大但先锋色彩却似乎并不太强的小说作品关注不够研究不足的缺失。

2. **方法新：** 从研究方法而言：本书采用的是以艾布拉姆斯的文学外部研究与内部研究相结合的整体研究视域，结合具体研究阶段实施的西方现代派、后现代派和中国古典小说的传统研究方法，这一兼顾文学内部研究和外部研究的综合研究路径无疑为笔者聚焦 1989-1993 年转型期及其前后先锋小说的创作研究提供了很好的视角，通过多元开放的研究，可以对以往解读既有的研究之中出现的不妥之处（以商榷的态度）进行力所能及的纠偏和疏浚。使文本中至今尚存争议的问题得到较之从前而言相对合理的解决；又及，在力争还原出三十多年来的先锋小说作家创作中尚未被充分发掘出来的"生命原生意义"而外，又能在其中生发和创造出这种综合理论视角下的新的衍生意义，这显然有利于拓展目前学界关于三十多年来先锋小说总体作品在思想、艺术价值等方面研究的深广度。

第四节　论题的研究方法和研究方案

本书笔者拟在汲取既有先锋小说研究成果的基础上，采用文学的外部研究和内部研究相结合、整体把握与个案解读相结合、历史原则和逻辑原则相结合的系统多元的研究路径。具体而微，笔者拟在国内外学界既有研究的基础之上，使用 M.H.艾布拉姆斯的"世界""作家""作品""读者接受"这一整体的、系统的角度对以 1989-2019 年这 30 年来中国当代先锋小说作家及其整体创作进行"博观""圆照"式的综合评价。

一、研究方法

具体到研究方法的层面，笔者以为，对于本书的研究应该采取的是针对不同研究对象、研究内容的差异从而相应地采取与之相吻合的灵活多变的多种研究方法。

所谓灵活多变的多种研究方法是指在结合"反映论，创作论，文本论，接受论"这一互相通约的、整体的、系统的观照角度切入到三十年中国当代先锋小说作家及其创作研究的具体操作环节之时，需要根据研究对象的不同而采取与之相应的不同的研究方法：

（一）文学的外部研究方法

1. 以法国、美国为代表的比较文学的影响研究方法和平行研究方法。20世纪的外国文学对于新时期先锋小说的形成和演进有着巨大的影响。在短短的数年间，"意识流"、欧美现代派文学、拉美魔幻现实主义文学以及存在主义、荒诞派戏剧、垮掉派、黑色幽默、新小说派等各色各样的后现代派文学潮流强烈地冲击了八十年代中后期先后跻身文坛的当代先锋小说作家的眼球，中国的当代先锋小说，几乎整个地是在西方文化与文学的强大影响背景之上成长起来的。忽略西方文化与文学对中国当代先锋小说作家创作的影响，不探索二者之间的影响和变异关系，对三十多年中国当代先锋小说创作的发展流变就不可能得到完整、全面而又准确的理解与描述。

2. 马克思主义的文学反映论方法。即把文学作为一种审美意识形态，其表现的对象必然是作为其形而下基础的特定社会存在的理论。以先锋作家生长在其间的共和国六十多年以来的客观历史真实为中心（兼及其作品上溯的不同时代的历史叙述，当然，这种叙述也是经过修饰的，但文学研究又不得不在既定的历史记述里冲突）作为解读其创作表现对象的材料准备和来源的问题。固然，文学表现是以人为中心的，但是，这里人的思想情感、性格行为又必然和特殊的历史阶段相联系。

3. 中国传统的知人论世的研究方法、西方的传记研究和心理学研究方法等。在新时期以来文学经过几次转型的时代语境中，先锋小说作家各自的遭际行状以及创作观念的变化等，具体先锋小说作家（一部分是体制内作家）是如何处理自身的作家主体性与体制的规范要求之间的关系的——这种研究方法要解决的问题是具体先锋小说作家怎样写、怎样表现的问题。

（二）文学内部研究的方法

在对三十多年来中国当代先锋小说作家所创作的经典文本进行题材、主题、故事情节结构、叙述手段、语言、艺术形象、多元思想、哲学、美学价值等所作的具体文本考察和分析中，本书使用到的文学批评方法有什克洛夫斯基为代表的俄国小说陌生化理论，布莱希特的"隔离效应"理论，西方悲剧理论，结构主义经典叙事学理论和后经典叙事学理论，后现代主义批评中的现代性批判理论、利奥塔的解构宏大叙事理论，巴赫金的狂欢化理论以及长篇小说话语理论，福柯的话语理论、以马尔库塞、阿多诺、本雅明和阿尔都塞等为代表的西方马克思主义的乌托邦、文学自律性、祛魅、话语病症、异化和重建主体性等文学（哲学）理论，中国古典志怪、传奇、话本、章回等小说批评中类乎"草蛇灰线、千里设伏"、"横云断山"、"背面铺粉"……等传统理论。这些具体的研究方法很多，此处不再展开。

当然，从某种意义上来讲，任何文艺理论或者研究方法的本身并不存在着什么清晰绝对的高下优劣之别，而只有适合与不适合的区分。它们在研究不同的对象时各有自身的优缺点。因此应该加以灵活地运用。在使用各种批评理论时，一定注意它们的适用性，坚决避免把文本丰富无比的信息当做是个人演练新的批评方法、时髦的批评术语的实验平台和表演现场。应该积极地把自己的研究结论放在和前人的学术既有成果的对话中去，尽量开拓表面上似乎不可通约的各种理论视域、学科领域之间的可能性联系。力争在对先锋小说作家及其小说的解读中，最大限度地展现那些从前被忽略和删除的、处于各种理论缝隙之间的、因为自身不具备某种批评理论的特色而显得"无色调"的内容和信息展现出来。

二、研究方案

本书共分为上、下两编和结语部分。

上编　从模仿到创新：当代先锋小说作家的创作嬗变

绪论

新时期先锋小说的生成与发展

先锋小说的叙事研究

先锋小说的语言探骊

先锋小说的主题更迭

上篇四章旨在借镜比较文学影响研究的视阈，从"合"的角度对三十多年以来中国先锋小说作家群体及其创作进行分类考察和总体评述。旨在阐明：肇始于 1985 年前后的先锋小说创作，在八九十年代之交的 1989-1993 年期间的确经历了一个从创作意识到题材、主题，从人物塑造到叙事、语言美学形式的整体转型过渡。

下编　九十年代以来主要先锋小说作家的创作考量

第五章　对"存在"的执着扣问：余华和残雪

第六章　知识分子的祛魅和乌托邦的反思：北村与格非

第七章　徜徉在先锋和写实之间：苏童和叶兆言

第八章　中国白话小说现代化与民族化的结晶：莫言

结语

下篇四章从作品创作论的"分"的角度，以残雪、余华、格非、北村、苏童、叶兆言及莫言等七位作家为追踪研究对象，在综述他们各自前期小说创作的研究基础上，重点对其在 1993 年以后到新世纪以来的创作进行追踪考量。

综上所论，在结语中，笔者得出，历经 1989-1993 年这一过渡期间，中国当代先锋小说基本上完成了其自身发展否定之否定的嬗变更迭，进而使得以 1993 年为大致分水岭将中国当代的先锋小说创作划分为前后两个阶段的论断有了充分的学理支撑——整体看来，就这两个阶段的内在逻辑关系而言，如果说在第一阶段，先锋小说作家在其创作过程中是偏重于对外来优秀文学经验进行移植模仿的话，那么进入第二阶段以后，这些先锋小说作家的小说创作则无疑是他们将前期沉淀、积聚的外国现代派、后现代派的诸多小说美学经验自觉地和民族化积极结合后孕育生产的更加美好的宁馨儿。滥觞于上世纪八十年代中期，经历了 1989-1993 年嬗变后延展至今三十多年以来的中国当代先锋小说，既是作家置身于其中的时代生活主题的折射和反映，又是"后文革"时期中国特殊国情中长期淤积的情绪"矢量"和思想"潜力"在小说这一特殊文学载体中的双重解放，同时也是组成自上世纪 80 年代外来先进的文学思潮在中国得以放送传播后对此前社会主义现实主义创作观念进行成功解构以来开辟的现代小说自由创作所结出的硕果之一。转型前后的先锋小说创作在自身的模仿与创新、启航与续航的逻辑延展中应视为一个血脉相连、生气灌注、不可随意拆解分割的统一有机体，第二阶段的先锋小说创作与第一阶段的先锋小说创作相比不是像一些评论家们所片面阐释的那样不可挽回地发生了断裂或溃散，而是走向了自身更加廓大的开拓和成熟，在经历了化蛹为蝶的创作调整期之后，不难看到，多数先锋作家仍旧带着不失先锋精神的各自名篇佳制，屡屡冲击着中国乃至世界文坛，转型后的格非、余华、苏童、叶兆言和北村等以各自更加骄人的创作实绩不断获得文坛、评坛的经典指认和持续关注，莫言更是在 2012 年一举斩获备受瞩目的诺贝尔文学奖，所有这些，显然都是对笔者针对 30 年中国当代先锋小说作家及其小说创作所下论断的最好注解。

第一章 新时期以来的历史语境和
先锋小说的创作发展

第一节 当代先锋小说的历史登场和创作发展

一、当代先锋小说的历史登场

步入 20 世纪八十年代中期，一度被誉为"文明与愚昧的冲突"、"民族灵魂的发现与重铸"、"反封建主义"和"人道主义"的"伤痕"、"反思"、"改革"等小说潮流，已经渐次失去当初的锋芒和魅力。这正如著名评论家丁帆先生不无痛切地指谪的那样："'改革文学'走到最后，除《改革者》、《三千万》肤浅地重复'十七年文学'的'颂歌'模式外，还开始了'文革'式的造神写作，像《新星》、《夜与昼》这样具有现代迷信的反启蒙文本的开始出现，显然是对前期'伤痕文学'和'反思文学'启蒙内涵的颠覆与篡改，也是对八十年代文学莫大的讽刺"。[1]这种迹象无疑是由"伤痕"而至"反思"和"改革"小说所体现的新时期社会启蒙小说潮流走向衰退的重要征兆。再加上 1985 年刘再复在其长篇论文《论文学的主体性》中从学理性、思辨性很强的纵深方向向此前一直坚持政治经济是文艺的基础、文艺是政治经济的反映持论者的抨击和驳斥，人们对在当时"拨乱反正"、"解放思想、实事求是、团结一致向

---

1 丁帆:《八十年代：文学思潮中启蒙与反启蒙的再思考》,《当代作家评论》2010 年
01 期。

前看"的政治思想路线指导之下的"伤痕小说"、"反思小说"和"改革小说"及其所秉的创作观念越来越感到怀疑。同时，从："80 年代初至 80 年代中期，香港、台湾的武侠小说和言情小说在内地大量出版。以金庸、梁羽生、古龙为代表的新武侠小说和以高阳为代表的历史小说、琼瑶的言情小说，梁凤仪的财经小说的联袂登陆，吸引了大批读者。据不完全统计，仅金庸、梁羽生的武侠小说就达 10 余种，第一版印数达 200 多万册。金庸的《射雕英雄传》、《天龙八部》、《鹿鼎记》，梁羽生的《白发魔女传》、《萍踪侠影》等改编成电视剧后，很受观众的欢迎……"。[2]这些都给严肃文学的新时期启蒙小说潮流带来很大的冲击和影响。新时期的小说发展并没有出现如同"文化大革命"刚结束时许多作家、批评家乃至读者以为的那样，只要纠正了一度戕害现实主义文学的极"左"观念，正视人、人生和社会，文学就可以告别虚假，继而会向五四"为人生"的文学、向批判现实主义重新回归、再创辉煌。而这种预判的失败，使得人们或多或少都意识到造成这一文学危机的更深层次的原因在于现实主义小说艺术自身的因循守旧和停滞不前。

"五四"薪传的现实主义、批判现实主义主流小说艺术的继承者们在 80 年代中前期的历史现场显然陷入了要继承先辈的艺术传统和革新小说艺术的张力之下。一方面，他们深深依恋于在"五四"文学和"十七年"文学期间现实主义曾经创造过诸多史诗性经典小说巨著的黄金时代，另一方面，他们亦清楚地认识到传统现实主义小说在改革开放以来西方现代主义小说竞争下面临的危机：即是 19 世纪以来的经典现实主义并不是今天现实主义必须固守的惟一样式，现实主义必须以开放的姿态广泛吸收各种艺术手法和表现技巧以丰富自己。新时期的现实主义必须完成由"复归"向"创化"的转变。必须承认，80 年代中期以后迄今，有此种"创新"精神的现实主义小说作家仍然创作出了不少足以彪炳新时期乃至整个百年中国现代小说史的优秀小说作品。路遥、陈忠实、贾平凹、阎连科、张炜、刘震云、迟子建……等作家都是现实主义小说创作的继承者。路遥在《人生》和《平凡的世界》中，以其恢宏的气势和史诗般的品格，全景式地表现了改革时代中国城乡的社会生活和人们思想情感的巨大变迁；陈忠实的《白鹿原》在作者查阅县志、地方党史和搞社

2　王庆生主编：《中国当代文学史》，北京：高等教育出版社，2003 年 02 月第 1 版，第 255 页。

会调查的现实材料基础上，以两个家族的兴衰以及渭河平原50年变迁中触目惊心的长幅画卷，描绘了"一个民族的秘史"；贾平凹的《秦腔》以极其现实，甚至显得有些琐碎的日常生活场景，真实而深刻地揭示了极具典型意义的人类精神困境，抚慰了一代人的心灵，为传统的农耕文化奏响了安魂曲；阎连科的大量小说于乌托邦式的理想主义情结而外，兼有鲁迅的精神遗传，对中国农民的劣根性有着深刻的揭露和批判；张炜、刘震云、迟子建等现实主义小说作家也纷纷在其作品中凸显了对现实生活的关注和思考，他们的小说也都忠于现实、贴近现实，细致地描绘置身于其中的社会生活，用生动形象的画面展现了时代的社会面貌和真实的历史风云。这些情况说明：在"五四"取得辉煌成就的现实主义小说传统仍有艺术潜力，仍有未被穷尽的艺术空间。当然，如前所述，传统现实主义小说的这些继承者们并未在已经形成的格局上停步不前，他们普遍意识到时代和文学精神的变化，要吸收新的美学风尚，以使小说适应新的社会和文学现实。限于篇幅，笔者这里仅以阎连科的现实主义小说为例对此予以说明：在阎连科的小说创作中，总体看来无疑是"现实主义"的，但它和传统的现实主义小说却显然有别。譬如在其小说的很多部分，我们看不到对客观事物的具体、生动、准确的细节描写，作家往往以虚构出来的各种超现实的、情节荒唐夸张、充满黑色幽默的荒诞故事来演绎小说主题。正基于此，许多评论家将其归为"荒诞现实主义大师"。

另一些小说作家，则以更为激进的革新者的姿态出现，他们明确地站在五四现实主义、批判现实主义传统的对立面，不满足于在局部上，而要在更大程度上变革小说艺术，一时间处于文学史现场的中国小说叙事发生了全方位性的变革："年轻作家以新颖的姿态崛起，中老年作家也一改以往的写作套路，给人以耳目全新之感。如残雪的梦魇般的叙述，扎西达娃的'隐秘的西藏岁月'的建构，宗璞等的荒诞小说，韩少功等的文化'寻根小说'，陈村'张三系列'的冷叙述，马原的'叙述圈套'，刘索拉的《你别无选择》，徐星的《无主题变奏》，王蒙的《来劲》《一嚏千娇》等，林斤澜的'矮凳桥系列'……"。[3]正是在这股被学界当时含混地统称为"新潮小说""先锋小说"或"探索小说"的潮流中，以马原、莫言、残雪、扎西达娃和格非、苏童、余华、北村、叶兆

---

3 董健，丁帆，王彬彬主编：《中国当代文学史新稿》，北京：北京师范大学出版社，2011版，第258页。

言、孙甘露、洪峰、潘军和吕新等为主要代表的先锋小说作家接踵跻身文坛瞩目的中心，并最终以其前后两个阶段、迄今横跨三十年多年的整体创作实绩构成了新时期中国现代小说史上最为引人注目的现象。

正像这股整体小说革新思潮中的其他流派一样，外来的现代主义、后现代主义文艺思潮同样对先锋小说流派有着（更加）深刻的影响。可以毫不夸张地说，当代先锋小说基本上就是在这两种思潮的传播放送背景下被催生和逐渐成长起来的。同样在这两种外来文艺思潮影响下与此同时或稍前，也产生了以高行健的创作为代表的先锋实验戏剧和以"朦胧诗"、"第三代诗歌"为代表的先锋诗歌（和电影）。但它们哺育出来的更大硕果无疑在小说领域。

二、从模仿到创新：当代先锋小说创作两阶段的发展轨迹

通过追踪三十多年来先锋小说创作的缘起、发展、嬗变和演进的整体脉络，可以大致以 1993 年为界将之划分为前后两个阶段。

从 1985 前后到 1992 年前后可以视为第一个阶段。

这些先锋小说作家登上文坛伊始，即把传统的现实主义、尤其是尚未被从批评和创作意识深处根除的社会主义现实主义的一整套创作思想和美学规范看成小说艺术发展前进途中的大敌。力图通过小说的重塑，把小说从"反映"论、"模仿"论的桎梏下解放出来，他们的作品大都有明显的内省倾向。由于深受孕育在外来文艺思潮中的现代主义、后现代主义"艺术真实"观，实验性语言和结构主义叙事手法的影响，这两批小说作家在传统的现实主义文学惯例和手法之外，积极探索新的艺术表现方法。随着这些作家创作量上的日益增多、加上批评界的积极倡导以及若干大型权威文学期刊的推波助澜，先锋小说创作遂在此一时期短短的数年之间出现了间歇性的持续强劲势头。

就这一阶段的先锋小说创作而言，走在革新最前沿的无疑是马原、莫言、扎西达娃和残雪，马原的《冈底斯的诱惑》《西海的无帆船》和《虚构》等作品，把传统的故事结构分解重组，把故事的背景氛围有意抽空，以其有名的"叙述圈套"造成小说观念的根本变化。莫言的《透明的红萝卜》《球状闪电》《金发婴儿》和扎西达娃的《系在皮绳扣上的魂》《西藏隐秘的岁月》分别以"感觉魔幻小说"和"雪域魔幻小说"饮誉一时；残雪的《公牛》《山上的小屋》《黄泥街》等完全摆脱理性的思维惯性，在潜意识的梦幻天地中建构属于她自己的主观的、超现实的世界。在随后几年间，苏童、格非、余华、洪峰、

孙甘露、叶兆言、北村、潘军和吕新等人，也俱都以其各具不同先锋色彩的成名小说——如格非的《迷舟》、《褐色鸟群》；苏童的《一九三四年的逃亡》、《乘滑轮车远去》；洪峰的《奔丧》《瀚海》《极地之侧》；孙甘露的《信使之函》《访问梦境》《请女人猜谜》；余华的《四月三日事件》、《河边的错误》、《现实一种》、《难逃劫数》；叶兆言的《五月的黄昏》《绿色咖啡馆》《枣树的故事》……等都是这一阶段的创作收获——渐次在文坛崭露头角，从而使得该时期刚刚摆脱襁褓不久的先锋小说创作在整体上呈现出了第一次众声喧哗的繁荣格局。

客观而言，这一阶段的"先锋文学"之所以能够得以继伤痕文学、反思文学、改革文学、寻根文学等之后，实现了新时期文学发展过程中出现的又一次更为令人瞩目的创作突破，委实离不了"先锋小说"这一殿军角色。仔细研究这一时期的先锋小说文本，不难发现，比及新时期以来文坛上风骚各擅的其他小说思潮而言，先锋小说作家们对于外国文学资源尤其是其中20世纪以来的现代、后现代小说经验的借镜尤为突出。在世界先进文学的他者视界中，在对之进行积极接轨和锐意赶超的野心促使下，其所取得的成绩是有目共睹的，它真正意义上突破了已经产生重大缺陷的此前所谓的社会主义现实主义文学的叙事规范，以一种颠覆叙事传统的激进方式将传统叙述经验挤到边缘，终结了意识形态小说模式的话语霸权，扩大了当代文学的形式美学空间，不仅从语言学、符号学和叙述学意义上提升了当代中国小说与世界优秀小说的艺术和技术差距，也为90年代的中国文学提供了崭新的艺术经验和写作资源。

但是，同样毋庸讳言的是，在这一时期，大多数先锋小说作家笔下的先锋作品在语言实验性和形式先锋性的炫目光环下其实还都相当稚嫩，和同时期的其他新潮小说作家一样，他们中的绝大多数对西方现代、后现代小说资源中真正的表现主义、存在主义、博尔赫斯虚构式创作、魔幻现实主义以及新历史主义诸流脉内在的思想内蕴以及与此互为表里的外在艺术美学形式的理解还存在很大局限。这无疑造成了他们此一时期的小说文本无论在思想性还是在艺术成就方面，都在更大意义上呈现出"泛主义"的表征，在总体创作实绩上和外国同类作家作品比较起来差距很大尚不能与之同日而语。也即是说，虽然这些先锋小说作家在80年代中后期属于先锋小说的那个幸运的历史性时刻跻身于文坛中心从而很快就暴得大名，但由于当时多种主客观的条件所泥，大多数的先锋小说作家的小说作品中尚缺乏那种真正对人生命运、人类前途、人在与社会历史的关系坐标系中个体存在价值究竟如何……等问题作哲理思考的自觉意识。没有外国经典思想家或一流小说大师冷漠旁观人类危机的"局外人"姿态、缺乏加缪所主张的西西弗精神中所特有的清醒、深刻和刚毅使得他们无法进入到更深层的人的本体世界，这种深度的缺乏就不能不让历史现场其时的这些先锋小说作家的"泛主义"作品对西方的借鉴主要限于技巧的层次了。

1993 年以来迄今，可以视为当代先锋小说作家创作的第二阶段。很明显，上一阶段原创性不足的情况到了先锋小说作家创作的第二个阶段发生了令人欣慰的改观。这可以归结为，从作为对外来现代派、后现代派小说文艺思潮的接受主体的主观方面来说，历经了前期的摸索与实践，其对外国小说资源的原典解读上的能力无疑得到了长足的提升，由此，大大降低了前期因为错误性"误读"而造成的写作尴尬；而从客观方面而言，缚先锋小说作家的先前那种"客观"时代语境的限制，亦基本上不再成为一个问题，因为就九十年代中国的社会文化结构而言，它已经走出了农业文明的羁绊，在现代化的"补课"中，逐渐完成工业文明的全面覆盖。纵观此一阶段的先锋小说作家的整体创作，虽然由于社会、文化和作家自身的种种原因，在这一作家整体阵营中，出现过类似马原、扎西达娃、潘军、格非等先锋作家在先锋文坛内外一度往返游离的现象，在 90 年代初一度还在若干先锋作家那里出现过为了商业利益、刻意降低探索力度以迎合迁就一般读者接受能力的视点下沉案例等先锋小说创作上的蜕化表征，但总体看来，绝大多数的先锋小说作家在经过了时代震荡的短暂调整以后，还是普遍进入了各自创作上的开拓和成熟期。

在作家新生力量方面，除了上一时期就已经成名的先锋小说作家而外，这一时期的北村、吕新和潘军也都以他们各自堪称代表作品的中短篇、长篇小说文本充满锐意地进入文坛瞩目和批评的中心。

在长篇小说的创作实绩方面，仅 1993 年一年，就有莫言的《酒国》《食草家族》，格非的《边缘》《敌人》，洪峰的《苦界》《和平时代》，苏童的《武则天》《离婚指南》，北村的《施洗的河》，孙甘露的《呼吸》，余华的《活着》，扎西达娃的《骚动的香巴拉》，吕新的《抚摸》，潘军的《风》等长篇小说陆续发表，其中的多部长篇都获得了批评界的好评，表现了文坛对于先锋小说创作实绩的肯定。这以后从九十年代到新千年，还相继出现了一大批更有创新意义的、在形式和精神方面达到双重先锋的厚重长篇，如莫言的《丰乳肥臀》

《檀香刑》《生死疲劳》《蛙》；北村的《望着你》《愤怒》《我和上帝有个约》《安慰书》；余华的《许三观卖血记》《兄弟》《第七天》；格非的《欲望的旗帜》《人面桃花》《山河入梦》《春尽江南》《望春风》；苏童的《河岸》《碧奴》《黄雀记》；叶兆言的《花影》《花煞》《一九三七年的爱情》《我们的心多么顽固》《很久以来》潘军的《独白与手势·白》《独白与手势·蓝》《独白与手势·红》；吕新的《梅雨》《草青》《白杨木的春天》《下弦月》；洪峰的《东八时区》；残雪的《新世纪的爱情故事》《最后的情人》《边疆》；马原的《牛鬼蛇神》《纠缠》《荒唐》等。这以后，新时期以来的先锋小说创作由此进入了一个极富于成果的重要阶段。综观 90 年代以来的先锋小说创作，无疑是其在前一阶段得以确立后进一步深化并求得发展的时期。历史品格浓厚的长篇而外，而皈依宗教的神性写作长篇和魔幻象征性极强的长篇居然也同时出现，但哪一种都斩获了不菲的创作实绩。

不难看出，在克服了前一阶段主、客观创作条件束缚后的这批先锋小说作家，大多再对西方文艺思潮明显地减少"误读"的基础上，有机地将来自世界文学的先进经验和本民族的具体历史语境联系起来。在写作的题材内容上他们纷纷开始将目光转向了中国的现实和历史本身，在写作的美学倾向上，则同样显出了向传统现实主义乃至中国古典话本、章回小说的趋近与靠拢——当然，这后一种写作美学上的靠拢和走近，绝不意味着一味地返祖和倒退，而是使得先锋与传统、外来思潮文化和中国本土的民族性二者在更高意义上的有机融合。正是在这种否定之否定意义上的更高级融合基础上，绝大部分的先锋作家在他们不断开拓创新的第二阶段，以他们各自更加成熟的名篇佳制，屡屡冲击着中国当代文坛，以其精神和形式的双重先锋姿态每每站到中国文学的浪尖潮头。

第二节　先锋小说产生的社会文化条件和现实主义小说背景

一、先锋小说产生的社会文化条件

当代中国先锋小说的创作潮流的产生和发展是由一系列社会、文化和文学的因素共同酿就的。

1976 年 10 月粉碎"四人帮"的胜利和 1979 年 10 月 30 日至 11 月 16 日

第四次全国文艺工作者代表大会的召开，为中国社会也为中国新时期文学的时代转型创造了基本条件。它宣告了"文化大革命"极左政治、文艺路线的寿终正寝，标志着中国社会即将步入改革开放的新时代，中国当代文学也由此进入了历史发展的新时期。作为社会反映"象征载体"的当代中国先锋小说，从"写什么"的维度上而言，社会的移形换位必然同步地为作家进行文学创作提供崭新的时代内容和律动着的时代主题。而 1977 年全国高考制度的恢复，使得一度中断多年的社会精英教育体制得以修复，造就了一大批有科学文化知识、有现代启蒙意识的新知识者群体，他们成为推动先锋文艺思潮和组成先锋小说作家（马原、扎西达娃、格非、苏童、叶兆言、洪峰、北村、潘军、孙甘露和吕新等作家均读过大学，莫言也读过军艺）和接受包括先锋小说在内的先锋文学的主要力量之一。摩罗教授曾对这批作家和上一代作家之间的知识谱系构成的不同作了这样的一番不无中肯的点评，他说："在苏童这一代作家练笔之初，中国正统文坛正在由反思文学走向改革文学，这种在官方意识形态的规范下，从社会政治角度切入生活的文学思潮和文学实践，在八十年代中期堪称辉煌一时。这种浅薄而又庸俗的现实主义与延安文学、十七年文学、'文化大革命'文学一脉相承，那些叱咤风云的改革人物与不久以前的'高大全'英雄形象频频挥手致意，相互呼朋引类。这种虚幻的光明与理想既是对文学的扭曲，也是对人类心灵的扭曲。最卖力地泡制这种文学的，是那一代苦难深重的曾是'右派'的作家。这一代作家也许是世界文学史上最为不幸的作家。他们当初受教育时就浸泡在由粗糙作品所构成的红色海洋里，由此培养出十分狭窄的文学观念和十分单一的审美趣味。他们刚刚处于文学的幼年期，不幸被历史灾难送入了冷宫，从此与人类一切高贵的文化与文学无缘，甚至也无暇去寻思人性的丰富与复杂。待到他们摆脱冷宫，有幸被历史推到前台来，他们只有一面为自己的贫乏和苍白暗怀感伤，一面按着五十年代的观念和趣味亢奋表演，不失时机地展现自己固有的心愿与期望。他们怎么也不会想到，此时此刻，他们笔下的光明和理想不但唤不起神圣感，而且只能催生出滑稽感。他们虽然常常能够在半政治半文学和评奖中捧来奖杯，可在那些有鉴赏力的读者眼中，他们和他们的作品恰好是半政治半文学的悲剧甚至可以说是滑稽剧。所谓有鉴赏力的读者，就包括着随后崛起的这样两个作家群体，一个是以马原、余华、格非、苏童为代表的先锋作家群体，一个是以刘震云、刘恒、方方、池莉为代表的新写实作家群体。这一代作家是 1949 年以后第一代受过较好的文学教育的作家，他们不但研习过高贵而又痛苦的古典作品，也研习过深邃而又诡异的现代作品。为了捍卫艺术和文学的尊严，将自己的艺术面貌与那一代不幸的所谓'右派作家'和不幸的改革文学区分开来，成了他们执笔写作时的第一心理需要"。[4]另外，70-80年代之际大量官方文学期刊的复刊与创立也在传统权威刊物之外为先锋文艺思想、先锋小说的发表提供了广阔的平台。譬如程光炜就统计过"仅一九八五到一九八七年间，《上海文学》发表了三十篇左右的'先锋小说'，这还不包括另一文学重镇《收获》上的小说，差不多占据着同类作品刊发量的'半壁江山'。"；[5]与此同时，越来越多的新锐批评家如吴亮、李劼、吴义勤、张玞、陈晓明、南帆等人开始对先锋小说作家的作品进行关注、批评和力推。在九十年代以后，影视与文学的合作，各种官方、民间的文学出版社的出现，导致先锋文学市场的形成，日益攀高的稿费排行榜也为一些渐次走红的先锋小说作家自谋生路、摆脱体制的话语束缚提供了经济保证。不可忽视的还有新时期以来文学话语空间的相对自由。倘若从 80 年代贯穿始终的意识形态话语调节与新时期文学发展之间的同步关联来看，就会发现其中隐含有一幅类乎嵌套式波动结构的曲线轨迹图。这幅曲线图大致可以细分成若干几个连续流转的波潮跌宕期：第一潮兴起于 1978-1980 年左右；第二潮大致在 1982-1983 年 10 月前；第三个巨潮从 1985 年掀起，大约延续到 1986 年底，然后又是一个一年左右的平潮期；第四个浪潮大约波动于 1988 年到 1989 年上半年。八十年代这种文化、文学思潮的几次阵歇式波动，大致都有某种骤起骤落的性质，而且这种骤起骤落，直接与意识形态话语调节的"收"与"放"有关，意识形态的话语调节加强时，文化文学思潮大致处于低谷期，反之，意识形态的话语调节松弛时则是文化文学的高潮期。但是，在这种此起彼伏的文化波动中，中国当代文化、文学从整体上而言毕竟没有退回到"文化大革命"时期，[6]而是在朝向文学自律性、文学现代化的方向努力挺进。总体说来，在整个八十年代，比起共和国的前三十年，意识形态所释放出来的话语空间

4　摩罗，侍春生：《逃遁与陷落——苏童论》，《当代作家评论》，1998 年 02 期。

5　程光炜：《如何理解"先锋小说"》，《当代作家评论》，2009 年 02 期。

6　参见董健，丁帆，王彬彬主编：《中国当代文学史新稿》，北京师范大学出版社，2011 版，第 251-252 页。

无疑是大大自由了。在九十年代以后，基本上这种话语空间的释放幅度还在进一步地扩大。当代先锋小说作家及其作品之所以能够产生很大反响，也显然是和官方此一时期松缓的意识形态政策所释放出来的偌大自由空间紧密相关的。因为这种比较自由的氛围，有利于突破常规的独立思想，有利于容纳多元的外来思潮，有利于对传统文艺规范大胆的反省。总之，在历史转型期提供的各种社会的、文化的和文学的有利条件的共同发酵下，结合大量外来现代主义、后现代主义先进文艺思潮在国内的传播放送，孕育当代先锋小说的各方面条件也就成熟了。

二、先锋小说面临的现实主义小说背景

中国当代的先锋小说创作本质上是企求中国现代白话小说的现代化"运动"。在"后文革"以来外国先进文艺思潮，尤其是 20 世纪以来的现代主义、后现代主义文艺思潮的影响下，处于转型现场具有强烈革新意识的这批先锋小说作家，从对传统"五四"时期传入中国并最终在中国现代文学史上取得主宰地位的、一开始就被宽泛化乃至有意误读了的、颇具中国特色的"五四"现实主义单一美学规范的质疑冲击和对社会主义现实主义僵化体制的全面反抗开始的。

现实主义作为诸多创作方法之一在"五四"被介绍进中国之后，逐渐从一种普泛性的真实反映人生的创作理念，演变成为带有极端排他性的"社会主义现实主义"的规范，并最终经由"革命浪漫主义"的陪衬，在"文化大革命"中彻底走向它的反面。所谓"社会主义现实主义"这一概念，是前苏联对 19 世纪三十年代以来以巴尔扎克、列夫·托尔斯泰等经典作家为代表的批判现实主义进行名义上的局部保留以后又加以"扩展"的结果。"社会主义现实主义"概念最初出现于 1932 年。1934 年 5 月，在《苏联作家协会章程草案》的理论部分，对之做了"完整的表述"。这一概念经过了高尔基的阐释以后，就明确地将自身和 19 世纪三十年代以来的批判现实主义区分开来，高尔基说："资产阶级的'浪子'的现实主义，是批判的现实主义：批判的现实主义揭发了社会的恶习，描写了个人在家庭传统、宗教教条和法规压制下的'生活和冒险'，却不能够给人指出一条出路。批判一切现存的事物倒是容易，但除了肯定社会生活以及一般'存在'显然毫无意义以外，却没有什么可以肯

定的。"[7]他继而断言："'资产阶级贵族的现实主义'，就是司汤达、巴尔扎克、托尔斯泰的批判现实主义。正是为了这一点——通过形象表现出来的批判态度，——列宁才赞扬了托尔斯泰，恩格斯和马克思才赞扬了巴尔扎克。我们的现实主义有可能和权利从事于肯定，它的批判专注于过去以及过去在现时的反映。而它的基本任务是借助于形象地描写劳动过程中的事实、人们以及人们的相互关系来肯定社会主义。"[8]这种只允许对过去的资本主义社会的现实和真实进行批判、对社会主义社会的现实和真实则应当肯定的定性诠释，从内在基因上阉割了知识分子文学创作的现实主义批判精神，在雷蒙德·威廉斯看来，这种"社会主义现实主义"要求作家描写的所谓的"现实"和"真实"，事先须得内在地遵循"人民性""典型性""理想性"和"党性"这四重原则，"人民性实际上带有技术性的含义，虽然它也表达精神方面的意义：与'形式主义'的冗繁相反，它要求的是作品的简明通俗和传统文艺中的清晰易懂。理想性和党性与这种现实主义的意识形态内容和党派倾向有关，正如人民性是现实主义的通常的技术意义的重述一样，理想性和党性也就是上面所说的意识形态的和革命态度的发展……涉及到第四个因素典型性时，问题就扩大了……我们可以看出典型性这一概念把现实主义原来的意思即对于观察到的现实的直接复制给改了。'现实主义'不再是直接的复制而变为一种有原则，有组织的选择了。"[9]，可见，"社会主义现实主义"所要描绘的现实和真实，既不是批判现实主义意义上的现实和真实、亦不是马克思原典意义上的现实和真实，比及前两者，它所反映的与其说是鲜活社会内容的真实，倒不如说是在一整套空虚的、充满矛盾的形式概念层面的真实，这套形式概念并不是一种自发性的文学思潮，没有文学创作的自然基础，而是由政治权力结构按照国家意志制造出来并强制推行的文学模式。正是从这个维度而言，它事实上早就脱离了马克思主义的现实主义观，和17世纪欧洲盛行的、机械保守的新古典主义一脉相通。针对"社会主义现实主义"对中国现代白话文学创作方面长期、严重的恶劣影响，汪介之教授不无沉痛地指出："'社会主

7　[苏]高尔基：《和青年作家谈话》（1934年），《文学论文选》，孟昌等译，北京：人民文学出版社1958年版，第300页。

8　[苏]高尔基：《给叶·谢·多宾》（1933年），《文学书简》下卷，曹葆华、渠建明译，北京：人民文学出版社，1965年版，第311-312页。

9　[英]雷蒙德·威廉斯：《现实主义与当代小说》，载戴维-洛奇编：《二十世纪文学评论》下册，上海：上海译文出版社1993年版，第333-336页。

义现实主义'的本质是以政治要求来规范文学创作……20 世纪中国文学史上的优秀作品，要么是在这一概念和定义出现以前和消亡以后产生的，要么是较早清醒地看到了它的实质的作家们创造的，几乎无一例外。这一无可回避的文学史事实，不仅充分地说明了'社会主义现实主义'概念和定义的弊端，也让人们看清了它对 20 世纪中国文学的负面影响。"。[10]

20 世纪 80 年代，随着李留记的《社会主义现实主义不是独立的创作方法》和杨春时的《"社会主义现实主义"再思考》、《"社会主义现实主义"批判》等批判文章在《文汇报》等权威刊物上的发表，"社会主义现实主义"在中国事实上也就基本上被理论界彻底抛弃了。

在"影响-接受"研究理论的视阈下，进入二十世纪八十年代以来，无论是作为传播放送一方的外国文学思潮，还是作为接受一方的中国当代大陆文学，都较之"五四"以后的中国现代文学三十年发生了翻天覆地的变化。从放送者的维度来看，西方的现实主义和现代主义文学而外，二战末期兴起的以存在主义哲学为思想基础的存在主义文学、荒诞派文学、黑色幽默文学，以西蒙、罗伯格里耶等为代表的法国新小说派以及以拉美幻想主义、魔幻现实主义、心理现实主义和结构现实主义文学为集中代表的拉美爆炸文学等后现代主义文学思潮流脉接踵继起，成为影响中国大陆文学创作的一支不容忽视的生力军。从作为接受者的中国大陆一方而言，"五四"时期压倒"启蒙"的民族"救亡"主题已经不复存在，历经"大跃进"和"文革"磨难的中国刚刚经历了特殊的政治异化阶段，进入九十年代，中国在市场经济的世界接轨中，又出现了现代主义和后现代主义的历史语境，所有这些都使得"五四"时期被冷落疏远的强调个性解放反对异化的现代主义文学思潮和世界文学在二战之后接连兴起的诸多后现代主义文学思潮获得一种接受上的合法环境，所有这些，都使得"后文革"时期中国大陆文学对外来文学思潮的接受呈现出一种迥然有别于现代文学三十年对外国文学思潮"从多元到一元"经过路线的、"从一元重回多元"的崭新时代风貌。

如上所述，作为包括朦胧诗和第三代诗歌群落、先锋小说、实验戏剧、第五代导演等构筑的整体先锋文艺思潮中有机组成部分的当代先锋小说创作这一支脉，自身和先锋文艺思潮一样，既是代际文学发展自身孕育的结果，

---

10 汪介之:《"社会主义现实主义"在中国的理论行程》,《南京师范大学文学院学报》, 2012 年 01 期。

是社会变革与文化转型的产物，而外国文艺思潮的影响，则又是其不可忽视的更重要外因，这是由于中国白话文学史自身的特殊性决定的。由笔者上述对民国现代文学三十年居于主导地位的"五四"现实主义和共和国前三十年被法定为唯一写作方法的社会主义现实主义的谱系追踪可以了解，中国现代白话文学逐渐走向式微乃至僵死的最大原因，就是上述两种被误读了的现实主义逐渐排斥包括现代主义在内的其他多元创作方法所致。想要接轨世界先进小说文学，就必须对症下药，对小说中"人"和"世界"的价值判断的思想内蕴方面、语言载体方面，小说的叙述方式方面等多个维度对此前的传统现实主义小说思想美学窠臼进行综合立体的现代化革新。以下，笔者将在下节对此展开论述。

第三节　先锋小说中的新"人"观及其语言、叙事革新

中国当代先锋小说是以现代主义、后现代主义等为主要艺术手段反映当代中国社会的小说创作，是烛照共和国建国以后历次的社会运动和三十多年改革的现实在人们身上、心中留下复杂精神图景的小说创作，是借镜西方的表现主义和存在主义哲学对世界和人作了重新解释的小说创作，是具有现代启蒙意识和现实悲悯的一代有良知的小说作家努力对人们日益感到现实和人的存在不合理、不可理喻的迷惑试图进行文学解答的小说创作。

一、先锋小说中的新"人"观

在时代转型的临界点上，深受现代西方非理性文化、哲学思想熏陶的当代先锋小说作家结合自身的人生真实阅历，普遍感受到世界和人的经验具有远远超越被"五四"现实主义小说作家们奉为神明的理性的复杂一面。对于社会主义现实主义那种将人简单地归结为阶级的、政治的人更是不屑一哂。"文革"期间的生命体验、九十年代以来的物欲洪流、现实生活的异化荒诞无不使得他们自然而然地从西方的表现主义和存在主义哲学那里寻求对"世界"和"人"的新的答案。

在表现主义哲学眼里，人类始终不懈追求的那个充满公正、公平、正义的世界从未真正来临，18世纪的启蒙主义者们许诺给后世人们的美丽蓝图，在由以"血和肮脏的东西"写就的19世纪踏入的20世纪更是堕落到了一种

"新的野蛮状态"。居于今天这个野蛮社会的人们在好不容易历经艰难挣脱了"神祇"和"君主"双重锁链的束缚后，很快又被现代性的发展戴上"物化"社会新的奴役桎梏！现代人不过是被种种异化体验和危机、焦虑意识所重重包围的两足生物罢了。

而在存在主义哲学那里，人类自文艺复兴以来自负的科学主义、理性主义、乐观主义都应该被重新解剖批判，被工具理性、人类进步等宏大公共话语所长期遮蔽的旨在首先追求个人解放、个人幸福为主导价值取向的个人主义优秀传统需要重新摆到人类哲学思索的最大母题地位上来。在《存在与时间》中，"海德格尔从个体的人出发把异化理解成人的生存的普遍形式，晚期的海德格尔又从'自己与他物'共存关系的角度谈人的非本真生存方式，但不管是他人对自己的异化还是人在技术时代的异化，都着眼于从个体的人"。[11]同样，在萨特看来，异化并非是马克思认为的那样仅仅是私有制的特殊现象。他断言，"个体的人在匮乏的环境中首先失去人性然后又起来反抗以求恢复人性。但是反抗或革命一旦被组织起来，就会被制度化而重新陷入分散状态和惰性状态，也即是说，反抗或革命不可能消除异化，相反只能导致新的异化"。[12]——具体而微，存在主义哲学认为，对个人的生存和生存处境"如何才能不被异化"的关注，应该成为了存在主义的出发点。世界并不是依赖理性、科学可以解释的，其本身只是一个永恒的无意义的荒诞性存在。过去的哲学曾致力于其中的确定客观世界的发展规律和人在这规律中的作用和意义的种种努力，现在随着世界已注定陷入无穷的灾难和崩溃、人类注定陷入不幸与痛苦、陷入无出路的苦闷与彷徨而化作了"规律的碎片"。在这种无边的荒诞包围中，人是唯一可以不断选择其生存方式的"自为"的存在，人要想勇敢地活，勇敢地肩负起扭转被动地位的使命。他就必须寻觅自我生存的"本真"意义为本体。因为世界人生无所谓意义，只有人的行为才能赋予荒诞的世界和自我人生以意义。加缪同样断言：面对生存的荒诞性，应该采取实际行动反抗荒诞而不是坐以待毙："要求于荒诞的创造，正如我要求于思想、索取的反抗、自由和多样性一样。必需的专心，不屈不挠的精神和清醒的意

---

11 杨经建，董外平：《历史的"虚无化"和文明的"非理性"》，《浙江社会学刊》，2010 年 01 期。

12 杨经建，董外平：《历史的"虚无化"和文明的"非理性"》，《浙江社会学刊》，2010 年 01 期。

识就这样与征服的态度会合了。"。[13]加缪相信，面对荒诞反抗是唯一出路。正基于此，海德格尔才说，人倘若寻找不到或不愿面对他存在的这一"本真"意义，人就会迷失，返回不了其精神之家，就会堕入到非本真的存在"错置"的、"沉沦"的状态。这非本真状态，就是被"异化"的状态，因为在这种状态中，"每个人都是其他人，没人是他自己"[14]——这种存在主义者推崇的个人的"本真"存在，第一不是过去各个时代由"神本"、"君本"和"物本"操纵的"非人化的"工具性的存在、不是任何可以进行等价交换的"物"；第二不是由柏拉图建立的本体论的本质主义和由笛卡尔强化的认识论的主体主义和理性主义传统赋予了固定属性的抽象"人性之和"；第三亦不是被任何国家、群体赋予的各种功利属性的抽象"人性之和"。这种"本真"存在在未有加入到公共领域的群体共同诉求之先首先应该承认自身的这种个人诉求的价值追求的合法性，个人参与社会生活社会奋斗的前提和落脚点都是从承认和追求"个人的解放和幸福"这一需要被满足的基础上才有意义。个人是第一位的，国家、群体是第二位的，个人不是国家、集体公共机器上的一个齿轮或螺丝钉！一言以蔽之，个人的"存在"先于任何意义上的"本质"规定性——个人只能是为了追求"存在之本真"在"自为"意义上存在的个人！

正是在这种对人类首先作为不可重复、不可替代的个体该怎样在这个荒诞世界的包围中如何存在的追问中，存在主义哲学才从表现主义哲学那里接过思想传承的衣钵，其对世界和人作出的迥异于现实主义理性阐释的崭新命题才成为二战以来西方亦是全人类迄今仍在直面的最大哲学命题。在小说艺术中，萨特、加缪而外，西方继起文学思潮中的荒诞派、黑色幽默等小说思潮莫不是这一命题的派生和延伸。

表现主义、存在主义哲学关于世界和人的非理性哲学命题，对于几乎所有先锋小说作家的创作都发生过至深至巨的影响。二者的最大共同之处在于它们都是立足在对世界荒诞性既定存在的揭示和对个人价值的肯定和张扬，对个性解放的肯定和向往上。因为这无疑和立足于以"个人主义"反叛"阶级、集体、国家"等社会共同体对个人自由长期牢笼钳制的当代先锋小说创

---

13 [法]阿尔贝·加缪：《西西弗的神话》，杜小真，译，北京：西苑出版社，第152-153页。

14 [德]海德格尔：《存在与时间》，陈嘉映、王庆节译，北京：三联书店2006年版，第149页。

作主旨文意的追求之间具有很大的共鸣。结合文本不难发现，像"异化"的人性、"自由"的主体、"自为"选择的个性本质取向、幻灭的传统价值、荒谬与隔膜的孤独人生和传统英雄母题的祛魅等一直都是三十多年的先锋小说作家创作始终没有放弃的小说母题。

二、先锋小说中的语言革新

除了对世界和人作出了不同于传统的"五四"现实主义和社会主义现实主义小说创作的阐释以外，在小说的语言观念、叙事观念层面，中国当代先锋小说也表现出其卓然独立的崭新面目。

何锡章先生认为："如果说'五四'新文学运动是中国现代文学史上的第一次语言革命，那么'先锋小说'的出现则意味着对文学语言形式的'第二次反叛'。在语言层面上，如果说第一次革命是蓄意的，显性的，那么第二次革命则是自发的，隐性的。"。[15]

针对先锋小说的语言研究吸引过很多学者的目光，早在 1987 年《当代作家评论》的第二期，吴亮就在其文章《告别一九八六》中及时地对马原、洪峰、莫言等几位早期先锋小说作家的不同语言风格进行了追踪描摹。随着先锋小说创作的进一步发展衍变，对于整体或者个别先锋小说作家作品的语言研究就一直在进行。一九八八年《文学评论》编辑部和《钟山》编辑部在联合召开的"现实主义与先锋派文学"研讨会上对于先锋小说语言实验探索的肯定和陈晓明其后在《无望的救赎》和专著《无边的挑战：中国先锋文学的后现代性》中针对先锋小说所体现出的"话语意识"和"语言的迷津"所作的探幽发微可以视为文学批评界和学院派批评家们对于先锋小说作家语言专门研究的重视表现。

在那些从现代语言学"语言本体论"维度着眼研究先锋小说作家作品的研究者们看来："先锋小说"是试图将语言提升到本体地位的一次深刻革命。先锋派作家在语言运用中不断探索创新。他们学习了西方现代主义、后现代主义的创作方法，在语言实践方面着力突破语言成规，极力挖掘汉语表达的潜力和丰富汉语的表达功能。早期的一些先锋小说作家的代表性作品文本无疑支撑他们的此种观点。这些作品主要有：马原的《拉萨河的女神》《冈底斯的诱惑》《叠纸鹞的三种方式》《西海的无帆船》《虚构》；残雪的《苍老的

---

15 何锡章，鲁红霞：《"先锋小说"：文学语言的革命与撤退》，《学术月刊》，2008 年 09 期。

浮云》《公牛》《山上的小屋》《我在那个世界里的事情》《污水上的肥皂泡》《天堂里的对话》；苏童的《一九三四年的逃亡》《婴粟之家》；余华的《四月三日事件》《一九八六年》《河边的错误》《现实一种》；孙甘露的《信使之函》《访问梦境》《请女人猜谜》《我是少年酒坛子》；北村的《陈守存冗长的一天》《逃亡者说》《归乡者说》《劫持者说》……等等。正是基于这些先锋小说文本中迷散的实验性气息，一些持现代、后现代语言学"语言本体论"的批评家们认为，离传统小说样式愈来愈远的当代先锋小说在形式方面进行的大胆探索与实验，表现在语言方面的最大"非小说化"倾向就是其"表现出非叙述、非描写的特征，语言由工具变成了本体。"[16]这是对比传统小说中语言的地位而言的，因为"在传统小说家那儿，语言只是传达作者意图的工具载体，语言自身无特殊的价值与内涵，作品的主旨是呈现故事内容，表达作者的思想意图，因此，传统小说强调语言的叙述、描写功能，只要将故事叙述清楚，将人物、环境描写具体，语言就完成了自己的任务，而一旦目的达到了，语言形式就成了可有可无的东西，作者就可以'得意而忘言'、'得鱼而忘筌'。但对于先锋小说家而言，语言不再仅仅是工具载体……语言本身即是内容，有了什么样的语言，就会有什么样的内容，这样，语言就由原来的表达工具成为了小说的本体。"[17]，这种不再只是技巧和形式或纯粹外部东西的，和内容是同时存在的、不可剥离的语言一旦上升到了"语言本体论"的高度以后，给先锋小说作家带来的最大解放就是使得他们"不再仅仅运用具有叙述、描写功能的语言来进行写作，而且将那些具有非叙述、非描写功能的语言也纳入到小说语言的范畴之内，这样，小说语言就具有了非叙述、非描写的功能特征。"，[18]叙述、描写功能来源于语言符号能指和所指的联系，在索绪尔那里，"语言符号连结的不是事物和名称，而是概念和音响形象。"，[19]这里"概念"和"形象"就是后来他提出的"所指"与"能指"。"能

16 吕周聚：《论当代先锋小说的"非小说化"倾向》，《首都师范大学学报》（社会科学版），2008 年 05 期。

17 吕周聚：《论当代先锋小说的"非小说化"倾向》，《首都师范大学学报》（社会科学版），2008 年 05 期。

18 吕周聚：《论当代先锋小说的"非小说化"倾向》，《首都师范大学学报》（社会科学版），2008 年 05 期。

19 [瑞士]费尔南迪·德·索绪尔：《普通语言学教程》，北京：商务印书馆，1985 年版，第 101 页。

指"与"所指"是一个有机的整体，只有"能指"而没有"所指"是不可理解
的。然而，在一部分极端主张语言实验性的先锋作家那里，他们决然地在其
作品中中取消语言的所指，将语言变成一种能指的符号游戏。这种现代、后
现代派语言观对于大部分先锋小说作家的创作或多或少都有影响，这其中，
要数对孙甘露、残雪、吕新和早期的北村影响尤甚。随着 1989-1993 年先锋小
说创作向"现实主义化"的外向型过渡、转型的完成和先锋小说长篇创作上
的整体丰收，前期先锋小说在语言形式化方面的实验大都转向了小说（尤其
是长篇）双声型叙事话语化的方向上来了。

三、先锋小说中的叙事革新

　　叙事的历史几乎与人类的历史一样悠久。但是把叙事正式纳入研究的视
野其时间却并不算长。在西方语言学转向的推动下，上世纪 60 年代左右作为
结构主义的分支之一的经典叙事学一时影响甚广。但随着经典叙事学的形式
主义局限性被越来越多的学者所批判，旨在超越结构主义叙事学的"后经典
叙事学"又开始在西方兴起。"叙事学（法文中的'叙述学'）是由拉丁文词根
narrato（叙述、叙事）加上希腊文词尾 logie（科学）构成的。顾名思义，叙
事学应当是研究叙事作品的科学……新版《罗伯特法语词典》对'叙事学'
所下的定义是：'关于叙事作品、叙述、叙述结构以及叙述性的理论'。而七
卷本的《大拉鲁斯法语词典》对'叙事学'的解释是'人们有时用它来指称关
于文学作品结构的科学研究'，显然，这里的'文学作品'并不只包括叙事作
品一种。两种定义颇有出入，但有一点却是共同的，即：它们都重视对文本
的叙述结构的研究。简单说来，叙述学就是关于叙述本文的理论，它着重对
叙事文本作技术分析。"，[20]"叙事学"一词在 1969 年由托多罗夫（T·Todorov）
正式提出，整体来说，结构主义叙事学把自己的研究视界主要囿于文学，相
信对叙事虚构作品（主要是小说）进行内在性和抽象性的研究才是研究的正
途。第一，结构主义叙事学主张将所研究的叙事作品看做是一个自足的系统，
系统外部不存在任何规定性的制约。第二，该叙事理论强调研究对象的共时
性性一面，它分析、描述的是存在于这些作品之中的抽象的叙述结构。并试
图以语言学的方法出发，寻找出唯有叙事作品才具有的"语言形式"。因为结

---

20 黄光，编著，语文教育叙事研究理论与实践，北京：中国轻工业出版社，2009.09，
　　第 77 页。

构主义叙事学和此前出现过的俄国形式主义和英美新批评那样，把文本置于批评的中心地位，它们一起在致力于打破传统批评过分依赖社会、心理因素和主观臆断的倾向方面做出了不菲的贡献，比及英美新批评派仅仅把批评的视角集中在诗歌方面，结构主义叙事学在批评小说方面的优势使得它名噪一时，一时间，结构主义叙事学家接踵出现在学术的理论视野之中：托多洛夫、热奈特、罗兰·巴特、格雷玛斯、布雷蒙他们的著作从不同的角度使得人们对叙事作品的结构形式取得了比以往远为深刻的认识。

新时期以来，一些批评者开始对西方叙事学的研究发生强烈的关注。西方先后涌起的两次叙事学美学著作都有人翻译介绍进国内。袁可嘉从 1975 年发表《近年来欧洲结构主义思潮》肇始，"结构主义"叙事学开始正式被引入，紧接其踵者如张裕禾、程晓岚、王泰来、陈光孚等亦相继发表了有关结构主义叙事学的文艺批评文章，1983 年，张隆溪以《西方文论略览》为总标题，在《读书》发表多篇介绍西方文论的文章，《故事下面的故事——论结构主义叙事学》第一次真正打出"叙事学"招牌。此后，西方叙事学研究者的著作包括热拉尔·热奈特的《叙事话语　新叙事话语》、华莱士·马丁的《当代叙事学》、米克·巴尔的《叙述学：叙事理论导论》、戴卫·赫尔曼主编的《新叙事学》、苏珊·S·兰瑟的《虚构的权威：女性作家与叙述声音》、詹姆斯·费伦的《作为修辞的叙事：技巧、读者、伦理、意识形态》、希利斯·米勒的《解读叙事》、马克·柯里的《后现代叙事理论》……等叙事学理论开始被逐步介绍到中国，特别是杰姆逊在北大的演讲，带来了中国叙事学的繁荣。西方最有代表性的叙事理论作品而外，中国本土化的叙事研究也有了不菲的研究硕果，具有代表性的有陈平原的《中国小说叙事模式的转变》、罗钢的《叙事学导论》、杨义的《中国叙事学》等。

上世纪八十年代以来西方叙事学的传入和中国本土叙事学的发展，无疑给当代先锋小说作家的小说创作实践带来了重大影响，在这批当代先锋小说作家的文本中，现实主义小说那编排故事的起承转合的固有模式被打破，在叙事视角上，传统现实主义全知全能式的视角也常常被转移到叙事者所处的内视角或内外视角交叉、多元叙事视角的叙事，此外，他们还通过控制"叙事节奏"，使叙事进程变得加速或缓慢；通过独特的"叙述时序"，表现现代世界的无序，及生活的不完整和不确定；通过"重复叙事"使叙述充满无限可能性……当然，所有这些，还只能属于先锋小说作家对于西方经典小说大师在叙事上表层的模仿，真正在对传统现实主义固化叙事具有"革命性"意义的突破上，是借鉴博尔赫斯元虚构理念和现代、后现代叙事时间观的基础上对现实主义叙事"真实"观和叙事"时间"观的扬弃和超越。

西方现代、后现代叙事中的元小说和元虚构对先锋小说创作的意识冲击无疑最大，以博尔赫斯为例，其对虚构在小说中合法地位的确立就对中国先锋小说作家的"艺术真实观"有很大启发。博尔赫斯用来颠覆传统小说观念的基本手段。与传统小说总是竭力掩盖自身的虚构痕迹以制造"逼真性"幻觉的做法相反，博尔赫斯明确地为在小说中虚构"真实"寻找合法性。虚构的思想表现在博尔赫斯所有的小说作品中，他在随笔《论惠特曼》一文中对此这样辩解道："一件虚假的事情可能本质上是实在的。"[21]，对于博尔赫斯而言，外在世界的真实性是混乱和毫无出路的，带给人生的只能是迷茫与孤独。支撑其小说文本叙事的细节"真实"营造只是作家为了求新求奇刻意凭借其过人的才智虚构而成。也正是这种远离世界真实的元虚构意义上的叙事"真实"观，铸就了其艺术上曲尽其妙，内容上充满哲理的，新奇、独特、不落窠臼的超一流小说成就。

以博尔赫斯为代表的"元虚构"式的叙事"真实"观，对马原、格非、苏童、余华、孙甘露、残雪、潘军等人的影响最主要就集中在为这些先锋小说作家公然在其小说文本的编织中赢得了元小说虚构文本真实的合法性大旗。学界普遍认为，在中国当代先锋派小说中最初出现的"自我揭露创作虚构"的现象始于马原的《冈底斯的诱惑》、《西海的无帆船》、《虚构》等为代表的诸多经典小说文本，而博尔赫斯又是造成马原这种"在叙述中虚构真实"的元虚构小说手法的主要来源。在马原上述的小说文本中，叙述动作不断地反射写作过程，以提醒读者小说中的现实不过是叙述语言虚构的产物。马原以后，格非的《褐色鸟群》、《锦瑟》、《迷舟》，苏童的《仪式的完成》、《十八相送》，余华的《四月三日事件》、《河边的错误》、《现实一种》、《难逃劫数》，孙甘露的《信使之函》、《访问梦境》、《请女人猜谜》、《我是少年酒坛子》，残雪的《苍老的浮云》、《山上的小屋》，潘军的《流动的沙滩》、《风》等都可看成在博尔赫斯式元虚构小说意义上的、对虚构的真实进行叙事的后现代叙事"真实"观影响下的小说创作。

---

21 [阿根廷]博尔赫斯：《论惠特曼》，《博尔赫斯文集·文论自述卷》，海南新闻出版中心 1996 年版，第 70 页。

先锋小说作家们在叙述中对虚构的故事时间同样也进行了自我颠覆，就叙事的时间而言，在现实主义作家那里，它是叙述的最基本的方式和手段，故而在现实主义作家那里具有了决定性意义。所以我们经常见到的经典的现实主义作品中，一开篇总是明确的介绍故事发生的时间。而在现代主义小说家那里，时间由现实主义小说作品中的"物理时间"或"空间时间"一变而为具有强度而不可量值的，无先无后、绵延不绝的"心理时间"或"纯粹时间"。在余华、残雪、吕新、孙甘露、北村、潘军和格非等先锋小说作家的笔下，时间是不确定的、朦胧的、纯心理感应的。

后现代主义小说家则将时间作为纯粹的语言问题，或者能指符号的游戏去处理，魔幻现实主义大师马尔克斯在其《百年孤独》中的那句著名的开头——"许多年之后，面对行刑队，奥雷良诺·布恩地亚上校将会回想起，他父亲带他去见识冰块的那个遥远的下午。"——之所以被莫言在《红高粱》系列、洪峰的《瀚海》、余华在《细雨与呼喊》中、潘军在《风》中、格非在《望春风》中、苏童在《黄雀记》中……反复地模仿，以至于成为先锋小说作家经营故事时间的常识性范式。

综上所述可知，"在现实主义那里，重要的是写什么，因为无论写'什么'，都离不开具体的时间，因此，时间既决定了写作的内容，也决定了写作的方式；在现代主义那里，重要的是怎么写，写什么并不重要，因此，新的时间观念必然带来叙述方式和表达方式的变革；在后现代主义那里，重要的是写本身，小说就是关于小说的小说，小说的叙述成了对小说的叙述，时间失去了任何限制，成为各式各样的可能性，时间本身因此而成为了主题。"[22]现代主义、后现代主义小说大师们对于小说叙事时间的处理策略，无疑大大影响到了当代中国先锋小说的小说创作，成为他们各自小说写作的"时间炼金术"，并由之生发出多种美不胜收的灿烂小说盛景。

当然，就三十多年中国当代先锋小说作家的整体创作过程而言，在 1989 年-1993 年这一转型期及转型以后，先锋小说作家在创作意识、作品的取材、人物塑造方法、主旨内蕴到文本的语言和叙述形式……等都发生了明显地向"写实性"的整体回归，这种回归在题材和主题上表现出从注重存在主义的内省向外在社会、历史题材主题的向外转，表现在小说的语言方面，是"语

---

22 刘象愚：《从现代主义到后现代主义》，北京：高等教育出版社，2002 年，第 347 页。

言本体论”的语言形式化探索的势头减弱，小说在语言探索上发生了向“双声性小说话语”层面的趋近，表现在小说叙事上则是由前期主张叙事者对故事的进程进行干预、控制的“叙事化实验”转而朝向重新重视故事的情节性和完整性的转换……但是，这种回归是在一种并不否定前期各方面先锋探索实绩基础上的否定之否定的提升。正是经历了这种提升，才产生了像莫言、格非、苏童、余华和北村等先锋小说的大师级作家。

第二章　先锋小说的叙事研究

　　回望三十多年以来中国当代先锋小说的滥觞、发展和流变的轨迹，其在叙事美学的层面上大致经历了一个从"故事化"到"叙事化"再重返"故事化"的否定之否定的螺旋式上升过程。

第一节　从"故事化"到"叙事化"的叙述革命

一、传统小说的"故事化"讲述背景

　　一般说来，小说都可以划分为故事和叙事两个层面。共和国前三十年的小说往往较为重视文本的"故事化"维度，即是说这种小说的"叙述行为"基本遵从故事自身发生、发展的时间顺序，并不凸显自身的"叙事化"角色。但是先锋小说叙事大大打破了这种小说的"故事化"逻辑，体现出"叙述行为"对于"故事"的"介入"、"挤压"的强烈"叙事化"控制倾向。

　　从共和国建立到新时期文学以前，小说写作中占统治地位的是刻意"弱化"小说叙事层以确保故事层面清晰完整的"故事化"小说叙事理论，具体体现在要求作品有确定的人物和连贯统一的故事情节、注重故事的连贯性和完整性、保持故事的关节并淡化描写等等方面，体现出鲜明的"故事化"特征。我们不妨以赵树理的小说创作观念对此进行斑豹。香港著名学者许子东在论及《小二黑结婚》的小说情节模式时这样指出："在形式上，赵树理放弃'五四'时期如《孔乙己》《药》之类横截面小说结构，重新使用了以故事情节为中心的评书体：每一节介绍一个人物，连成一段一段故事，也不是完全

章回体。"，"这种故事体后来有很长久的影响。比如上海文艺出版社的《故事会》，印数长期上百万，是一本非常畅销的杂志……"[1] 许的这番话，基本上涵盖了"故事化"小说连贯性、完整性的理论诉求以及这种形式美学追求的深远影响。总之，在故事和叙事之间严重倾向于故事层面的"故事化"追求不仅贯穿了"十七年"小说和"文革"小说，由于文学史自身的惯性矢量，这种情况可以说直到 80 年代前期的大陆文坛也基本上鲜有改观。

二、对于"故事"进行强行"介入"的"叙事化"讲述革新

这种抱残守缺的小说叙事理论日益引起先锋小说作家们的质疑与不满。经过了 80 年代前期西方先进文艺思潮以及各种现代、后现代"艺术真实"观的充分熏陶，在他们心中理所当然地以为：传统的和已经发生变异的现实主义叙事手法是业已逝去的社会封闭状态的、政治意识形态的附庸产物。传统现实主义所秉承的"故事化"小说叙述理论，无法胜任去描写目前的这个随着改革开放和现代化进程的推进已经启动了的、充满各种各样新鲜的人文思潮和变动不居的社会时代风貌，"五四"时期压倒"启蒙"的民族"救亡"主题已经不复存在，历经"大跃进"和"文革"磨难的中国刚刚经历了特殊的政治异化阶段，以存在主义哲学为代表、强调个性解放反对异化的种种非理性哲学思潮已经成长为这个转型期社会语境中不容忽略的新的现实质素。这种种全新意义上新的"现实"和"真实"是以往作为主流形态的现实主义叙述成规所容纳不了的。现实状况的变化必然要求有与之相适应的新的小说叙述形式，如果小说仍然固守过时的形式技巧而不思改进。就必然陷小说于危机之中。而要描写这样一个日新月异的复杂现实，就必须向旧有的"故事化"写作手法所承载乃至继续构建的"形式的意识形态话语霸权"宣战。格非声称自己："所向往的自由并不是在社会学意义上争取某种权力的空洞口号，而是在写作过程中随心所欲，不受任何陈规陋习局限的可能性。主要的问题是'语言'和'形式'……实验小说与当时的社会意识形态也多少反映了特定时代的现实性，对于大部分作家而言，意识形态相对于作家的个人心灵即便不是对立面，至少也是一种遮蔽物，一种空洞的、未加辨认和反省的虚假观

---

1 许子东：《无意之中开启新时代——读赵树理小说〈小二黑结婚〉》，《名作欣赏》
2021 年第 22 期。

念。我们似只有两种选择，要么成为它的俘虏，要么挣脱它的网罗"。[2]而要冲出网罗，势必就要找到那种可以包容进时代转型期所有新鲜现实、真实的小说表现之新的美学形式，这就使得他们把借镜的目光投向了西方和全世界先进文学、一流的小说大师们那里。在谈及如何寻找"最为真实的表现形式"时，余华毫不犹豫地指出他所借鉴的文学传统，即西方 20 世纪文学："我个人认为 20 世纪文学的成就主要在于文学的想象重新获得自由……这种形式背离了现状世界提供给我的秩序和逻辑，却使我自由地接近了真实"。[3]在阅读《乡村医生》时，余华不由自主地感叹道："卡夫卡想让那匹马存在，马就出现；他想让马消失，马就没有了。他根本不作任何铺垫……"，[4]这种"自由自在地写作"极大地影响到余华的创作意识，他的《十八岁出门远行》《西北风呼啸的中午》《死亡叙述》《往事与刑罚》《爱情故事》等作品可以清晰地看到对于这种写作手法的模仿。事实上，不限于余华自己，在许多先锋小说作家心目中，"19 世纪文学"与"20 世纪文学"天然地分别对应着新时期以来现实主义小说和先锋小说。正基于此，在以外来的先进叙述美学改造提高本民族落后的叙事局面上，先锋作家们不加犹疑地将"卡夫卡的传统"作为他们所指认的代表着"20 世纪文学新的文学传统"。可以毫不夸张地断言，先锋小说"叙事化"美学形式对现实主义小说"故事化"陈旧形式的反叛，是通过他们自觉地接续 20 世纪西方文学传统来完成的。他们对于"20 世纪文学"中涌现出来的小说艺术大师们是那样第热爱，以至于那种恐惧被指认为"西方影子"的焦虑心态似乎在这一代先锋小说作家那里并没有发生，许多先锋作家都非常热衷地向人谈及自己师承的现代主义、后现代主义小说领域的文学大师：马原写过著名的《作家与书或我的书目》，并在许多文章中表现出对罗布·格里耶、萨洛特、约翰·梅勒、巴思、乔伊斯、福克纳、博尔赫斯等现代主义小说家的尊重；余华毫不掩饰川端康成、三岛由纪夫对自己的影响，还将卡夫卡、乔伊斯、普鲁斯特、萨特、加缪、艾略特、尤内斯库、罗布·格里耶、西蒙、福克纳等小说大师尊崇为上世纪最富有想象力和洞察力的"先锋派"作家；苏童说他"认为当今世界最好的文学是在美国。我无法摆脱那一

2　格非：《十年一日》，载《塞壬的歌声》，上海：上海文艺出版社 2001 年版，第 66-68 页。

3　余华：《虚伪的作品》，载《上海文学》1989 年第 5 期。

4　余华，杨绍斌：《我只要写作，就是回家》，《当代作家评论》，1999 年 01 期。

茌茌美国作家对我投射的阴影，对我的刺激和震撼，还有对我的无形的桎
梏。……塞林格是我最痴迷的作家……直到现在我还无法完全摆脱塞林格的
阴影。我的一些短篇小说中可以看见这种柔弱的水一样的风格和语言"。[5]在
格非的文章中，同样多处提到卡夫卡、普鲁斯特、雷蒙德·卡弗、加西亚·马
尔克斯以及诸多现代、后现代小说大师对自己的艺术滋养。

如果说，像王蒙、林斤澜、李陀、宗璞等中年作家在叙述观念、文体形
式方面所作的艺术探索是对传统小说形式的更新；那么，80 年代中后期马原、
洪峰、扎西达娃、莫言、余华、苏童、格非等青年先锋小说作家的叙事美学主
张则是对传统小说形式的革命。所谓人物、故事、内容是本质、目的，而"形
式"则是非本质的手段和承担内容的容器，这种"内容"／"形式"二元对立
且具有等级区分的写作理念一度被传统小说视为圭臬，在不无激进的一些先
锋小说作家眼中通通变成了陈旧过时的"明日黄花"和他们所要颠覆的主要
对象。他们秉承自欧风美雨中汲取的现代小说叙事理念、自上述现代、后现
代主义小说大师经典作品中包孕的艺术美学给养，坚信小说文本的所有现实
和内容就存在于且只能存在于它的形式中，基于此点，先锋小说作家选择形
式领域来作为他们革命的场所便毫不奇怪了。先锋小说作家对传统小说形式
革新的反抗从根本上而言就是在小说文本中通过种种"叙述"行为对其"故
事本事"层面进行介入、干预和控制，取消内容／形式的二元模式，将"叙述
化"的小说美学形式提升到本身也能创造和生产意义的本体论地位。

客观而言，先锋小说作家对小说叙述方式的探索，其初衷无疑是为了更
好地表达作者独特的人生体验和社会感受。正如米歇尔·布托尔认为的那样：
"不同的叙述形式是与不同的现实相适应的。很明显，我们生活的这个世界
在迅速地变化着。叙述的传统技术已不能把所有迅速出现的新关系都容纳进
去，其结果是出现持续的不适应……探索容纳能力较大的新的小说形式，对
我们认识现实来说，具有揭示、探索和适应的三重作用。"[6]在这个意义上，
先锋小说进行的上述种种叙述方式的实验和革新无疑具有正面的价值。譬如
"暴露虚构"是人们评论马原、扎西达娃、洪峰、格非等人小说的"叙事策
略"时常常使用的一种说法，但事实上这种"叙事化"方法的作用绝不限于

---

5 苏童：《阅读》、《三读纳博科夫》、《寻找灯绳》、《答自己问》，均收入《寻找灯绳》。
6 米歇尔·布托尔：《作为探索的小说》，见柳鸣九编选：《新小说派研究》，北京：
  中国社会科学出版社，1986 年版，第 90-91 页。

叙事本身，它还是强化小说主旨文意的需要。对于 80 年代中后期以来先锋小说作家"叙事化"小说形式背后蕴含的时代最大主题之一，张清华认为就是"以鲜明的个人化的叙事方式关注着以单个生命为单位的生存状况与活动"的存在主义体验。在同一篇文章中张清华指出，这些先锋小说作家"所表现的当代主题同传统的现实主义小说和八十年代初期的小说已远远不同，他们不再表现作为某种阶级和社会属性的'符号'的人及其'生活'；同时也不像八十年代中期的小说那样热衷于宠大的文化隐喻、历史主题、生命激情和崇高风格的追求，而是把笔触直接指向了世俗生存中的个人，他们凡庸、焦虑、充满苦恼的内心生活，他们的生命恐惧、生存诘问，以及复杂幽深的潜意识世界。"[7]然而，在我们肯定先锋小说作家"叙事化"艺术革新必要性和实绩的同时亦要同时看到其在内在基因上的先天性不足，早在 80 年代中期的"叙事化"革命潮流的滥觞之初，个别一些作家如孙甘露、残雪、北村等就将"叙述实验"不同程度地变成了"叙述游戏"。在他们纯粹追求"叙事化"控制"故事本事"的一些小说文本中，"叙述什么"已经变得无足轻重，"怎么叙述"则成了小说的一切。这种"为叙述而叙述"的倾向固然打破了传统小说单一的稳态叙事模式，但与此同时也彻底地将文本的故事本事层面切割成了无法重新拼接的叙事碎片，这无疑是从根本上消解了小说自身。这种消解小说自身的"叙述游戏"，直到九十年代以后在先锋小说从"叙事化"（在更高意义上）向"故事化"重新回归的态势中才得以被不同程度地校正。

综而观之，先锋小说作家发起的小说形式革命主要从以下四个方面着手：

一、元小说机制的引入和先锋小说的前期叙事革新；

二、对传统全知型叙述视角的扬弃；

三、打破物理时间的现代主体化叙事时间观；

四、消解人物典型意义的"抽象化"叙事。

当然，在先锋小说"叙事化"美学的创作实践的探索中，除了上述的四个主要革新维度而外，被先锋小说作家作为师法内容的其他外国现代派、后现代派小说作家的叙事技巧也同样被他们向海绵吸水一样尽可能地"拿来"、"实验"，以为己用。这些技巧在帮助先锋小说作家打破传统小说线性的情节和封闭性的故事结构方面无疑起了不可估量的巨大作用。

7　张清华：《死亡之象与迷幻之境——先锋小说中的存在／死亡主题研究》，《小说评论》1999 年 01 期。

现代、后现代主义小说作家在反对传统现实主义故事情节的逻辑性、连贯性和封闭性的叙事探索方面积累了丰富的叙事经验。他们认为，传统现实主义刻板保守的故事结构不仅单调沉闷，而且也难以真正展示人物外在的社会空间与内在的心理空间，这种前现代主义性质的意义上的连贯、人物行动的合乎逻辑、情节的完整统一是一种作家们一厢情愿向往的封闭性结构，在现实生活中根本就是虚幻缥缈的海市蜃楼，因此，现代小说要打破这种封闭体，改用一种充满错位式的开放体情节结构取而代之。法国新小说派的布托尔就曾经借助音乐的结构作为类比对这种"开放体情节结构"理想的范式作过这样的形象表述："音乐家把曲子写在五线谱上，横向是时间的进展，纵向确定不同的乐器。同样，小说家也可以把不同人物的故事安排在一个分层的建筑物里……，不同事物或事件之间的垂直关系可以同笛子与提琴之间的关系一样具有表现力。"[8]在这样类似音乐多音部的小说复调结构里，故事按照物理时间安排行进的自然时序就会被破坏，作家象音乐家设计各声部之间的对位、转位与反复关系那样，在故事里设置相应多重性的人物、事件、声音、意识等，让惨淡经营的上述诸多因素之间既能够众声喧哗，又能够交互共鸣。为了达到这样的美学目标，现代、后现代派小说作家就须得以诸种叙事手段对小说文本故事的本事层面进行强烈地干预以终止旧有现实主义小说的情节逻辑性和连贯性。为此，他们非常注重叙述策略的应用，力图创造一种反传统的叙述的而非故事的逻辑，创造一种纯心理的时空结构。他们除了将现在、过去和将来的叙事时空随意颠倒、随意置换外（详见笔者本章第三节的分析），还将意识流（如乔伊斯的《尤利西斯》《芬尼根们的苏醒》，伍尔夫的《海浪》《到灯塔去》，福克纳的《押沙龙，押沙龙》《喧哗与骚动》等）、碎片（如巴塞尔姆的《白雪公主》，巴思的《曾经沧海》，冯尼格的《冠军早餐》，克洛德·西蒙的《历史》《植物园》等）、拼贴（如品钦的《V》，库弗的《公众怒火》《一九一九年》，巴勒斯的《赤裸的午餐》《温柔的机器》《新星快乐》等）、潜对话（如萨洛特的《天象馆》《童年》等）、重复循环（罗伯-格里耶的《橡皮》《窥视者》《反复》）、空间化（如纳博科夫的小说《玛丽》；托妮·莫里森小说《家》；多丽丝·莱辛《木施朗加老酋长》《草原日出》《什卡斯塔》；卡尔维诺的小说《命运交叉的城堡》《命运交叉的饭馆》《帕洛马尔》《看不见的城市》……等等）、设置迷宫（如爱伦·坡的《失窃的信》，卡夫卡的《城堡》，

---

8 柳鸣九编选：《新小说派研究》，北京：中国社会科学出版社，1986 年版，第 118 页。

博尔赫斯的《小径分岔的花园》等）……等多种机制引入小说的叙述层面，这些技巧允许小说家把在空间和时间上相距极远，但在叙述者的意识中和记忆中同时并存的时空剪影交织并列在一起，写作像是处理"磨损、剪断和随便连接的老电影"，"磨损、剪刀和浆糊代替了导演的枯燥无味的叙述"（语出克洛德·西蒙），从而大大地将传统小说格局的线性时间链条不断地切割重构，打破传统小说固有的封闭性情节、故事的常态结构，极力制造和展示现代、后现代小说情节结构张力十足，摇曳多姿的"陌生化"形式维度的美学潜能，从而使得文学作品的情节呈现出多种或无限的可能性。在先锋小说作家进行"叙事化"美学探索的时期，可以说以上笔者挂一漏万所罗列的与未曾详细罗列进来的西方现代主义、后现代主义小说诸位小说大师们在创作中使用的各种各样叙事美学技巧都先后被中国当代先锋小说作家们竞相实验、模仿与翻炒了一遍。所有这些叙事技巧在成就他们暴得大名的同时，无疑大大地缩短了中国现代小说在叙事美学上与世界文学的差距。在经历了先锋小说 1989-1993 年的整体转型以后，虽然这种"叙事化"的小说形式探索势头最终重又转向了以讲故事为主的"故事化"叙事的大方向，但是，谁也不能否认，这种叙事化美学的探索白身所凝聚的巨大文学史意义。

三、先锋小说"叙事革命"的文学史意义

公正地讲，先锋小说作家前期进行的"叙事革命"是符合当代文学现代化进程这一基本发展规律的，这是因为——

首先，"先锋派"小说作家们借镜欧美、拉美等外国先进的小说叙述经验践行的诸多叙事探索有效地从叙事视角、叙事线索、叙事结构、叙事时间等各方面刷新了中国小说作家的美学视界，真正意义上突破了已经产生重大缺陷的当代现实主义文学的叙事规范，终结了意识形态小说模式的话语霸权，扩大了当代文学的形式美学空间，从叙述学意义上极大地提升了当代中国小说与世界优秀小说的艺术和技术差距。

其次，小说自身在形式美学方面的成就和其在思想价值方面的成就一样，是衡量任何一部文艺作品不可偏废的原则之一。陈晓明先生认为，在先锋小说由"故事化"向"叙事化"的挺进中，先锋作家们"尽可能地拓展了小说的功能和表现力。人们可以对'先锋派'的形式探索提出各种批评，但是，同时无法否认他们使小说的艺术形式变得灵活多样。小说的诗意化、情绪化、散

文化、哲理化、寓言化……等等，传统小说文体规范的完整性被损坏之后，当代小说似乎无所不能而无所不包。"[9]从此一维度上而言，由于强调"怎么写"，话语意识当然要通过具体的叙事策略来表达，先锋小说"叙事化"美学形式上的自由创新作为对人的想象力的一种极大解放本身也理所当然地拥有自己的独立审美地位。尽管，在这种对世界先进文学样式竞追急取的过程中，也出现过一些为形式而形式的实验失败的小说文本，但是，作为中国当代先锋小说作家现代化写作必要的训练，"叙事化"写作阶段是不可逾越的，虽然自 1989 年以后，就先锋小说的整体创作而言，陆续出现了从"叙事化"重又返回到"故事化"的小说创作倾向，但是，这种回归经过了对欧美现代主义、后现代主义叙事经验的学习探索实验以后，已经是一种否定之否定意义上更高层面的回归，前期先锋小说作家在"叙事化"阶段所取得的叙事美学经验都有机地杂糅进了他们后一阶段的创作中去了。

复次，先锋小说作家进行的"叙事化"美学革新客观上也迎合了现代小说的接受美学。

随着接受美学的兴起，越来越多的西方小说作家和理论家认识到读者这一叙事受众在创作文本意义过程中同样不可忽视的地位。由是，读者，这一曾经被指称的只能被动地接受与欣赏的"被铁链束缚的读者"（哈里斯 Wendell V.Harris 语）[10]的地位被空前地提高。他们被明确赋予了创造文本意义的莫大权力，因为作为一个言说者，无论作者以什么方式言说，他所写作的文本只有经过读者的阅读才能够获得意义。罗伯-格里耶和科特萨尔是最早洞察到读者文学中心地位正在上升这一客观事实的后现代小说作家中的代表，他们结合自己的创作实践，呼唤读者参与构筑文本世界的新观念。罗伯格里耶重视作者与读者精神上的理解和交流，他说："读者要做的不是如何理解作品，而是要参与创作"，[11]"作者需要他的协助，需要他提供一种积极的、有意识的、创造性的协助。作者要求他的，再也不是囫囵吞枣似地接受一个世界，一个完成的、盈满的、自我封闭的世界，相反，他要求他参加一种创造，自己也来

---

9 陈晓明：《最后的仪式——"先锋派"的历史及其评估》，《文学评论》，1991 年 05 期。

10 Wendell V. Harris, Literary Meaning: Reclaimingthe Study of Literature, London: Macmillan, 1996, p.35.

11 阿兰·罗伯-格里耶：《新小说新人》，见《快照集为了一种新小说》，余中先译，长沙：湖南美术出版社，1998 年，第 201 页。

构筑作品——世界……"。[12]与罗伯格里耶观点相类，上世纪六十年代拉美文学"爆炸"时期的杰出代表胡利奥·科塔萨尔在小说叙事形式上极富探索和革新的精神，终其一生，其对传统的小说结构形式始终保持着挑战的姿态。在其名作《跳房子》作品正文前的那张《阅读指南》中，科塔萨尔为读者提供了两种读法："从阅读方式讲，这本书相当于多本书，但主要是两本。读者可以根据下面的两种可能选择一种。第一本书用通常的方式阅读，读到第五十章结束。结束处印有三个醒目的小星号，意思是'完'。所以，读者可以毫不遗憾地舍弃其余的章节不读。第二本书从第七十三章读起，然后按照每章末尾标出的序号接着读。"[13]这个前言所标注的两种读法，"一种是传统的读法，从第一章读到第五十六章，作者称之为'阴性读者'读法，这种读法要求读者按照写作的顺序逐章阅读，直到结束。这种读者比较机械、死板，缺乏味道和情趣。另一种读者叫'阳性读者'读法，即从第73章读起，然后回到第1和第2章，再跳到116章，如此等等。这种读法，如同跳房子，跳来跳去，把原来的顺序打乱，从而也把原来的时间和空间打乱了。结果就产生了一部不同于原作的新小说。如果读者如法炮制，从其他任何一章读起，就会产生两部、三部、四部……无数部新小说。"[14]显然，科特萨尔在这部小说中无疑对后一种所谓的"阳性读者"发出了热情的呼唤，呼唤读者和作者一起以巨大的自由参与对这部小说文本的"再创作"，从而将原先的一部作品，在这种充满灵活、开放和趣味性的"在创作"过程中衍生出多部作品。正如他夫子自道的那样："因为写书自然是为了让读者读，我想读者一定会阅读《跳格子》（《跳房子》的另一种译法，笔者注），所以我在书中提出了桥的问题。我在我自己和将要读这本书的人之间架了一座桥。没有读者就没有书，就没有《跳格子》。如果诸位没有读这本书，现在我们就不能谈这本书。就是说，在《跳格子》里，读者的地位和作者的地位一样重要。在辩证法的意义上说，两者是不折不扣的一回事。"[15]法国著名文论家罗兰·巴特在《S/Z》中也提出了所

---

12 张放：《访法国新小说家阿兰·罗伯-格里耶》，载《外国文学动态》1984 年第 10 期。

13 [阿根廷]胡利奥·科塔萨尔：《跳房子》，孙家孟译，昆明：云南人民出版社，1996.04，第 1 页。

14 朱景冬、孙成敖：《拉丁美洲小说史》，天津：百花文艺出版社，2004 年 01 月第 1 版，第 416 页。

15 转引自朱景冬：浅谈《跳格子》，《外国文学》，1994 年 04 期。

谓的"可写文本"与"可读文本"二者的区分，在他看来，类似罗伯格里耶、科塔萨尔的小说应该归入"不及物"的，其作品所指存在于读者主动参与解读之中的"可写的文本"。

第二节　元小说机制的引入和先锋小说的前期叙事革新

如笔者在第一节所述，综而观之，先锋小说作家发起的小说形式革命主要从四个方面着手，本节主要论述元小说机制的引入对中国当代先锋小说叙事美学形式革新方面所发生的重要影响。至于先锋小说在"叙事化"方面其他三个基本方面的革新。笔者将在本章的第三节再予以展开。

一、西方"元小说"的概念界定及其创作

虽然"元小说"现象的端倪早就见于中西文学史传统的经典文学文本，但其作为一个显著的小说概念却是在上世纪八十年代以后才逐渐得以公认的。就目前学界的研究现状来看，尽管"元小说"这一术语最早在 1970 年美国小说家威廉·H·伽斯的论著《小说与生活中的形象》中就已经出现，[16]但对于这一范畴的内涵、外延很难确切地加以界定。这也是为什么元小说总是常常和超小说（Surfiction）、自省小说（self-reflexive fiction）、自我陶醉小说（narcissist fiction）、自我生产小说（self-begetting novel）、反小说（anti-novel）……诸多概念经常一起被混用的原因之一。为了便于论述的展开，笔者在这里采用了帕特里夏·沃对"元小说"所下的定义："所谓元小说就是指这样一种小说·它为了对虚构和现实的关系提出疑问，便一贯地把自我意识的注意力集中在作为人造品的自身的位置上。这种小说对小说作品本身加以评判，它不仅审视记叙体小说的基本结构，甚至探索存在于小说外部的虚构世界的条件。"[17]这个概念虽然也同样有其不够严密之处，但是它从哲学、语言学的源头上把握了"元小说"这种非现实小说的最大特性。

元小说与传统小说最大的区别就在于对待"真实"的看法上。

在现代、后现代主义小说以前，传统文学、传统小说基本上秉承的是来

16　William H. Gass, Fiction and the figure of Life, New York, 1970, p.25.

17　王先霈、王又平编：《文学批评术语词典》，上海：上海文艺出版社 1999 年版，第 676 页。

自亚里士多德的"诗性真实"和"语言真实"的观念。就"诗性真实"观而言（"诗"在西方的意义和全部文艺体裁是相当的，特注），亚里斯多德肯定了"诗"高于历史，也同样比现实中存在的个别的事更真实。他扬弃了柏拉图的唯心主义"理式"摹仿说，确认文艺摹仿的决不只是现实的外形，而且反映世界本身所具有必然性和普遍性，亦即"诗"（即是文艺）摹仿的对象是普遍和特殊的统一。这充分体现在其《诗学》的第九章中，亚里斯多德说："诗人的职责不在于描述已发生的事，而在于描述可能发生的事，即按照可然律或必然律可能发生的事。历史家与诗人的差别不在于一用散文，一用'韵文'；希罗多德的著作可以改写为'韵文'，但仍是一种历史，有没有韵律都是一样。两者的差别在于一叙述已发生的事，一描述可能发生的事。因此，写诗这种活动比写历史更富于哲学意味，更受到严肃的对待；因为诗所描述的事带有普遍性，历史则叙述个别的事。所谓'有普遍性的事'，指某一种人，按照可然律或必然律，会说的话，会行的事。诗要首先追求这目的，然后才给人物起名字；至于'个别的事'则是指亚尔西巴德，所作的事或所遭遇的事。"[18]亚里斯多德借这段话表明，历史所写的是个别的业已发生的事，而文学所写的是合乎可然律或必然律带有普遍性的事。也正基于此，文学有更高的真实性。

　　同样，在"语言真实"观上，亚里斯多德认为，语言与实在可以达到同构：外部世界是文学描摹的对象，作家通过语言就能够反映客观世界存在的外在真实和内在本质。这种观念可以表述为如下的公式："第一自然的客观世界—语言—第二自然的客观世界"，这里第一自然的客观世界是写作模仿的对象和本体，第二自然的客观世界则是文学文本中的，作为所要模仿的对象和本体的客观对应物的载体。在第一自然的客观世界转化为语言的过程中，实质上就是用语言替代客观世界、为客观世界进行语言命名的过程。在从语言符号到第二自然的客观世界的转化过程中，出现在文学文本中的"第二自然的客观世界"是和第一自然的那个客观世界"意识性显现"，是前者的替代品而已。在上述的转换过程之中，语言有能力把真实世界揭露无遗，它的可信性是无可置疑的。

　　传统文学薪传两千多年之久的亚氏理性主义或者经验主义"诗性真实"观和"语言真实"观在上世纪的哲学认识论和现代语言学的冲击下逐渐分崩离析。

---

18 转引自伍蠡甫主编：《西方文论选》上卷，上海：上海译文出版社 1979 年版，第64-65 页。

十九世纪末二十世纪初，著名德国物理学家 W·海森堡提出的"测不准原理"（或曰测不准关系）引爆了举世瞩目的物理学革命。这场革命对于哲学上的认识论而言，同样具有极大的开拓作用。它大大刷新了人类认识的崭新领域，迫使人们从哲学上重新思考世界多层次复杂的结构和存在形式。海森堡认为，因为观察者总在有意无意间变化了被观察对象，所以人们无法做到绝对准确地描绘客体世界。受这种哲学上认识论革新的启发，一些后现代小说家相信：如果他（她）宣称"表达"了世界，他（她）立即就会认识到世界根本不能"被表达"。在文学虚构中，事实上只有对世界的表述的"表达"。既往文学宣称的对现实世界表达的任何真理不过是经过主体选择和升华之后的"单一的解释"，小说不应该在继续追求纷繁浩杂、无从把握的现实世界背后的虚妄"真实"。因为"真实"根本就不是被给定而是制造出来的。

同时，现代语言学的发展，也让这些小说家们认定，所谓语言紧密反映着有意义的客体世界这一观点再也站不住脚了。小说本身是一个话语的世界，而不是外面世界的被动的替代物。当人们用语言作为工具来分析语言与世界的关系时，语言就会演变成一种"牢笼"，因为语言是独立的、自我构成并可以自我生成意义的体系，这种上升到本体论意义上的语言早已不是指涉非语言的事件、情形和客体对象，而指涉另一种语言。小说的创作也正如贝克特在《难以名状者》（1932）中所宣称的那样："一切都是词语，仅此而已。"。

在消解了"现实"的真实性后，在一些具有元小说创作倾向的作家们看来现实非但是不能被表现的，作家还有义务通过其作品来揭示"现实"的虚假性和欺骗性。至此，他们便心安理得地用语言制造一个新的世界，他们首先认为他们的任务不再是反映而是用"词汇存在"（word being）创造一个用语言构筑的世界。他们在其小说中或是让叙事者出面直接对小说叙述本身进行评论；或是对过去人们认为真实表现了人类认识论自信的文学方式予以戏拟式模仿和反讽式嘲弄，千方百计地揭示由言语构成的小说叙事的虚构性质，表现出强烈的自我指涉性和"反小说"意识。20 世纪有许多作家都尝试过元小说的创作模式，比较典型的有英国的约翰·福尔斯、B·S·约翰逊、多丽丝·莱辛，法国的纪德和热内，美国的巴思、巴塞尔姆、库弗、纳博科夫和阿根廷的博尔赫斯……等等。

元小说的最大特征首先在于它的自反性，与传统小说力图掩盖创作过程中的虚构痕迹以制造"逼真"效果的做法相反，元小说的作者反其道而为之，他们不断地将小说揭示为虚构作品，"在这里，虚构不是现成材料从某一个模子中流过，它产生于叙述过程，又用一定的方式参加对叙述过程的描写。在大多数情况下，写小说是叙述自己在虚构。"[19]小说的作者常常自由出入作品，打破叙述的进展，以作者、主人公或小说中推出的其他叙事者身份对文本中的情节、人物乃至主题内蕴发表评论。比如英国约翰·福尔斯的《法国中尉的女人》，从小说的12章末尾开始，他就从作者本该呆在的小说后台（作者在小说中并未担当其中的任何一个角色）跳到文本之中，不时地在叙述中揭示故事和人物的虚构性，向读者大谈其如何选择故事、创造人物，如何安排情节和矛盾冲突："我不知道我正在讲的这个故事完全是想象的，我所创造的这些人物在我脑子之外从来未存在过"[20]。这还不算，在小说的55章，当查尔斯为了寻找不辞而别的萨拉登上开往伦敦的火车时，作者居然以一个大胡子乘客的身份坐在了查尔斯对面，他一边审视查尔斯，一边思考——"我到底该怎么处置你？"……作为这个维多利亚时代发生的"异故事"的小说叙述者，在他娓娓道来的叙述过程通过公然导入作者自己的20世纪现代身份的叙述者声音、刻意暴露文本的编织，成功地颠覆了小说"真实"的虚幻性。罗伯-格里耶也颇青睐元小说的新颖叙述方法，他的小说《在迷宫里》通篇讲述的是一个"有关想像的想像"、一个"故事产生的故事"，他在前言中就开宗明义地告诉读者无须在该小说中企图追求"真实"和"意义"："本小说中涉及的是纯粹物质意义上的现实，也就是说它没有任何寓意。读者在这里要看到的仅仅是书中写到的事物、动作、语言和事件，不必费心在自己的生或自己的死中给它们加上既不多也不少的含义。"[21]在元小说刻意暴露虚构方面走的更远的还有美国当代小说家巴塞尔姆，他的小说行文形式纷繁芜杂，举凡广告、图像、画片、市井俚语、黑语行话、陈词滥调、插科打诨等等无不可入小说，作者将它们杂糅在一起，甚至在字体和版面上费尽心机以达到某种绘画的效果。其目的无非是要故意揭示文学构思和写作过程的人为虚构性。可见，元小说旨在打击传统现实主义创作的"诗性真实"和"语言真实"的文

---

19 柳鸣九编选：《新小说派研究》，北京：中国社会科学出版社，1986年版，第550页。

20 [英]约翰·福尔斯《法国中尉的女人》，陈安全，译，上海：上海译文出版社，2003年版，第101页。

21 罗伯-格里耶：《在迷宫里·前言》，见《罗伯一格里耶作品选集》（第一卷），长沙：湖南美术出版社，1998年版，第173页。

学观，在这里，小说再也不是对现实的真实再现，语言也不再表征现实（而是构造现实），从某种意义上，小说几乎演变成为自我指涉的语言游戏与写作过程中虚构行为的不断自我反射而已。

二、"元小说"影响下的先锋小说创作

（一）"暴露虚构"型元小说

在中国当代先锋小说作家中，可以说，马原首开"暴露虚构"型元小说风气之先，在其《拉萨河女神》《冈底斯的诱惑》《游神》《虚构》《西海的无帆船》《旧死》……等小说中，马原把编织小说的操作过程从幕后拉到前景，故意将之暴露于众，在小说中公开讨论真实与虚构的问题，我们且以《冈底斯的诱惑》为例对这种类型的元小说进行分析：

《西海的无帆船》通篇讲的是陆高、姚亮包括马原本人在内的一行人在西藏经历的一个充满冒险色彩的旅行，其中先以几乎完全写实的方法写了阿里绮丽和奇诡的风光、札达县托林寺的壁画、打猎遭袭、途中遇困之余还插入了浪漫的爱情插曲，如果不是元小说技法的加入，读者完全会将之作为一个现实主义作家笔下的真实的故事来读，但是，在小说接近尾声时，作为故事主人公的姚亮突然在文本中插入这样一段话，完全将此前"努力"营造的真实感击碎了。姚亮说"我在这里声明一下，正儿八经的。马原先生的这篇小说尽他妈的扯蛋。到现在为止，姚某人成了他的木偶了。吃亏的事他让我一个人包了，这不行。首先，我肚子上的刀口是六岁半的时候割阑尾落的疤，竟让他钻了空子，编了这个云里雾里的故事。没影的事，他顺风扯旗借题发挥；其次，男子汉大丈夫说不出来就不出来。说我情种也罢，小男人也罢，我不计较；可姚亮也不是专钻女人裤裆的角色，沾花惹草的勾当我从来不干。你们看，搞女人是我姚某人和小白，受伤得病的还是我们两个！陆高得了便宜还卖乖；（小点声透露给你们一点内幕——陆高就是马原本人。是个为自己涂脂抹粉的家伙。）第三个问题才是实质性的，马先生本人从未到过西部无人区，我可以作死证。所有的细节都是不确实的。因此，他在小说形式上大耍花样，故意搞得扑朔迷离以造成效果，使读者不辨真伪。请推敲一下：人称。你我他三种称谓走马灯似的转着圈运用，不停变幻视点，用以扰乱读者思维的连贯性；叙述用双线。这是个诡诈的手段，以便把自己无法把握的情节含糊过去。断开，再接。这样可以巧妙地避开原断点，以新形成的接点偷梁换

柱取而代之。所谓避实就虚之术；选材。怕虚构的部分缺乏实感引不起读者兴趣，便以最下作的方法沿用性爱内容作为调剂。性爱成了花椒面。结果抓了我大头冤种，我他妈的给他作践成什么啦？（读者朋友一定想知道，马先生为什么会让我的这段文字插入小说？可以告诉你们——这算不得秘密——这是我们的一个协议。要发小说就得连同这个声明一起发表，不然我就对他起诉。他不愿被起诉，结果这个声明也就随之问世了。其实他不明白，发出这个声明等于向公众舆论对他起诉，他最终还是要栽在我的手里。相信你们会站在我这一边。谢谢你们。）"。[22] 在这段声明中，不难看出，姚亮除了将前面作者马原所罗列的故事真实节点一一证伪而后，还在小说的人称使用、叙述方式等小说创作技巧方面的作家的"艺术匠心"有意泄露给读者，以达到拆解故事真实性的目的。

马原之后，在小说创作中彰显此类元小说鲜明迹象的先锋小说作家还有洪峰的《瀚海》："我的故事如果从妹妹讲起，恐怕没多大意思。我刚才所讲到的那些，只不过是故事被打断之后的一点联想。它与我以后的故事没有关系，至少没有太大关系所以今后我就尽可能不讲或少讲。这有助于故事少出现茬头，听起来方便。"；[23] 叶兆言的《枣树的故事》："有一位四十年代常在上海小报上发表连载小说的作家……直到有一天，他突然决定以尔勇的素材，写一电影脚本，创作冲动才像远去的帆船，经过若干年的空白，慢慢地向他漂浮着过来。我深感这篇小说写不完的恐惧。"；[24] 潘军的《南方的情绪》："我搁笔已久。没有写东西的一个原因是气候极端反常。于是我坐到案前，准备写一篇叫做《南方的情绪》的小说。"；[25] 孙甘露的《请女人猜谜》："这一次，我部分放弃了曾经在《米酒之乡》中使用的方式，我想通过一篇小说的写作使自己成为迷途知返的浪子，重新回到读者的温暖的怀抱中去，与其它人分享二十世纪最后十年的美妙时光。"。[26] 这些小说基本上都是通过在同一文本中并置真实与虚构，并使真实不断为虚构所解构，以此策略否定了小说是在反映真实，从而使得自身具有了元小说自我拆解的色彩。

22 马原：《喜马拉雅古歌》，昆明：云南人民出版社，2003 年 09 月第 1 版，第 119-220 页。

23 洪峰：《瀚海》，《中国作家》1987 年 02 期。

24 叶兆言：《枣树的故事》，《收获》1988 年 02 期。

25 潘军：《南方的情绪》，《收获》1988 年 06 期。

26 孙甘露：《请女人猜谜》，《收获》1988 年 06 期。

元小说的第二个特征就是采用作品套作品、文本套文本的建构技巧。这样做的目的同样是揭示文本自身的虚构性：最外层的"母体"故事本身就是虚构世界的虚构行为，在此语境下由其本身充当各级"子故事"的结构功能，更为直接地说明了故事本身具有不依赖于人和现实世界的内在独立性。

在纪德的被称为"一部不成功的伟大小说"《伪币制造者》中，描写了一个小说家爱德华，他恰好正在写书名也叫《伪币制造者》的一本小说，但读者却并没有读到爱德华的这部小说，因为它只是正在形成的"小说中的小说"。纪德通过在自己的小说中置入了爱德华的日记，既在这一部小说内部讨论小说的做法，对一般的小说不断地进行批评。博尔赫斯的名篇《交叉小径的花园》与此很有异曲同工之妙。这部小说的主人公俞琛，在第一次世界大战中为德国人当间谍。受到英国反间谍部门的追捕。他乘火车逃到阿尔贝家中。后者家有一座"交叉小径的花园"。这个"交叉小径的花园"的创意居然就是俞琛的祖先崔明发明的。崔明要把他的迷宫，这"交叉小径的花园"遗给各种不同的未来。这所谓的迷宫似的"交叉小径的花园"又是暗喻指他写的一部复杂的小说，那是"一座象征的、看不见的、时间上的迷宫"，在里面他创造了各种未来，各种时间，它们各自分开，又互相交叉。无限连续，不断地扩展、变化、分散、集中，蕴含了时间上的一切可能性。这方面比较著名的类例还有巴思的《漂浮的歌剧》。在这个故事套故事的小说文本中，《漂浮的歌剧》既是小说主人公托德企图炸毁的演戏船的名字，又是他为自己预计写作的小说的标题。"漂浮的歌剧"作为一个特殊符码，既是巴思的小说，又是小说中主人公托德的小说。巴思通过主人公托德解释他采用《漂浮的歌剧》这一书名的理由："我总觉得建造一艘演戏船是一个很好的想法，在宽大的甲板上连续不断地演戏。船永不停靠码头，总在水上漂浮。观众坐在岸上，……他们在大多数情况下不清楚船上演的是什么，或他们自以为清楚，而实际上并不清楚。他们往往只看到演员，却听不到他们在讲什么。我无须解释，这就是生活的本来模样。"实际上，对于巴思来说，讲述什么已经不重要了，讲述这一形式的本身才是文本自足存在的方式。这种被热奈特成为元小说特有叙事形式的"故事外叙事"我们还可以举出很多，如纳博科夫的《微暗的火》（1962）；库弗的《宇宙棒球联盟》（1968）；莱辛的《金色笔记》（1962）等等。

在中国当代先锋小说中，对纪德的《伪币制造者》进行直接模仿的文本颇多，如孙甘露的《请女人猜谜》中的故事主人公"我"在故事中也同样在写一部叫《请女人猜谜》的小说；叶兆言在其小说《枣树的故事》中所说的故事本身正是小说中的作家写的故事；在《南方的情绪》中，潘军笔下的主人公是个作家，这个作家也正在写一本叫作《南方的情绪》的书……等等。这些写法简直就和《伪币制造者》如出一辙。除了这种明显的相同而外，还有一些作家的作品可以视为对之较为隐蔽的结构模仿；譬如马原在《虚构》开宗明义地写道："我就是那个叫马原的汉人，我写小说，我喜欢天马行空。"事实上，马原这段话的潜台词就是说，和以前一样，我下面要讲的这个故事，同样也是虚构的，你们千万不必当真。于是在这个作者和读者达成的契约中，在故事套故事这个大前提下，《虚构》所要讲的"我"玛曲村7天的非凡经历也都是我随口编造的了。在作品结束时作者有下面一段的介绍："那个瘦小的回过身拧开了收音机，我却心不在焉地看着北面。'……我们现在是在北京工人体育场。在这里向广大观众朋友转播——由中国青年报主办的北京五·四国际青年足球邀请赛开幕式的实况——朋友们，这一次参赛的有世界足坛劲旅意大利队、西德队、巴拉圭队……'等等，是我说的等等。'等等，'我发现有什么东西不对头，是什么呢？对了，时间。我知道又出了毛病了。'我想问一下师傅，今天是什么日子？'块头大的说；'青年节。五月四号。'我机械地重复了一句，五月四号。"。[27]这就果然印证了作者在开篇伊始的那个声明：因为小说中的"我"5月2日从拉萨出发，设若5月3日住进了玛曲村并呆了一个礼拜的话，我从玛曲村出来后在公路道班里醒来后的时间应该是5月11号，但作者却千真万确地找了两个证人证明，这天是青年节，是5月4日。这样将我在玛曲村的7天完全屏蔽掉了。面对这种在物理时间上根本就不可能发生在同一个层面上的文本时间的错位安排，读者也只有相信这个故事的绝对杜撰性了。类似的隐蔽性"故事外叙事"我们还可以举出格非的《褐色鸟群》，该小说开头就说明了，我正在"水边"写小说，这和马原的开宗明义交待虚构式一回事，将这个情节作为以下我给"棋"讲的所有故事的大前提故事背景。后面的故事中出现的"棋"和作为背景大故事中的棋也完全不是同一个物理时间层面发生的故事。

当然，在西方现代、后现代派此类"故事外叙事"的小说中，于小说元素营造的叙事圈套以外，还包含着许多形而上的哲学意蕴（如存在主义等），但早期中国的先锋小说显然只能移植这种外国先锋小说叙事的一些表层的

---

27 马原：《虚构》，武汉：长江文艺出版社，1993年11月第1版，第414页。

"叙事元"技巧，即是他们大多只是在故事与故事之间构成了一种从一个故事引出另一个故事的目的，而在小说的深层次的情节、主题上尚未达到所师法对象的深度。

（二）"戏仿"传统通俗、经典名著型元小说创作

元小说另外一个主要特征就是对传统通俗小说、经典名著以及历史小说等形式、题材进行戏谑性的模仿，使它们扭曲变形而面目全非，从而达到颠覆传统或者从中解读出崭新的"悖谬性"因子的目的。

在对传统通俗小说文体的模仿中，以对犯罪、侦探小说这种最能体现传统小说叙述原则、最大众化的小说样式的戏仿最为显著，譬如法国新小说派就非常乐于采用这种通俗小说的小说样式，米歇尔·布托尔的《日程表》的"内容"就是一桩案中案的谋杀案件，罗伯-格里耶的《橡皮》、《窥视者》等小说名篇对于侦探小说形式的模仿亦是如此。一般说来，犯罪、侦探小说的叙述套路是小说开头发生案件，刑侦人员经过曲折反复的周密调查，终于最后在小说结束时真相大白，将罪犯绳之以法，以彰显法网恢恢疏而不漏和正义对邪恶的永恒胜利等等。但新小说家通过戏仿这种小说样式，去旨在通过暗中破坏它的叙述成规，打破读者的阅读期待，对其人为编织的秩序井然、行为规范的整一化"真实"幻觉进行嘲弄和颠覆。譬如《橡皮》让凶杀案在小说结束时才鬼使神差地发生，而行凶者就是侦破案情的侦探本人；而在《窥视者》中，少女雅克莲被奸杀以后，罪犯却最终得以乘船回到大陆，逍遥法外。元小说作家还通过对传统文学经典的戏仿来吐露他们对现实人生的理解和阐释。譬如上文提到的《橡皮》是对俄狄浦斯神话的戏仿、娜塔丽·萨洛特的《陌生人肖像》是对巴尔扎克的《欧也妮·葛朗台》的戏仿、巴塞尔姆《歌德谈话录》中对歌德的话语戏仿……巴塞尔姆的《亡父》可以为我们提供一个分析此类文本的很好案例。小说情节并不复杂，说的是以儿子托马斯为首的一小支队伍用缆绳拖着名亡实存的"亡父"的庞大身躯向最终的埋葬地前行途中的遭遇。这个亡父既是死的又是活着的，既年轻又年迈，事实上是一个一个神圣且矛盾的"存在"。小说戏仿了古希腊神话中俄底浦斯杀父娶母和美狄亚取金羊毛的故事，《亡父》被有的评论家认为是"作家用小说形式写成的文学论文。作者是故意以晦涩难解的方式写成一部稀奇古怪的小说，借以表达现代小说对传统小说的僭越。小说里，'亡父'就象征小说的传统，因而

时死时活，最后被埋入墓穴，象征着小说传统的被埋葬。"。[28]

格非的小说《追忆乌攸先生》就是采取了侦探小说的形式，小说以一个对往昔的凶杀案进行调查刑侦的场景开启，警察、手铐和测谎器这些侦探小说的符码为小说披上了一层传统通俗小说的外衣，但格非对侦探小说的改写背后自有其寓言化的存在主义哲学之思，这一点，我们留待下编谈到格非的专节分析时再继续对之进行探讨。这里重点谈谈余华的此种戏仿类元小说的创作。余华的《河边的错误》也是一篇对于侦探体结构进行戏仿的先锋小说作品，同格非相类，在这篇另类的侦探小说中，虽然传统侦探小说中的正义也最终得到伸张，凶手也受到了惩罚，但是，这种正义伸张的代价却是让人唏嘘的，这整个办案的过程也绝不是利用伟大的人类理性——进行的。它从头至尾竟然都是由一系列这样、那样的反常识的、不可理喻的错误组合而成：杀人者是个毫无作案动机的疯子，被警方列为重大嫌疑犯的工程师正是在理性认知到自己仍会在同一地点目击另一场谋杀的预感被证实后而绝望地自杀了，惩处罪犯的侦探马哲为了结束疯子杀人在杀死了疯子后自己也变成了疯子。这样的故事安排，使得余华在运用侦探小说形式、保留侦探性元素的同时，也暗中颠覆了传统侦探小说的意义体系。

在中国当代先锋小说作家中，对其他通俗文类形式的戏仿最多的也首推余华，戏仿侦探小说的《河边的错误》而外，其他如《古典爱情》是戏仿才子佳人小说，《鲜血梅花》是戏仿武侠小说，《战栗》则是戏仿诗人和女文艺青年间的现代诗性爱情的。

（三）"编史元小说"的创作

元小说的戏仿中最为重要的一类是对"历史小说"的戏仿，有关历史小说的戏仿问题，以加拿大女作家琳达·哈琴的"编史元小说"的"悖谬论"观点最具代表性。琳达·哈琴认为，"编史元小说"既有强烈的自我指涉性却又悖谬地关注历史事件和历史人物，它至少包含了以下三层相互矛盾的要素："它具有元小说的自我指涉性，如文字嬉戏、邀请读者参与、作者直接闯入小说文本、强调现实和历史都是语言的建构物等元小说的特点。其次，它又不是单纯的元小说，因为凭借戏仿和反讽，它对历史和历史人物的频繁调用能起到借古喻今的作用，促使读者重新思考历史、传统、宗教和意识形态等

---

28 刘象愚：《从现代主义到后现代主义》北京：高等教育出版社，2002年，第403页。

问题，尽管这种美学效果是以元小说的方式、或者说是以一种近乎布莱希特式的'间离效果'来显现的。再次，和后现代理论家一样，它们的作者对主导的人文主义文化既挑战，又没有全然弃绝。"[29]可以指认的是，琳达·哈琴的论证虽然涉及了包括巴赫金的对话理论、克里斯蒂娃和巴特等的互文性理论、萨义德的后殖民主义以及西方新马克思主义对意识形态的不同界说等，纷繁庞杂的理论体系，但她最主要的策略是借助福柯的权力／话语理论、格林布拉特和海登·怀特的后现代历史叙事学的观点在承认后结构主义的"语言"观的基础上为洋溢着后现代主义色彩的"编史元小说"类型的小说找到了"入世"的出路，正是站在这一理论高度上，她说编史元小说并没有回避历史的指涉："与其说它否认，还不如说它质疑了现实和小说中的各种'真实'——各种我们赖以生存于世的人为构建物。"，[30]之所以质疑，从福柯的话语理论和新历史主义叙事观的角度来看，是因为所有的历史事实（facts）不过是经过阐释和情节编排的、"被赋予意义的历史原始事件（events）"，因此它是受话语限定的，由于"不同的历史视觉可以从同一个历史事件中找到不同的事实"，在历史事件被构建为历史事实的过程中，就难以排除权力和意识形态的因素。编史元小说所以具有"入世"的积极意义，就在于其以元小说故意暴露的方式，将历史现实不过是被意识形态权利话语制造的文本化现实这一事实摆在了读者面前。按照她的归类，如翁贝托·艾柯的《玫瑰之名》、拉什迪的《午夜之子》、马尔克斯的《百年孤独》、品钦的《万有引力之虹》、E·L·多克托罗的《拉格泰姆时代》、库弗的《公众的怒火》、伊斯梅尔·里德的《可怕的两个》、汤亭亭的《女勇士》，等等都属于这类"编史元小说"。

这种对历史小说进行戏仿的"编史元小说"在莫言的《红高粱》系列、《丰乳肥臀》；格非的《迷舟》《大年》《风琴》；余华的《一九八六年》《往事与惩罚》；苏童的《一九三四年的逃亡》；潘军的《风》等中国当代先锋小说中均有表现。譬如在格非的《大年》中，作者用大量的笔墨描写豹子如何从一个连生母都想雇人将其杀害的盗贼成为一个新四军头目带领饥民去袭击地主丁伯高家抢粮食也为自己抢二姨太玫的故事，将豹子参加新四军的动机处理

---

29 赵一凡等主编，李铁编辑：《西方文论关键词》，外语教学与研究出版社，2006 年 01 月第 1 版，第 191 页。

30 Linda Hutcheon, A Poetics of Postmodernism, Routledge, 1988, P.40. 转引自赵一凡等主编，李铁编辑：《西方文论关键词》，外语教学与研究出版社，2006 年 01 月第 1 版，第 191 页。

成对地主姨太太的欲望，他本人革命以后也未能按照经典革命历史小说的情节那样或是英勇牺牲或是在战争中成长为一个优秀的指战员，而是掉进了"螳螂捕蝉，黄雀在后"的陷阱，被唐济尧淹死在水里。最能彰显哈琴"编史元小说"理论的是小说最后的一张"布告"：

"徐福贵，乳名豹子。民国十五年生，属牛。民国三十四年二月参加新四军。据查实徐福贵犯有下述罪行：

一、民国三十四年二月十五日（大年三十）子时率暴民洗劫开明绅士丁伯高家院，并于次日傍晚将丁枪杀。

二、惯偷。

三、公然抗拒新四军挺进中队赵副专员让其于民国三十四年二月十五日（大年三十）去江北集训的密令。

鉴于所列罪行，徐福贵已于民国三十四年二月十七日被处决。此布"。[31]

《大年》的这种结局的处理无疑是对所谓历史"真实"的极大的嘲弄，他先通过老老实实的叙事让每一个读者都清楚豹子是怎样死的，然后又将历史上对豹子的死是怎样诠释、认定和流传的作了对比。这种对比无疑见证了这样一种新历史主义观点：历史事件的真实是史料的真实，这种史料的真实只有通过文本的编纂才能得以由史料变成历史：历史作为权力话语操作的结果，总是由拥有话语权力的权威者、胜利者书写的。这种书写往往是一连串对史料真相的压制乃至对意义的谋杀后得出来的。《大年》无疑为琳达·哈琴"编史元小说"的"入世性"及其"悖谬性"作了最好的注脚。如上所述，哈琴认为：之所以说编史元小说具有"悖谬性"（即是它们并非和真正消解一切真实的元小说那样，而是关注历史真正的真实，对现在被编织过的历史"真实"心存怀疑而已）和"入世"的积极意义，就在于其以元小说故意暴露的方式，将历史现实不过是被意识形态权利话语制造的文本化现实这一事实摆在了读者面前。它向读者阐明了这样的一个事实：在历史事件被构建为历史事实的过程中，是难以排除权力和意识形态的因素的。

第三节　前期先锋小说的其他"叙事化"探索

除了将元小说机制引入中国当代小说的叙事美学层面而外，先锋小说还从

---

31 格非：《褐色鸟群》，上海文艺出版社，2014年版，第142页。

以下三个主要方面对传统的"故事化"小说进行了"叙事化"的改造与革新。

一、对传统全知型叙述视角的扬弃

如同画家在从事绘画前须得选择透视点、透视方法一样，传统小说和现代、后现代主义小说作家们在写作小说时也要选择各自叙事的角度。特别是对于专注叙事形式探索和革新的现代、后现代主义小说作家而言，当小说写作由"写什么"转变为"怎么写"时，叙述视角的选择必然成为其不可回避的一大问题。

叙事视角（Point of view），在不同的研究者那里又称叙述角度（Perspective）、视界（Vision）、叙事聚焦（focalization）等，视角问题是研究小说叙事形式的一个极为重要的问题。例如勒博克就声称："小说技法至繁至难，却都受视点问题的制约"。[32]国内外文论界对叙事视角的分类非常详细，笔者这里不作展开，只从叙事视角最核心的质素——叙述者权力的自我限制问题进行考查，从这一向度出发，全部叙事可以分成两大类：全知叙事与限制叙事。

传统小说的叙事大多属于全知叙事类型。在绝大多数传统小说里，小说的叙述人始终处于上帝式的全知全能的地位，可以同时出现在文本中的一切地方，可以同时看到事物矛盾的正反面，可以轻而易举地参透人物内心意识的变化，可以故事的现在、过去和未来。这给许许多多的小说文本涂上了层层过于浓厚的主观色彩。在现代、后现代主义小说作家看来，传统小说那种在小说的内外世界均可自由出入、畅通无阻的万能叙事虽然给叙述故事带来极大便利，但同时剥夺了读者自己思考、判断，并从小说中获得乐趣的权力，彼得·福克纳就曾说过，不愿意继续接受作者耳提面命的"现代读者"对像萨克雷那样的、维多利亚时代小说作者对读者直接讲话的习惯，感到"矫揉造作得令人难受。"。没有任何一个作家被赋予这种对事件进展明察秋毫、对人物内心了然于胸的神奇能力，这种传统的单一视角叙事看似营造出了一种逼真性效果，细究起来却是最大的不真。因此，在现代、后现代主义小说作家眼中，"作家退出小说"就成为一种小说叙事自我扬弃和发展的共识，正基于此。传统小说中本已存在的、从人物自身的角度去叙事的技巧在现代、后

---

32 转引自赵毅衡《当说者被说的时候——比较叙述学导论》，中国人民大学出版社，1998 年版，第 121 页。

现代主义小说中就被有效地继承并且有了极大的发展。他们坚信，小说的叙述者不过是一个置身于特定空间和时间之中的人，他的所看、所想均受着情感欲望的支配，文本"只是在叙述他的有限的、不确定的经验"。[33]现代、后现代主义小说作家追求的这种对叙述人全知全能的叙事权力进行限制，让叙述人视界等于故事人物"内视角"的做法可以举出很多类例，譬如现代意识流小说，如乔伊斯的《尤里西斯》、普鲁斯特《追忆逝去年华》、弗·伍尔夫的《达罗卫夫人》等基本属于此类。罗伯一格里耶的小说《窥视者》《在迷宫里》也可以看作是此类小说的经典范例：前者从表面上看似乎也采用了传统的全知型叙述，但主人公行为中的那个一小时的"叙事空缺"却解构嘲弄了这种全知叙述的虚妄。后者的主人公是一个无名无姓的士兵，他迷失在大雪纷飞的城市，在寒风里从路灯杆来到叉路口，经过街道、房屋、咖啡店和一些孩子、女人……直到被枪击中身亡。叙述者视角始终没有逾越故事中推出的这位迷路士兵的人物视界，士兵死后，叙事视角也随即消失。

　　事实上，从某种意义上讲，限制视角叙事早已成为大多数现代、后现代主义小说作家认定的叙事革新方向，这一点可以从萨特对莫里亚克的小说批评中管窥一二。萨特不满莫里亚克小说中的全知型叙事视角，他直率地这样指责后者："在真正的小说中和在爱因斯坦的世界中一样，没有具有无限权力的观察者呆的地方，在小说体系中和物理体系中一样，都不可能进行试验来决定系统是运动的还是静止的。莫里亚克先生把自己放在首位。他已经选择了神圣的全知和全能。但是，小说是由人写和为人写的。上帝能透过表面看穿人类，在他眼睛里，没有小说，没有艺术，因为艺术是外表繁荣。上帝不是艺术家。莫里亚克先生也不是……"。[34]

　　必须阐明的是，除了限制叙事而外，现代、后现代主义小说作家在反对和解构传统的全知全能型叙事策略方面还作出了不少生气勃勃、多彩多姿的艺术探索和文学实验，如陀思妥耶夫斯基的"复调"、亨利·詹姆斯的"意识中心"、伍尔夫的多人物视点、海明威的"冰山叙事"、福克纳的"交响乐结构叙事"、加缪的"零度叙述"……等等，法国新小说派更是在前人筚路蓝缕的

33　罗伯一格里耶：《新小说》，见《法国作家论文学》，北京：三联书店1984年版，第399页。

34　[法]萨特：《萨特文集》，第7卷，沈志明，艾珉编，北京：人民文学出版社，2005.05，第36-37页。

开拓基础上，将这种反全知型叙事视角的革新推到了一个新的高度，这除了以上谈到的罗伯格里耶、萨洛特、西蒙而外，又尤以布托尔的成就最大，布托尔极力推崇第二人称叙事，他坚称，这种叙事"有利于在叙述者与读者之间建立起一种近距离的、真切的对话关系。读'你'的故事，似乎就是读者在审视与阅读自'我'，让真实的自我去体验'你'的经历与意识，是此'我'中有'你'，'你'中有'我'，'我'与'你'的角色在阅读中完成互换，融为一体"；³⁵他还在福克纳《喧哗与骚动》的启发下提倡对同一事件的多角度叙事。他声称，单一叙述视角的叙事很难避免貌似的真实背后潜藏着的某种倾向性，而同一事件经过多视角的反复叙述成为"好几个叙述行程的汇合"后，"叙述不再是一条线，而是一个面"，则有助于克服这种不足。这样做的结果使得"不同的叙述者通过各自的视角叙述某一事件，将该事件的不同侧面，以及他们各别的倾向性呈现在读者的面前，使之汇集成为同中有异、异中有同的生活画卷，在展示生活差别性与复杂性的同时，也把对事件的认识权与判断权交给了读者，令其自行进行对比、选择与思考。"³⁶布托尔所实验和践行的第二人称乃至多重人称复合叙事以及突破单向叙述的局限，实现同一事件的多角度反复叙述显然具有非凡的意义。当然，对于现代、后现代小说作家在反全知型小说叙事的探索中所实验践行的多种艺术革新实绩在此笔者仅能挂一漏万地列举其荦荦大端，远未做到穷形尽相。

先锋小说作家在限制视角的实验上使用第一人称叙事的作品很多，如格非的《让它去》《解决》《紫竹院的约会》《苏醒》《沉默》《谜语》《初恋》《时间的炼金术》《边缘》……；叶兆言的《五月的黄昏》《采红菱》《青春无价》《故事：关于教授》……；苏童的《蝴蝶与棋》《世界上最荒凉的动物园》《红桃 Q》《八只花篮》《粮食白酒》《那种人》《我的帝王生涯》《武则天》……；北村的《消灭》《小兵》《玛卓的爱情》《流水的东西》《玻璃》《病故事》……；潘军的《爱情岛》《上官先生的恋爱生活》《从前的院子》《和陌生人喝酒》《纪念少女斯》……；除了单纯的第一人称叙述而外，先锋作家有时还采用其他类型的特殊视角叙事：譬如残雪前期的绝大多数小说采用的都是梦幻者和精神分裂症患者的视角；而在莫言的《大肉蛋》《透明的红萝卜》《欢乐》《四十一炮》，苏童的《刺青时代》《舒家兄弟》《独立纵队》《骑兵》《城北地带》《我

---

35 刘亚律：《论米歇尔·布托尔的小说叙述理论》，《江西社会科学》，2006 年 06 期。
36 刘亚律：《论米歇尔·布托尔的小说叙述理论》，《江西社会科学》，2006 年 06 期。

的帝王生涯》《河岸》，余华的《十八岁出门远行》《在细雨中呼喊》……等小说中则采取了儿童视角。

除了以第一人称及特殊人称的焦点视角对传统全知型视角进行限制而外，先锋小说作家对于其他丰富多元的外国先进小说弱化全知叙事的叙述经验也有多方模拟。譬如对先锋小说乃至上世纪八十年代中后期新写实主义小说影响较大的后现代零度叙事，虽然在西方批评界提出的时间并不算长，但其无疑是20世纪以来在西方小说创作中强调客观写作的发展结果，事实上，亨利·詹姆斯早就说过："在小说提供给我们的东西中，我们越是看到那'未经'重新安排的生活，我们就越感到自己在接触真理；我们越是看到那'已经'重新安排的生活，我们就越感到自己正在被一种代用品、一种妥协和契约所敷衍。"[37]英国评论家欧·贝茨在评价海明威时也曾发表过类似的看法，他说："海明威自始至终没有作丝毫努力来影响读者们的思想、印象、结论。他本人从来不在作品里，他一顷半刻也不挤到对象和读者当中去碍事。"[38]"艺术家不应该是他的人物的评判者，而应该是一个无偏见的见证人"这一艺术理想的眷恋和零度叙事的追求显然触类旁通，这一原则，在余华的作品中体现得较为明显。他在早期的很多故事文本中设计了一个冷漠的叙述者，仅仅将之作为观察社会、人生的一种视角而已，譬如在《现实一种》中他就是这样无动于衷地真陈山岗虐杀其兄弟山峰的场面的："这时一股奇异的感觉从脚底慢慢升起，又往上面爬了过来，越爬越快，不一会就爬到胸口了。他第三次喊叫还没出来，就不由得自己脑袋一缩，然后拼命地笑了起来。他要缩回腿，可腿没法弯曲，于是他只得将腿上下摆动，身体尽管乱扭起来，可一点也没有动。他的脑袋此刻摇得令人眼花缭乱。山峰的笑声像是两张铝片刮出来一样"，[39]不难看出，在这个作品中，作家零度叙事的客观态度，在其冷血般地叙说这一残忍的亲情仇杀故事中，展露的淋漓尽致。

除了零度叙事而外，其他先锋作家如莫言《红树林》采用的第二人称"你"的叙事；吕新在其长篇小说《光线》《梅雨》和《草青》中采用的多声部叙事无疑会让读者想起法国新小说作家布托尔《变》和美国南方作家福克纳的《喧哗与骚动》。另外，格非的《边缘》尤其值得一提，这部小说在很高程度上达

37　参见布斯：《小说修辞学》，北京：北京大学出版社1987年版，第172页。

38　董衡巽：《海明威研究》，北京：中国社会科学出版社1980年版，第135页。

39　余华：《余华精选集》，北京：北京燕山出版社，2006年01月第1版，第184页。

到了布托尔提出的"视角联合"的叙述理想，将第一人称的限制叙事和第三人称的全知叙事二者有机地结合在一起，收到了极为成功的叙事效果:《边缘》中作者使用的是第一人称叙事视角,"这一方面加强了小说的体验性和心理真实感,另一方面又一定程度上拓展了小说的文本弹性和叙述张力。不仅第三人称视角无力进入人物内心的羞涩和尴尬被一扫而光,而且在小说心理涵量的丰富和强化中第三人称视角的其他技术优势也一如继往地得到了发挥。可以说,在由'他'向'我'的人称转换中《边缘》一无所失。这当然得力于小说叙述人特殊的身份。'我'是小说的叙述者同时又是小说的主人公,小说正是'我'弥留之际浮想联翩的'回忆'的产物。'我'对既往的人生片断都有着亲身的体验,对活跃在小说世界内的各个生命'我'也都具有某种'全知性'。不但'我'以比他们更漫长的生命为他们一一送了终,而且由于'我'对过去的回忆与叙述是立足于'现在'的基点之上的,这样,历时态的人生就得以以共时态的方式呈现。'我'就具有了从'现在'的观点重组、猜测、分析故事的自由,以及自由进出各个主人公心灵深处的绝对便利,这使小说中与'我'相关的众多生命故事都不同程度地烙上了'我'的印记,别人的生命只不过从不同侧面丰富和扩大了'我'对于生命的体验。这种情况下,'我'与'他'的视点障碍已经根本不存在了。"[40]总之,先锋作家在努力打破全知型人物叙事视角的努力是多方面的,他们取得的成绩也的确值得圈点。

二、打破物理时间的现代主体化叙事时间观

在传统现实主义作家的小说文本中,时间既是小说构成的重要质素,同时又是叙述的起、承、转、合得以实现的基本手段。作家想要讲述的故事从某种意义上而言都要在某一具体时间中进行展开。正是因为时间具有的这种决定性意义。所以在十九世纪以来堪称经典的现实主义作家的小说作品中,开篇伊始就要把故事发生的时间交代清楚。譬如在巴尔扎克的《贝姨》中,开头就这样写道:"一八三八年七月的月中,一辆四轮双座轻便马车行驶在大学街,这种车子是新近在巴黎街头时兴的,人称'爵爷车',车子载着一位男子……"。[41]而在司汤达的《红与黑》中,其副题也鲜明地标识出"1830 年纪事"。

---

40 吴义勤:《超越与澄明——格非长篇小说〈边缘〉解读》,《小说评论》,1996 年 06 期。

41 [法]巴尔扎克;《贝姨》,许钧译,上海译文出版社,2008 年版,第 1 页。

在师法现代、后现代主义小说作家的当代先锋派作家那里，不仅巴尔扎克所代表的"传统小说"中的时间形态早已经被现代"意识流"小说中广泛采用的绵延性"心理时间"所扬弃，即使是影响西方现代小说作家乔伊斯、沃尔芙、福克纳等人创作的"意识流心理时间观"到了欧洲、拉美的后现代小说大师笔下无疑也已经走的更远：譬如在冯尼格特的《五号屠场》中，"碎片式的时间"就背离了传统小说人物总是朝着一个方向发展的叙述模式，让其主人公可以无拘无束地穿越现在时间的樊笼同时向过去的、将来的生活空间自由自在地旅行；对于博尔赫斯来说，"时间"可以使客观事物的存在和运动摆脱客观世界的一切束缚，根据这种时观，时间既能够停止不动（譬如《神秘的奇迹》），也能够自由伸缩（譬如《另一种死亡》中达米安的两种相距20年的死亡方式都被指挥官塔巴雷斯证实）也能够轮回往返（譬如《神学家》、《皇宫的寓言》等）；它还可以制造出时间维度上的无限大的迷宫（如《交叉小径的花园》）。而对于法国新小说代表作家罗伯－格里耶来说，其小说中的主要时间观念则又发展成了"超级现代时间"，在他的小说文本中，现在、瞬间和即时性时间凝聚着深刻的哲学内蕴，这种现代时间观念的实质无疑已经将时间内在化、现在化和主观化了。

上述现代派、后现代派经典作家的小说时间观念都可以在当代先锋小说作家的作品中找到影响和被影响的痕迹，但在所有现代、后现代叙事时间观念对先锋小说作家的影响中，无疑谁也比不上魔幻现实主义小说大师加西亚·马尔克斯，在其饮誉全球的经典长篇小说名著《百年孤独》中，整体的时间是可以任意折叠和循环往复的。如果按照传统的叙事方式讲述这个《百年孤独》中发生的故事，"那必定是从头道来，循序渐进：马孔多如何出现，如何发展、兴旺，如何衰落、消失，布思迪亚家族第一代如何，第二代如何……末代怎样灭绝的，等等。但加西亚·马尔克斯独出心裁，将一个完整的故事切割成许多片断。然后再将每个片断首尾相接，使之构成一个独立单位，但同时又使它们和整个故事保持联系。而这些既独立又彼此相连的片断，不是先分后合，而是先合后分……"[42]这里显然，作者的叙述角度是站在某个时间不明确的"现在"，以彰显轮回色彩的现代时间观来讲"许多年后"的一个将来。小说开头仅用了"许多年之后，面对行刑队，奥雷良诺·布恩地亚上校将

---

42 朱景冬，孙成敖：《拉丁美洲小说史》，天津：百花文艺出版社，2004 年版，第 446页。

会回想起，他父亲带他去见识冰块的那个遥远的下午"这样一句话，就高度概括了全书的时间模式。

《百年孤独》深刻地体现了一种现代小说线性时间与循环时间多重复合交叉的主体化时间格局。这主要体现在上述时序在预叙和倒叙上"闪进"、"闪回"的穿梭跳跃对时间进行"主观化"处理的叙事艺术上。《百年孤独》中"闪进"和"闪回"的现象出现得非常频繁。其中，"闪进"的叙事现象集中在全书的 1-9 章，而"闪回"的叙事情况更是在全书的各章中都俯拾即是。这种处理打破了通常呈线性流淌的时间状态，从而使得"过去"、"现在"、"未来"三个时间向度都能得以在故事的讲述中随机地转换。若从整体上进行观照，《百年孤独》大体上按照传统物理时间的演进粗线条地勾勒了一百年间马孔多小镇的兴亡衰替，但从局部着眼的话，就会发现，作品的顺时序则常常会被不是出现在文本中的预叙（即是"闪进"）或倒叙（即是"闪回"）之类的逆时序打断，这种跳跃性的叙述时间，让串联文本故事中全部"行动"的叙事线索在总体向前发展的过程中又不时地向前或向后摇摆。在张玫珊看来，在《百年孤独》中，时间和叙述本身也变成了叙述对象，加西亚·马尔克斯对时间的这种处理，是对传统小说叙述方式的全新理解和建构，是对传统叙述时间的彻底颠覆："故事象走马灯上的一幕幕灯景，轮番地展现在我们眼前。时间象是流逝的，又象是停滞的，凝定在那儿，没有动；原来，转动的只是走马灯的轴。如果我们不站在走马灯的外边，看——旋转过去的图景，而是象已经知道，并掌握着布恩蒂亚家族命运的叙述者那样，蜷藏在走马灯的轴心里，就会感到时间在这里是静止的，因为真正的轴心只是一个点，任何的过去、现在、将来都重合，集中在这个点上了，都已经存在了；从外边看，它们衔接成一个圈，无论从哪一个点上开始，都可以滚动起来。"[43]

总之，从现代主义小说的意识流的绵延时间到后现代各色先锋时间观，其最大的共性在主体化时间上达成一致，这种主体化的时间对于先锋小说作家的时间观念的影响无疑是至深至巨的。这种主体化的全新时间格局，无疑深刻地影响到了当代中国先锋小说作家的文本创作。

受现代表现主义、存在主义意识流的时间观念影响最深的作家无疑是残雪，柏格森的"生命哲学"是西方意识流小说的主要理论源头。这种"生命哲

---

43 张玫珊：《加西亚·马尔克斯小说中的时间观念》，《长篇小说》，1985 年 08 期，第 276 页。

学"的"绵延说"认为："现在就是一切"，世界无非就是由"由过去、现在、未来续接成的封闭时间链条"而已，在残雪前期的大部分小说中，莫不涌动着一股由自由联想和感觉意识形成的潜意识暗流，这种潜意识暗流混淆过去、现在和将来，将所有物理性的时间观念都显现为一种哲学上的共时，《患血吸虫病的小人》这篇小说就深刻地通过人物之口，揭示了这种意识流的时间观念及其背后的存在主义意义："我想了解小人，于是便'开始不厌其烦地询问小人的历史'，仿佛知道他的历史，就能够掌握他作为人而存在的全部证据。而老头的语言则将我们已经习以为常的关于历史的确认秘密完全剥开，他说：'你的历史就是我的历史'！你的存在是通过我的语言和意识成为事实。当有两个人发声时，我的声音为真，你的声音是谎言；当我沉默的时候，你的存在才进入我意识。我意识到你的存在，你才存在。为什么呢？因为这些判断都是从'我'这个源头发出。同一时间之下，只有一个当下为真的判断。因为带有价值评定的观念在某一框架之下对不同事物的判断是唯一的，这与事物各自存在的确认并不矛盾。存在是客观的，不带价值判定，而'真假'是二元性的。于是在某一特定时空下，判断是唯一的，存在是普遍的。"[44]，残雪而外，在余华的《在细雨中呼喊》以及苏童的《一九三四年的逃亡》中，意识流时间对文本的塑造也极为明显。

比起外国现代派意识流的时间观，后现代主义时间观念对当代先锋小说作家的影响显然要大得多，这又集中地体现在加西亚·马尔克斯《百年孤独》的影响上：譬如莫言的《红高粱》系列中篇小说（《红高粱》、《高粱酒》、《狗道》、《高粱殡》），就明显地借鉴了《百年孤独》轮回式主体化时间结构方式和表现视角，将这种崭新的时间叙事技巧，使得"我"可以从一种高高在上的鸟瞰式的角度，以反复倒行逆追的方法，打破时空界限。钻进了每个先辈个人的心里，于是像我奶奶坐在爷爷所抬的轿子里"心跳如鼓，浑身流汗"的羞怯与迷乱，"我"奶奶与"我"爷爷在高粱地里的野合细节，以及整个伏击日军前后的过程和"爷爷"解放后"从北海道归来"等等细节，"我"全都知道——这里面固然有莫言自身的创新，但是无法否认的是，作家明显地在以主体化的时间结构小说方面借助了马尔克斯匠心独具的结构方式和独特视角；再譬如余华在中篇小说《难逃劫数》里也多次运用加西亚·马尔克斯式

---

44 冷旭阳：《用弗洛伊德"意识流"透析残雪小说〈苍老的浮云〉》，《西南农业大学学报》（社会科学版），2008 年 03 期。

的预叙手法，让时间在过去、现在与未来之间跳跃；格非的中篇小说《褐色鸟群》也是模仿加西亚·马尔克斯式的头尾相接的重复叙述，为了达到小说在时间上循环往复的迷乱感，作家让时间在过去、现在、未来三个时间向度中随意跳跃；其他先锋小说作家以《百年孤独》的主体时间设构经营自己的小说作品并且大获成功的作家还可以举出很多，如扎西达娃《骚动的香巴拉》，潘军的《风》等。

三、消解人物典型意义的"抽象化"叙事

在传统的现实主义小说中，文学即"人学"，因此，塑造性格鲜明的典型人物，通过人物的悲欢离合的命运，赋予人物和故事的主旨内蕴以形而上的深远意义，是小说再"自然"不过的创作原则。然而，一些现代、后现代派小说家却对此说"不"。英国著名意识流小说作家沃尔芙便确信，在现代社会，"人与人之间的一切关系——主仆之间、夫妇之间、父子之间——都变了。人的关系一变，宗教、品行、政治、文学也要变"。[45]所以小说要摒弃以讲故事、写社会或刻画人物性格为主的旧方法。法国新小说派的代表娜塔丽·萨洛特则认为：面对现在这一"怀疑的时代"，小说的首要任务不再是描写人，而是要针对"存在"提出质疑。过去时代的"人物"而今"逐步失去了一切：他的祖宗、他精心建造的房子（从地窖一直到顶楼，塞满了各式各样的东西，甚至最细小的小玩意）、他的租契证券、衣着、身躯、容貌。特别严重的是他失去了其中最宝贵的一项：只属于他一个人所特有的个性。有时甚至连他的姓名也荡然无存了"。[46]罗伯一格里耶亦相信，以人物的典型塑造为小说中心取向的观念只是一定历史阶段的产物，并不具有普世意义上的永恒性。他宣称："那些塑造出传统意义上的人物的作家只能提供给我们一些连他们自己都不相信的木偶。"；"以人物为主体的小说完全属于过去，它标志着一个时代：一个推崇个人的时代。"[47]正基于此，对于一些现代、后现代主义小说作家而

---

45 见伍蠡甫主编：《现代西方文论选》，上海：上海译文出版社，1983 年 01 月第 1 版，第 108 页。

46 [法]娜塔丽·萨洛特：《怀疑的时代》，柳鸣九编选：《新小说派研究》，中国社会科学出版社 1986 年版，第 29 页。

47 [法]罗伯一格里耶：《关于几个过时的概念》，见柳鸣九主编：《从现代主义到后现代主义》，中国社会科学出版社：1994 年版·第 393 页。

言，在人物形象的塑造方面，小说家应当一反现实主义小说将人物典型化的写作态度，转而采取将人物形象有意淡化或弱化的处理方式。这种对待传统现实主义小说典型人物的淡化、弱化处理的结果导致了传统现实主义小说中的英雄人物型主人公被祛魅解构，变成了"非英雄"甚至是"反英雄"。《朗曼20世纪文学指南》（1981年版）对于这种由传统小说主人公形象类型的英雄向现代、后现代主义小说非英雄与反英雄的嬗变演化作了这样的阐释："19世纪后半期，小说中的主人公越来越接近'普通人'，而越来越失去与小说中传统主人公相关的品格。20世纪的小说，如H·G·威尔斯和阿诺德·贝内特的小说，这种倾向显得更普遍。但是他们和同时期的作家引进小说中的不过是'非英雄'（non-heroes），而不是'反英雄'（anti-heroes）。第二次世界大战之后，"反英雄"成为金斯莱·艾米斯、约翰·韦恩、约翰·奥斯本、约翰·布雷恩、哈罗德·品特等作家所写的小说和戏剧中的主要人物。反英雄否定行为的准则或先前被视为文明社会基础的社交行为。有些人故意反抗那些行为规范，把现代社会看作是非人的世界；有些人则根本无视那些行为准则。"；[48]正是在这种时代语境的整体背景与趋势中，在描绘人物形象时，现代小说作家们将人物的肖像面貌、外在行动以及作为典型成长环境的社会背景的刻画压缩至最低甚至不予理会，譬如一些现代小说作家如卡夫卡就喜欢将现实历史中的具体人物高度抽象化，在卡夫卡的作品中，"没有描写在特定时代、特定空间的特定人物的命运和遭遇，而是像许多表现主义作品一样，时、空、人物都是不确定的……其笔下的'美国'，也只是一个象征符号，并不是实指真正的美国。这里的'美国'，若改换成其他的国家，如英国、法国、德国等，对小说都无关大局。他笔下的主人公常常用K作代号，既无国籍，也无时代，读者更无从知道他们个人的性格、身份和历史"；[49]而到了一部分后现代小说作家那里，现实主义小说中具有鲜明、丰满性格的人物形象更是被处理成了"无理无本无我无根无绘无喻"的人的"人影""类像"或"仿真"。正如当代理论家费德曼指出的那样："小说人物乃虚构的存在者，他或她不再是有血有肉、有固定本体的人物。这固定本体是一套稳定的社会和心理品性——

---

48 转引自赖干坚：《西方现代派小说概论》，厦门：厦门大学出版社，1995.07，第305页。

49 刘象愚：《从现代主义到后现代主义》，北京：高等教育出版社，2002年，第202页。

一个姓名，一种处境，一种职业，一个条件等等。新小说中的生灵将变得多变、虚幻、无名、不可名、诡诈、不可预测，就像构成这些生灵的话语。但这并不意味着他们是木偶。相反，他们的存在事实上将更加真实、更加复杂，更加忠实于生活，因为他们并非仅仅貌如其所是；他们是其真所是：文字存在者。"[50]

在这种现代派、后现代派人物观的影响下，一些先锋小说作家开始在作品中也有意的地虚化人物形象，譬如格非在其最具先锋色彩的知名中短篇小说《褐色鸟群》中就对笔下的人物作了这种抽象化的处理："有一天，一个穿橙红（或者棕红色）衣服的女人到我。水边"的寓所里来，她沿着"水边"低浅的石子滩走得很快。我起先把她当作一个过路的人，当她在我寓所前踅身朝我走来时，我终于在正午的阳光下看清了她的清澈的脸。我想，来者或许是一位姑娘呢。她怀里抱着一个大夹子，很象是一个画夹或者镜子之类的东西。直到后来，她解开草绿的帆布，让我仔细端详那个夹子，我才知道果真是一个画夹，而不是镜子。"[51]，依照格非自己的说法，他之所以如此处理人物是受到了罗伯格里耶的小说《橡皮》的启发：在小说中，作家笔下的人物面目不清就会让读者不能在他们身上有过多的"情感停留"，也就同样不必再用传统的善恶、道德等等尺度来评判他们，这样，人物就成为了作家小说主旨文意的传达道具，从而将读者引入人物和事件的背后。

在此方面走的更远的无疑是马原和余华，他们甚至直接将人物符号化为一组阿拉伯数字。譬如在马原的《拉萨河》女神中，故事的开始就是这样交待的："于是几个人说好在星期天到拉萨河去。我们假设这一天是夏至后第二个十天，这时候天正热，大概可以游泳……成员包括文艺界各方面人士十三人。最大年龄四十岁左右，最小二十岁稍多。其中一名藏族青年作家，两名女士。因为故事不大而人员较多，我依照年龄顺序分别称他们为阿拉伯数字1、2、3、4 以至 13。各自职业在他们进入角色再提一下，以避免读者混淆。"。[52]再譬如在《世事如烟》中，余华也采用了阿拉伯数字来代替传统小说中富于

---

50 胡全生：《后现代主义小说中的人物与人物塑造》，《外国语》，2000 年第 4 期。

51 蓝棣之、李复威主编：《褐色鸟群——荒诞小说选萃》，北京：北京师范大学出版社，1989 年 02 月第 1 版，第 208 页。

52 马原：《冈底斯的诱惑》，沈阳：春风文艺出版社，2004 年 04 月第 1 版，第 304-305 页。

典型意义好特殊个性性格的人物形象："他在聆听4如风吹皱水面般梦语的同时，他无法拒绝3与她孙儿同床共卧的古怪之声。3的孙儿已是一个十七岁的粗壮男子了，可依旧与他祖母同床。他可以想象出祖孙二人在床上的睡态，那便是他和妻子的睡态。这个想象来源于那一系列的古怪之声：有一只鸟在雨的远处飞来，7听到鸟的鸣叫。鸟鸣使7感到十分空洞。然后鸟又飞走了。一条湿漉漉的街道出现在7虚幻的目光里，恍若五岁的儿子留在袖管上一道亮晶晶的鼻涕……"。[53]对于人物形象的塑造是否必要的问题，余华这样评价道："他们所关心的是我没有写从事他们那类职业的人物，而并不是作为人我是否已经写到他们了。所以我还得耐心地向他们解释：职业只是人物身上的外衣，并不重要。事实上我不仅对职业缺乏兴趣，就是对那种竭力塑造人物性格的做法也感到不可思议和难以理解。我实在看不出那些所谓性格鲜明的人物身上有多少艺术价值。"，[54]也正基于此，在余华的笔下，人物才大都被消解摒弃了明确的性格特征，沦为一个泛指或抽象的符码。

第四节　"故事化"在先锋小说中的回归及意义

一、"故事化"在先锋小说中的重新回归及其原因

在1989年前后，尽管被异军突起的新写实小说抢去了不少风头，但仍可视为是先锋小说作家于1987年之后在中国文坛创造的又一个新的高潮。但在这种外在辉煌和煊赫的背后，一些批评家敏锐地注意到，从作家的创作意识到作品的取材、人物塑造和主旨内蕴再到文本的语言和叙述形式……等，先锋小说创作的全面转型也在悄然发生、同步进行。本节所述的先锋小说在叙述形式上向"故事化"层面的回归，是上述先锋小说整体上朝向一个更高阶段的历史进程转型中表征最为显著的其中一维，它的转向不仅和先锋小说其他方面的转向有其共同深刻的时代、社会和文化背景，其自身的变化也必然和先锋小说在其他方面的变化密切相连、息息相关。

按照陈晓明教授的观点，就先锋小说既往的"实验性"很强的叙述形式而言，格非在1989年3期《人民文学》上付梓的《风琴》较早地表现出这样一

53　余华：《余华作品集》，太原：北岳文艺出版社，2004年版，第531页。
54　余华：《虚伪的作品》，《上海文论》1989年第5期。

种"症候"：即是由以往作者过多地通过"叙述"干预小说"故事本事"层面的"叙事化"形式向传统小说"故事化"叙述形式的转变。陈晓明教授认为："《风琴》如果不是近年来最优秀的短篇小说，至少也是格非最出色的作品。这篇看上去抒情味十足的小说，颇具古典情调，格非以往的那种形而上观念和叙事'空缺'不再在故事中起控制作用，相反，故事是不留痕迹自然流露出来的一些场景片断。它们象一些精致的剪贴画呈现出来。"，[55]继而更进一步，陈晓明和相当一大批批评家都坚信，格非的这种叙事上祈求重返"单纯朴素"的叙事行为绝非是简单的单独个案，它事实上作为一种总体性"症候"，正越来越多地表现在 1989 年前后以来的其他先锋小说作家的小说文本中。笔者以为这种判断基本成立，九十年代前后，且不说像莫言、格非、余华……等作家在叙事上回归"故事化"的车辙清晰可辨，苏童和叶兆言更是一度混迹于"新写实"和"新历史"写作大潮的浪尖波峰，为之推波助澜；洪峰九十年代伊始就采用"故事化"和"先锋"两套笔墨，视其《苦界》（及后来的《恍若情人》《中年底线》等作品），完全可以归入民国张恨水、刘云若之类的通俗小说之流；马原 80 年代末离开文坛以前推出的小长篇《上下都很平坦》也因为叙事的过于平实而被一些不无激进的批评者大加挞伐……即使像孙甘露、残雪和北村这些以坚守先锋立场知名的作家也都向"故事化"叙事的大势作了不同程度的妥协。北村在一度停笔后，自 1993 年发表《施洗的河》以降，长期使用敬仿《圣经》体的、便于宣扬基督教义的、单纯明快的"U 型"和倒"U 型"的几近固化的叙述模式，这种情况一直持续到 2016 年《安慰书》的出版发行才有所改变。同样在1993 年孙甘露的长篇小说《呼吸》中也一反其前期小说如《信使之函》《请女人猜谜》《我是少年酒坛子》等文本中彰显的叙事实验色彩，首次出现了大致清晰的人物形象及较为完整的故事格局；残雪在其长篇《突围表演》以及 1990 年代创作的大部分小说如《弟弟》《新生活》《索债者》等文本中，让读者明显感觉到的变化便是其中的叙事性得到了明显加强，较之其早期的"寓言化"、"超现实"的表现主义倾向浓厚的"梦魇体"小说有了较为常态的中心人物、生活场景，和较为明晰的故事情节。

纵观 1989-1993 年的这个先锋小说作家的创作嬗变期，不难发现，先锋小说作家在叙事美学形式的创作意识上经历了一个由早期的"叙事化"向传

---

55 陈晓明：《最后的仪式——"先锋派"的历史及其评估》，《文学评论》，1991 年 05 期。

统的"故事化"层面不约而同的"回归"。当然，这种回归是复杂的，就美学价值的判断而言，这种回归，虽然一度也呈现出式微衰颓的表征，但最终在主体上还是上升为一种更高美学意义上的回归；而就回归的深层原因和背景方面来看，这种回归既是先锋小说作家被动承受的结果，同时又有他们主动的、必然的选择成分。先锋小说作家在叙事形式层面发生整体转向的原因相当复杂，除了较为直接的文化转型动因之外，还可以从市场化经济、信息化传媒、大众文化的挤压、社会角色的变迁和重新整合……等等多重维度进行考察，笔者拟撮其要，主要从以下四个方面对之进行总结与评估，并在此基础上，试图揭示先锋小说回归平淡的"故事化"转向内在的必然性和其所具有的文学意义。

第一：先锋小说"叙事化"形式探索的自身遇到挫折

进入 90 年代，对于绝大多数的先锋小说作家而言，包括各种"先锋叙事"在内的诸多形式主义策略都差不多发展到了一个"节点"或"极限"，过去曾经一度使他们非常着迷的各种新潮的、实验性很强的叙事技巧和方法，已经使他们觉得不再新鲜。

第二：1989 年前后，在一向专注于个人化经验发掘的先锋小说作家那里，渐次出现了向现实主义靠拢的趋势：他们或暂时的"与现实达成和解"，或开始"向历史逃亡"。加西亚·马尔克斯认为："语言和技巧是作品特定主题的工具。"[56]这种小说题材、内容和主题上的向"外"转导致了文本写实性程度的大大加强，必然随之要求有与之对应的"故事化"小说形式作为自己的象征化载体。

早在"新写实"小说兴起不久，就能从中找出不少先锋小说作家的身影。"新写实"小说口号的提倡者是南京大学的丁帆教授和时任《钟山》编辑的徐兆淮，南京的《钟山》这个刊物一度又是"新写实"小说作品和"新写实"小说理论的重要集结基地，正基于此，江苏的苏童和叶兆言就最早"理所当然"地加盟其中。余华在 1992 年 6 期《收获》发表的《活着》也迷散着"新写实"小说的浓郁气息。和前期相比，这部小说在叙事上开始追求单纯朴素，旨在寻求一种来自于叙述自身的力量。余华坦称："《活着》的写作过程，其实是我从

---

56 王国荣主编：《诺贝尔文学奖获奖作品精华集成》（增订本）下=AN ESSENTIAL COLEECTION OF LITERARY WORKS OF NOBEL PRIZE WINNERS，文汇出版社，1997.01，第 1285 页。

自己过去叙述中不断摆脱出来的一个过程"，在写作《活着》的时候，开始作家仍想像往昔那样"保持距离的冷漠的叙述"，却无论如何也写不下去，直到改用第一人称叙述后，让人物自身走到前台去讲述发言，他才突然意识到自己的叙述中开始充满了亲切之感，可以这样写下去了。[57]余华曾经感叹道："形式主义策略如果不能穿透历史的实质，不能触及人类精神和现实的痛处，那它的意义只能是有限的"。[58]像《活着》中对战争、大炼钢铁的描写以及后来《许三观卖血记》中对人民公社、大饥饿的暗示这样的相对外向型的社会现实，想要恰当地表现出来，势必非得依托传统的"故事化"写作范式的帮助。

就先锋小说作家的"新历史"小说的创作而言，虽然之前"先锋派"也并不缺乏对历史故事的讲述文本，但就叙述形式的美学层面而言，在多数作家那里，叙述者的"叙事干预"显然始终压抑"历史故事"的自由呈现。到了1989 年前后，由于形式外衣的删减，使得作为故事场景的历史情境更多地裸露了出来。叶兆言讲述上世纪三十年代漫漶着历史油彩的《状元镜》《追月楼》《半边营》《十字铺》等系列作品即可资对此进行援引例证。与此同时，陈晓明先生认为，苏童在 1989 年发表在《收获》上的《妻妾成群》和格非次年初在该刊付梓的《敌人》均可看出某些《家》、《春》、《秋》乃至是《红楼梦》的叙事痕迹，这都显示了当代"先锋派"皈依传统的有益的尝试。

第三：市场化的冲击使先锋小说陷入了作家的角色危机和小说的叙事危机。

90 年代的市场化潮流冲击使先锋小说陷入了作家的角色危机和小说的叙事危机。先锋小说作家的小说创作和普通读者的阅读接受之间出现了越来越无法弥补的裂痕。这无疑可以从先锋小说作家的小说文本中"故事化"程度的高低和"故事性"内容的多寡得以说明。

从"写什么"的维度上讲，传统小说培养起来的中国读者往往喜欢从小说文本中读出人生百态，因而他们希望从小说中读出日常的生活经验，但以这种期待视野去欣赏先锋小说作家的作品，往往难免会失望。在马原看来，80 年代的先锋小说作家都有极力想从"伤痕文学"、"反思文学"、"改革文学"的阴影下走出来的内在心理。他们纷纷把文学的视点从日常的现实生活层面

57 余华、杨绍斌：《我只要写作，就是回家》，《当代作家评论》1999 年第 1 期。

58 陈晓明：《表意的焦虑：历史祛魅与当代文学变革》，北京：中央编译出版社，2002 年版，第 111 页。

转移开来，正基于此，他们的作品往往充满各种内省的哲思玄想倾向，很少将艺术的取景框对准传统观念中作为第一自然的现实生活，即使是写到了现实生活题材，也往往以变形、夸张的叙述介入将故事的本事作为填塞个人某种内省经验，演绎个人感觉化、寓言式叙述风格的实验场域，从而大大地稀释了文本中本就不多的社会生活意义上真实内容的比例和剂量。也就是说，充分吮吸过现代、后现代派小说大师们乳汁以后的当代先锋小说作家和普通读者对于写"什么样的真实"存在着认识上的脱节，80 年代的先锋小说作家追求的主要是一种精神世界的"真实"，表现在作品中当然与传统小说中"真实"景观截然不同。而从"怎么写"这一表现论的维度上而言，想要传递出这种和传统意义上不一样的，包孕着现代、后现代主义"真实"色彩的内容，就必然要采用与此相应的特定形式，对于这种类型的小说叙述形式而言，重点不再是示范讲解而是描绘，不是反映复制而是制造，不是表现而是发现，不是讲什么样的故事，而是怎样去"讲"。这种现代叙事形式的最大表征之一就是对故事的有意淡化和消解，这在许多先锋作家的小说中都是随处可见的。如在马原、残雪、苏童、吕新、北村、孙甘露等作家的作品中，我们要么看不到一个首尾一致的故事，要么只能在影影绰绰的故事形态中拾取一些情节的碎片自己进行二次组装，更有甚者，像孙甘露的《信使之函》这样既没有明确的人物，也没有时间、地点，更谈不上故事的极端"反小说"文本，更是让人晦涩难懂、不能卒读。多数先锋小说作家在 80 年代践行的这种以叙述行为随意淡化和消解故事本事的做法同样让许多传统的读者受众产生失落感。因为在他们看来，小说就是"说故事"的，一旦或引人入胜或缠绵悱恻的故事本事在小说中退居二线变得不再重要，或当故事在作者任意介入的叙述行为干涉下变得若隐若现乃至支离破碎、无从捉摸时更是让他们难以忍受。

　　第四：重新重视故事情节的"辛格热"影响

　　在"后文革"时期不断更迭的小说思潮中，先锋小说作家无疑是其中最擅于从外国现代主义、后现代主义文学流派的琼浆玉液里汲取精华的创作群体：从某种意义上讲，自 80 年代中后期以来，年轻的先锋派们正是依靠不断地从卡夫卡、乔伊斯、伍尔芙、普鲁斯特、海明威、福克纳、罗伯·格里耶、博尔赫斯……等等小说大师的创作实践和成功经验中采用先"拿来"用了再说的"拿来主义"，才得以取得各自长足的艺术进步的。包括陈晓明先生指认的苏童的"叙事动机"、格非的"叙事空缺"也显然都是从其他经典范本或类型范本中借用而来的非原创手法。马尔克斯在《百年孤独》中的那个著名的开头，更是被莫言、叶兆言、余华、格非、孙甘露、洪峰……等小说作家作为各自经营小说基本情节模式的套路而不止一次地被仿用。依靠外来文学哺乳长大的先锋小说作家们，在这次整体的叙事美学形式上由奇崛向平淡的"超低空滑翔"同样与国外文学背景中卡夫卡们被冷落和辛格们渐次升温的大体走势相互契合。

1978 年，伴随着以古老的意第绪语讲述波兰犹太民族世界中新旧冲突"故事"的美国作家辛格获取诺贝尔文学奖这一事件的持续发酵，在世界范围内渐次兴起了一股"辛格热"的潮流。一向担忧"一支卡夫卡似的军队将会毁了文学"[59]的辛格坚持认为："通过改变句子结构，通过采用特殊种类的词语，你是不会在文学上创造出什么真正新的东西的。真正的作家始终都在探索生活，而不是风格。风格是重要的而且每篇故事都有自己的风格，但是如果你只依靠风格本身，你决不会创作出任何有价值的东西……把讲故事从文学中取消，那么文学便失去了一切。文学就是叙述故事。一旦文学开始以弗洛伊德、容格或者艾德勒的学说来分析生活，它就变得乏味，没有意义了。"[60]他坚决反对现代主义小说家所秉承的种种以作家旁逸斜出的"介入性叙述"动辄干预"故事本事"破坏其完整性的恶劣做法，有次谈到其兄长对其的创作影响时，辛格不无感慨地这样说道："我的哥哥对我说了一些写作规则……他的一条规则是，事实是从来不会过时的，而看法却总是会陈旧过时。一个作家如果太热心于解释，分析心理，那么他刚一开始就已经不合时宜了。你不可想象荷马根据古代希腊的哲学，或者根据他那时代的心理学，解释他笔下英雄人物的行为。要是那样的话，就没有人爱读荷马了！幸运的是，荷马给我们的只是形象和事实。就是为了这个缘故，《伊里亚特》和《奥德赛》我们至今读来犹感新鲜。我想一切写作者都是如此"。

傅晓微在其博士论文《艾·巴·辛格创作思想及其对中国文坛的影响》中认为，在以马原、余华、苏童和北村等为代表的若干主要先锋小说作家那里，分别以各自不同的姿态完成了一个由师法卡夫卡转向师法辛格的过程。具体而言，马原可以视为是在情感矛盾中走向辛格的代表，他是先锋阵营中第一个对

---

59 Isaac Bashevis Singer. "Words or Images". Literarishe Bleter. 1927. No.34.
60 程锡麟：《艾萨克·巴什维斯·辛格访问记》，《虚构与现实：二十世纪美国文学》。成都：四川人民出版社，2001 年版，第 482 页。

先锋叙事手法的晦涩、古怪、荒唐性进行反戈一击的作家，像辛格嘲讽 20 世纪美国文艺界一样，马原坚信："小说变成了一种叫人云里雾里的东西，玄深莫测，不知所以，一批创造了这种文字的人成了小说大师，被整个世界的小说家尊为圣贤。乔伊斯，普鲁斯特，伍尔芙，乌纳穆诺，莫名其妙。……以为精神分析学是向前进了，以为打破时空观念是向前进了，以为采用意识流手法是向前进了。结果呢？小说成了需要连篇累牍的注释的著述，需要开设专门学科由专家学者们组成班子研究讲授，小说家本人则成了玄学家，成了要人膜拜的偶像……（包括辛格在内的）一些相对不那么伟大的作家……除了在文学史教科书上他们吃了一点亏，他们并没有被读者和历史抛弃，现在世界上有无数人在读他们，他们的读者群数量和质量都不会比前面提到的几位现代派作家更不如，他们恪守了小说中最基本的恒定不变的规则，他们因此成了不会过时的小说家"。[61]较之九十年代以后创作几乎绝迹的马原，余华、苏童、北村等作家更多地是从辛格的那些"将故事讲到炉火纯青地步"的经典小说（如《卢布林的魔术师》《傻瓜吉姆佩尔》《市场街的斯宾诺莎》）中汲取的营养并将之有机地运用到自己的文本创作型的另一种先锋小说作家。余华和苏童在谈到"影响我的十部短篇小说"时不约而同选择了《傻瓜吉姆佩尔》，此外，直接通过文本对读亦很容易看出余华的《我没有自己的名字》《我胆小如鼠》等对《傻瓜吉姆佩尔》的敬仿；而北村更是以其 1993 年叙事转向素朴"故事化"以后的《施洗的河》《伤逝》《孔成的生活》《玛卓的爱情》《孙权的故事》《周渔的火车》等系列文本被批评家指认为"是中国作家中风格最像艾萨克·辛格的人"。[62]

二、"故事化"在先锋小说中重新回归的意义

　　站在当代先锋小说三十多年一路走来的今天，对发生在上世纪九十年代前后这一叙事转型的价值、意义进行追述和重估，仍然不失其现实意义。客观而言，这种转型并非是一种创作上全面倒向现实主义的退步与返祖现象，正如笔者前文引用过格非的观点所讲的那样：先锋小说作家虽然"同现实主义达成了和解"。但对他们来讲，现实主义不再仅仅代表一种再现反映论，而只是作为一种修辞和叙事意义上的"现实感"，譬之"余华和苏童的小说中也

61　马原：《百窘》，作家出版社，1997 年版。转引自傅晓微的博士论文：《艾·巴·辛格创作思想及其对中国文坛的影响》，成都：四川大学文学与新闻学院，2005，第165 页。
62　塞妮亚：《重塑中国文学精神》，《文艺争鸣》，2002 年 02 期。

从不缺乏所谓的现实感，假如他们笔下的现实图景过于虚幻或怪异，那是因为这一图景的存在唤醒了他们的智慧或本能：正如烈日下的向日葵在凡高的眼中本来就是一团火焰，而不是凡高没有能力将它画得'更像'。"[63]亦非向此一时期特定的市场化商业写作、意识形态的话语钳制等文学的他律化势力的折中和妥协，而是一个"否定之否定"的自我确认、自我定位的过程，它标志着先锋小说向艺术探索的更高、更深境界发展的又一个契机的到来，预示着中国当代先锋小说作家在小说的叙事美学形式上走向了开拓、深刻和成熟。

之所以将当代先锋小说作家由反对传统"故事化"叙述经历了"叙事化"叙述形式的探索以后又重返"故事化"叙述传统的过程称之为"否定之否定"的自我确认、自我定位的过程，是因为先锋小说作家前期的在叙事形式的"叙事化"实验性探索方面的艺术实践经验并未丧失而是被有效充分地保存了下来，这些彰显着现代、后现代派先锋叙事的艺术经验，更多地是表现为一种"弥散性"的气息的浸染和观念意识的影响，一种独特的精神的灌注，早已化入当代先锋小说作家以后"故事化"小说创作的经验中去了。在谈到先锋实验对于一位小说家的意义所在时，余华的回答无疑具有典型的代表性。《活着》和《许三观卖血记》的发表昭示了余华向传统"故事化"质朴叙事的转型，但当批评界有人断言这是余华对自己先锋时期极端性写作的全面告别，是对先锋文学的全面反叛时，他对此不无讥讽地回敬说："他们对我的评价太高了，我觉得我还没有那么大的能力去反叛先锋文学，同时也没有能力去反叛我自己。"，"起码对我来说，我并没有否认我以前使用的叙述语言，而且，很可能还会继续用下去。"[64]他对前期那些"极端性"的艺术探索和实验始终没有反悔过，他特别提醒那些在其小说叙事中只看到"变"的一面而看不到"不变"质素的批评者们注意："像《许三观卖血记》这样的小说，首先应该认真把它读完，读完后就会发现像我这样一位小说家的优势在什么地方，我的写作训练已经达到了什么样的程度。一些人希望我不要抛弃的东西我并没有抛弃，至少应该说我精通了现代叙述最精华的那部分。"[65]毫无疑问，先锋小说作家们以拿来主义的姿态，对西方现代主义或后现代主义的借鉴与学习，是一种绝对必要的"写作训练"。倘若上升到更高意义的文学史维度，这正如

---

63 格非：《塞壬的歌声》，上海：上海文艺出版社，2001 年版，第 77 页。

64 余华、杨绍斌：《我只要写作，就是回家》，《当代文学评论》1999 年第 1 期。

65 余华、潘凯雄：《新年第一天的文学对话》，《作家》1996 年第 2 期。

郑伯奇在《中国新文学大系·小说三集导言》中指出的那样："文化落后的国家或民族，它的文学虽在一个新的潮流中产生，而先进国所通过了的文学文化进程，它还要反复一遍，虽然这反复的进行是很快的。"[66]可见，作为一个文学史上普泛化的常识，对外国先进文学叙事经验的借鉴和学习是促进先锋小说乃至整个中国百年现代白话小说的进步都意味着必不可少的一环。

当然，在当代先锋小说作家的叙事形式美学向"故事化"转向的过程中，也出现了一些不容忽视的挫折与教训。造成这些挫折和教训的中心矛盾是个别先锋小说作家没有处理好"故事化"小说叙事中的"故事"与"情节"二者之间的关系。以孙甘露、残雪为代表的小说作家，在向"故事化"转向的过程中始终没有远离其各自前期的先锋倾向，这表现在他们的小说文本中，就是片面强调小说故事中的现代、后现代先锋理念成分，而刻意追求（或是无力营构）小说故事自身，他们的小说因此也表现为故事中情节、结构的过于松散、混乱，小长篇《呼吸》付梓以后，孙甘露本人也无法再继续续接这种极端反情节、反故事型的反小说创作；残雪在《突围表演》以后创作的中短篇小说创作中，始终都不能很好地处理小说文本中的故事与情节二者之间的关系。这已经成为其小说创作突围破壁路途中的最大障碍。新千年以后，在残雪的五部主要长篇小说《最后的情人》（2005 年）、《边疆》（2008 年）、《吕芳诗小姐》（2011 年）、《新世纪爱情故事》（2013 年）和《黑暗地母的礼物上》（2015 年）中均出现了故事叙述的"魔幻象征化"动向，显示了作者力图走出这种叙事困境的美学努力。于此相反，自九十年代以来迄今，一些先锋小说作家，受世俗功利心的影响，为了迎合影视导演，刻意地以牺牲先锋理念为代价，将故事化叙述美学的探索锋芒全部收敛，一改先锋的姿态，仅仅满足与在平庸媚俗的层面上将一个个毫无道德担当和知识分子情怀的小说故事讲得精致无比。这些小说故事中的结构情节唯电影、电视的脚本便于改编的马首是瞻，他们的故事情节不能不说是非常的好看与紧凑，但是这种"精彩动人"的情节结构的经营做的越好，就反而与真正的小说艺术大道偏离的愈加遥远！

通过对先锋小说作家自 1989 年前后（约从 1989 年到 1993 年）在小说叙述美学形式上向"故事化"方向的总体回归之复杂背景、时代语境和作家自身原因等多方面的考察，可以看出，发生在先锋小说作家身上的这一叙述形

---

66 郑伯奇：《中国新文学大系·小说三集导言》，上海文艺出版社 1987 年版。

式层面上的"转型"和"变向"大体上是清晰可辨的。具体到不同的先锋小说作家，这种重返"故事化"的共同叙事转向又可以归结出几种不同的子类型。孙甘露和残雪在叙事方面的情况上文已经指出，这里不再赘述；扎西达娃在九十年代初写出的《骚动的香巴拉》，叙事上是将后现代魔幻手法和现实主义故事化叙述相叠加；洪峰九十年代前后的小说叙事有经有权，《东八时区》《和平年代》这一类在故事化的总体叙事中追求先锋精神，达到了一定的叙事美学高度，《苦界》《恍若情人》《中年底线》这后一类则和九十年代"触电"的"电影电视脚本式"写作一样，抛弃先锋精神，借助大量通俗小说的吸睛技巧，故事结构精巧、情节跌宕起伏，读来引人入胜，但是个中的先锋前卫的探索精神基本上已完全沦丧；最能代表先锋小说作家叙述转向成功的是莫言、余华、格非、叶兆言、苏童、马原、北村、潘军、吕新等人，他们采用的是在叙事层面上以讲故事的现实主义手法为主，在此整体"故事化"的讲述架构之中将现代派、后现代派先锋叙事手法，中国古典小说优良的叙事传统等有机地融入其中的杂糅型的叙事方法。这种"现实主义+古典小说+现代／后现代主义"、"叙事化"+"故事化"有机结合、相得益彰的叙事范式是先锋小说作家在叙事转型后结出的最主要硕果。这些作家中，莫言、格非、苏童和北村四位作家的长篇小说叙事又尤显突出，最见功底。莫言长篇小说文本中"官民对立"叙事模式的设置；苏童小说对"空间化"小说伦理的精彩演绎；北村短、中、长篇小说中仿《圣经》体的"U 型／倒 U 型"叙事结构；格非在现实主义故事化的叙事中将中国古典话本、章回小说以及西方现代、后现代派的先锋小说叙述理念都有机杂糅进其不同的小说文本之中，极富叙事上的审美张力。总之，所有这些先锋作家在叙事上取得的实绩都可视为中国当代先锋小说在叙事美学上所能达到的可能性高度。

第三章　先锋小说的语言探骊

第一节　先锋小说前期语言形式化探索的得失

一、先锋小说前期语言形式化探索的文学史意义

对于传统小说而言，上世纪 80 年代中后期启动的先锋小说的"形式化"语言探索也同先锋小说的"叙事化"美学实验一样，一向被视为"一方面是向文学表现形式极限的挑战，另一方面是向文学既定规范的挑战"。[1]在何锡章先生看来，先锋小说语言的形式化探索从某种意义上来说不亚于是一场新的"语言革命"或"语言反抗"，"即通过重组叙事话语，以'文学不是什么'的方式发问，企图把政治权力这一非文学性的成分从文学自身排除，以此来维持文学话语本身的独立性。"[2]他同时宣称，中国新时期先锋小说的语言革命意识："在操作过程中是直接借用现成的西方意识或概念进行"的。[3]笔者以为，何锡章先生对先锋小说作家在语言形式化方面的判断自然有其合理性的一面，但是倘若把这种形式化的语言探索之动因仅仅归结于外来现代、后现代文艺思潮的影响则过于皮相了些。因为这种断言一是忽略了任何特殊的语

1　陈晓明：《笔谈：九十年代中国先锋文学创作与批评——关于九十年代先锋派变异的思考》，《文艺研究》，2000 年 06 期。

2　何锡章，鲁红霞：《"先锋小说"：文学语言的革命与撤退》，《学术月刊》，2008 年 09 期。

3　何锡章，鲁红霞：《"先锋小说"：文学语言的革命与撤退》，《学术月刊》，2008 年 09 期。

言形式归根结底都是受其特定的"主旨文意"所制约的规律；二是忽略了自"五四"中国现代白话小说滥觞以来历经半个多世纪的曲折发展自身在语言形式美学方面潜在的语言革新需求。正如卢卡契所说的那样："任何一个真正深刻重大的影响是不可能由任何一个外国文学作品所造成，除非在有关国家同时存在着一个极为类似的文学倾向——至少是一种潜在的倾向。这种潜在的倾向促成外国文学影响的成熟。因为真正的影响永远是一种潜力的解放。"。[4]，客观而言，先锋小说在语言形式化方面的探索除了是受外来先进文艺思潮的影响而外，还有更为重要的两个内在原因：即是先锋小说取材主题、写作内容方面的"内"转倾向以及现代汉语小说白话语言载体自身美学潜力的可发掘性。

首先，"不存在只有形式自身的形式，也不存在只有内容自身的内容"，[5]使用什么样的语言形式，是由这种形式所要表达的内容的性质和特点决定的。加西亚·马尔克斯对此有过深切的写作感触，他说："我认为语言和技巧是作品特定主题的工具，在《没有人给他写信的上校》、《恶时辰》和《格朗德大娘的葬礼》的一些短篇中所使用的语言是简明、朴素的，是受效果支配的，是报刊式的语言。在《百年孤独》中则需要另外一种更加丰富多彩的语言，这是为了让它进入另外一种现实，我们所说那种现实是神秘的、魔幻一般的。"，[6]正基于此，对于先锋小说家们而言，想要贴切传达他们深邃的生命体验、独特的审美感受、尖锐的人生思索等相对"内省"的写作内容，对传统的小说语言进行有意地区分是十分必要的。例如余华就反复强调他和其他的先锋小说作家在先锋小说创作的开始阶段都感到普遍地急需通过一种"虚伪的形式"寻找的他们想要表现的"本质的真实"，这种本质的真实，其实就是在创作上从外部描攀的真实转向为内心感受的内省的真实；格非也坦承："那时我对现实生活进行把握的时候没法同那些现实主义作家区分开来。我要表达一个不同的想法就必须通过变形、新的手法表现出来……"。[7]

4　[匈牙利]卢卡契：《卢卡契文学论文选》第 2 卷，北京：中国社会科学出版社 1981年版，第 452 页。

5　[瑞士]皮亚杰：《结构主义》倪连生、王琳译，北京：商务印书馆，1984 年版，第24 页。

6　王国荣：《诺贝尔文学奖获奖作品精华集成》，B 册，上海：文汇出版社，1993 年07 月第 1 版，第 1285 页。

7　张英：《新的生活需要新的文学探索》，见《文学的力量：当代著名作家访谈录》，北京，民族出版社，2001 年版，第 315 页。

其次，从先锋小说故事内容的语言载体而言，它和中国现代小说一样，所使用的，是自"五四"白话文运动以来的现代白话语言。宏观看来，几千年的汉语史虽然自身也在一直经历着漫长而渐进的变革历程，然而将汉语从古老、雅化的文言句法与语法规则下解放出来成为现代白话的"五四"新文化运动无疑可以视为汉语语言史上当之无愧的颠覆性革命。尽管白话小说的滥觞可以追溯到宋代话本甚至更早，但一直以来，文言、白话小说这两个传统在中国古典小说发展史上都是双峰并峙、各领风骚的。"五四"白话文运动以后，现代白话迅速成为了精英小说和通俗小说的正宗语言载体，一直至今。笔者并不否认，白话取代文言是中国时代启蒙的大势所趋，诚如刘师培所言："故就文字之进化之公理言之，则中国自近代以来，必经俗语入文之一级。昔欧洲十六世纪，教育家达泰氏以本国语言用于文学，而国民教育以兴。盖文言合一，则识字者日益多。以通俗之文，推行书报，凡世之稍识字者，皆可家置一编，以助觉民之用。此诚近今中国之急务也。"[8]，但笔者在这里所要强调的是，在白话取代文言成为现代小说乃至整个现代文学语言载体的这一历史转型中，带来的一个不容讳饰的恶果就是，几千年以来凝聚于文言这种语言载体内部的"气势"、"神韵"、"骨力"、"姿态"、"声律"……等美学价值受到了极大的美学损耗。这很容易理解，因为文言作为古典文学的书面语，本身就是从民间的下里巴人所使用的直白浅陋的白话俗语乃至俚语那里经过反复的筛选和提炼而成，而从某种意义上说，白话取代文言的结果，无疑是一种汉语语言在美学上的返祖与蜕化。这是看到了这一点，"五四"新文学的先驱和继起者们在创造现代白话文学筚路蓝缕的道路上，无不在这种语言自身的美学规范建设方面进行过积极有益的探索和实践。譬如鲁迅就曾在一篇文章中专门推荐过在小说写作中怎样"炼话"的方法，他说："方言土语里，很有些意味深长的话，我们那里叫'炼话'，用起来是很有意思的，恰如文言的用古典，听者也觉得趣味津津。各就各处的方言，将语法和词汇，更加提炼，使他们发达上去的，就是专化。这于文学，是很有益处的，它可以做得比仅用泛泛的话头的文章更加有意思。"[9]虽然这些探索在现代白话小说方面也取得的一些不容忽视的实绩，结出过不少值得嘉许的

8　刘师培：《论文杂记》，载郭绍虞、王文生主编：《中国历代文论选》第 4 册，上海古籍出版社 1980 年版，第 436-437 页。

9　鲁迅：《门外文谈》（1934 年），《鲁迅全集》第 6 卷，人民文学出版社 1981 年版，第 97 页。

硕果，但到了共和国成立以后的前三十年，现代白话小说也和其他文学体裁一样，遭际了一个相当长的"语言法西斯"（语出罗兰·巴尔特）的话语规训和统治的时期，现代小说在语言的美学形式化建设方面所仅存的硕果也在"风刀霜剑严相逼"的文学生态下大都未能逃脱飘零萎缩的命运。在上世纪五十年代到七十年代，主宰文坛文学创作和文学批评的、以广大的工农兵为取材和阅读对象的社会主义现实主义文艺观从根本上来说就有其反任何先锋和新颖文学形式探索的一面，对于这一点，雷·威廉斯在评析社会主义现实主义基本因素之一的"人民性"特质时就曾精辟地指出：社会主义现实主义的人民性"实际上带有技术性的含义，虽然它也表达精神方面的意义：与'形式主义'的冗繁相反，它要求的是作品的简明通俗和传统文艺中的清晰易懂。"[10]如果说在十七年文学期间，已经沦为附庸地位的当代小说在语言方面尚可以有部分自由表达的话语空间的话，那么到了"文革"文学期间，这种稀薄的话语空间显然也被铺天盖地的政治标签、标语口号为标识的"文革体"的强势小说语言所全面覆盖了。八十年代初，以汪曾祺等为代表的小说作家就开始重启小说语言的美学拯救之路，他极为重视小说语言的建设，认为语言是小说的本体："语言不只是一种形式，一种手段，应该提到内容的高度来认识。……语言是小说的本体。……写小说就是写语言。小说使读者受到感染，小说的魅力之所在，首先是小说的语言。"[11]，正基于此，笔者以为，先锋小说对现代白话语言的形式化美学的探索和发掘正是顺应了这一现代白话小说史的发展余绪而来，是其来有自的。只是相对于传统小说的语言美学建设而言，他们是从对西方现代主义、后现代主义小说语言观的借镜与回应这另一更为先锋和前卫的崭新向度切入而已。

二、现代、后现代语言观与先锋作家的语言革新

从很大程度上来说，现代主义小说本身就是"由于语言的普遍观念受到怀疑，一切现实变为虚构时引起语言混乱而产生的艺术。"，[12]不错，无论是对传统小说还是现代、后现代主义小说作家而言，文学都是语言的艺术，但

---

10 [英]雷蒙德·威廉斯：《现实主义与当代小说》，载戴维-洛奇编：《二十世纪文学评论》下册，上海译文出版社 1993 年版，第 333 页。

11 汪曾祺：《中国文学的语言问题》，《汪曾祺文集·文论卷》，江苏文艺出版社 1993年版，第 2 页。

12 马·布雷德伯里、詹·麦克法兰编：（现代主义），上海外语教育出版社，1992 年，第 12 页。

是，他们对于语言的理解却存在着很大的差别。传统的现实主义小说观念认为，语言可以真实地反映现实。现实主义的写实艺术手法得以建立的基石是亚里斯多德的模仿论。这种模仿论认为，外部世界是文学描摹的对象，作家通过语言就能够反映客观世界存在的外在真实和内在本质。这种观念可以表述为如下的公式：

第一自然的客观世界—语言—第二自然的客观世界

这里第一自然的客观世界是写作模仿的对象和本体，第二自然的客观世界则是小说文本中的，作为所要模仿的对象和本体的客观对应物的载体。在第一自然的客观世界转化为语言的过程中，实质上就是用语言替代客观世界、为客观世界进行语言命名的过程。在从语言符号到第二自然的客观世界的转化过程中，出现在小说文本中的"第二自然的客观世界"是和第一自然的那个客观世界"意识性显现"，是前者的替代品而已。

这种传统语言观受到了现代语言观的质疑和解构。现代语言观认为，语言如果说能够代替第一自然的客观世界须得建立在自身的概括性基础之上的。因为语言是概括的，它只给第一自然的客观世界里的"类"（如"柳树"、"梨花"）命名，而不给具体特殊的某一个事物命名。这样一来，经过两次转化以后的第二自然的客观世界显然已不是第一自然的客观世界了，这一过程的出发点和归宿并不同一。不但是反映论、模仿论，在文艺思想中同样源远流长的表现说也在现代主义小说作家的质疑下陷入了类似的处境。既然语言的这种不透明性质决定了它不能胜任现实主义的反映功能，同样，现代主义小说作家也不承认语言作为工具介质能胜任浪漫主义文学宣称的表现内心世界的功能。对于语言的这种作为交流中介的优缺点伽达默尔曾感慨说它"既是桥，又是墙"，之所以说它是桥，是因为只有通过它人们才能沟通，之所以说它是墙，是因为它阻碍着人们充分地传达信息。

事实上，现代主义文学和小说作家的语言观念除了受非理性写作向"内"转的题材主题的制约而外，亦深受其背后全新的现代语言学理论的深刻影响。

以索绪尔的《普通语言学教程》的出现为标志，传统语言学由一个非独立性学科发展成为一个独立性学科，在索绪尔提出的"语言系统自主观"中，索绪尔将语言现象划分为"内部要素"（指的是语言系统的语音、语法、词义等方面及其相互关系）和"外部要素"（指的是与语言有关的政治、经济、文化等社会因素）两个部分。和传统语言学注重外部语言研究不同，索绪尔认为应该将语言研究的重心转移到内部要素上来。语言学研究领域将索绪尔的这种强调语言研究的"自主性"和"形式化"的语言学研究方法称为结构主义语言学。[13]这种现代语言学学说是俄国的形式主义、陌生化理论，英美新批评，结构主义思潮和经典主义叙事学的直接理论源头。它们共同的研究方法就是将研究对象由"外"转向"内"，宣称"文学语言不只是第一要素，还是文学的'文学性'本身，研究文学就是研究文学语言。"[14]现代语言学重新认识了世界、语言、思维三者的关系，将语言提升到和世界、思维相互平等的地位，不再将其仅仅视为是后两者的透明的载体或者工具。注重发掘语言自身的美学质素。关系，语言有了独立地位。文学和语言是密不可分的，语言观的这种变化必然带来现代主义小说语言观念的变化，在许多现代主义小说作家的作品中，语言虽然仍然具有某种指涉性和意义，但在传统现实主义小说中的那些有机和谐、意义明晰的"明白晓畅的文本"消匿了，取而代之的往往是必须依靠读者在阅读时根据自己的经验时刻准备去填补"空白"的隐晦难解的文本语言。譬如乔伊斯的《尤利西斯》就在叙述中运用了大量陌生化的语言手段，文本中语言的陌生化具体表现为"艺术语言的运用、科学语言的模仿、奇特的修辞技巧和外来语以及文字游戏等方法。这些陌生化的语言技巧通过语言风格的变化，多角度展现人物扭曲异化的意识活动，勾勒出其鲜明的个性特征，进而折射出现代社会荒诞的精神世界。陌生化语言技巧成为乔伊斯刻画人物和揭示主题的重要技巧。"[15]

随着现代语言学在 20 世纪后半期的重大发展，一些后现代语言哲学家将语言上升到了本体论的高度，一些不无偏激的研究者如德里达、拉康开始从解构主义哲学的观点去研究和阐释语言，德里达以延异、播散、书写文字、踪迹、补替等概念为工具，消解了索绪尔能指和所指的二元对立，他认为，符号的意义和事物之间并不存在固定的对应关系，我们运用的语言实质上只是一系列能指的链条。对于德氏而言，"从根本上讲，没有任何东西可以脱离能指的运动，能指与所指的区分最终会消亡。"[16]拉康则认为，索绪尔声称的能指和所指对称关系的 s/s 应当被 S/s 取代，这里大写的 S 代表能指，小写的

13 宋宣：《结构主义语言学思想发微》，成都：四川出版集团巴蜀书社，2004 年版第 2 页。

14 王汝成：《文学语言中介论》，济南：山东大学出版社，2002 年版，第 13 页。

15 吴庆军：《论〈尤利西斯〉语言的陌生化》，《外国文学研究》，2005 年 06 期。

16 [法]德里达：《论文字学》，上海：上海译文出版社，1999 年版，第 30 页。

s 代表所指，两者间的小栅栏"／"象征着它们之间不可调和的裂痕。[17]同索绪尔强调能指与所指的和平共处不同，拉康强调："能指相对于所指所具有的优先性，没有一个能指会只固定在一个所指之上，能指链不断地在所指链上滑动。作为意义的一个成分，小栅栏'／'只能从语言学的角度考虑它作为隐喻和无意识模式的功能：蕴涵在能指中的无意识滑落到小栅栏的下面，受到压抑，无法跨越栅栏，进入到意识当中。所指在能指下面隐秘地滑动，意义不断地被置换，意味着语言中缺少一个能明确意义的固定点，这个内在的空缺使语言永远都具有模棱两可性。"[18]，德里达和拉康二人青睐语言能指观的语言理论深深地影响到了一些后现代主义小说家，相对于传统文学的"所指文学"，在他们的小说里，语言的"真实性意义"被付之阙如。譬如"60年代在美国兴起的所谓'变形小说'就是这样做的。这些'变形小说家'不再承认他们的任务就是反映世界，他们已经清楚地知道，他们的任务就是制造一个世界，即用他们自己掌握的语言这一惟一的工具制造一个世界。他们用'词汇存在'（word being）来取代人物的社会和心理特征，将小说创作当成了现实本身，用语言构筑了一个混乱的世界。"[19]解构主义文学观对后现代文学、小说观念的冲击是颠覆性的：传统文学关于形式和内容的二元结构被消解，各种元小说、戏仿、互文性等彰显着鲜明后现代主义表征的小说类型由此产生。

对于西方现代、后现代主义小说所秉承的不尽相同的小说语言的探索和创新，中国的先锋小说创作文本均作了不同程度的回应与模仿。整体看来，先锋作家们以其实验性的写作践行了新的语言表达形式的各种可能性，他们大都立足求变求新的创作原则，尝试各种语言美学上的创新途径，大大促进了现代白话小说在语言美学规范上的整体提升。

先锋小说作家在上世纪 80 年代中后期和 90 年代初的文本创作中践行的语言形式化实验丰赡多元，想要在一个章节中将之全部穷尽是不可能的，在参照学界既有的综述性研究资料的基础上，笔者现撮其要，只能挂一漏万地从以下三个方面对之进行粗略的归纳：

---

17 Jacques Lacan, Ecri ts: A select ion. Trans. Alan Sheridan (London: Rouledge, 2001), p. 164.

18 岳凤梅：《拉康的语言观》，《外国文学》，2005 年 03 期。

19 刘象愚：《从现代主义到后现代主义》，北京：高等教育出版社，2002 年，第 353 页。

（一）经过通感、拟人等主观化的处理将日常语言陌生化

如"高粱凄惋动人，高粱爱情激荡"（莫言《红高粱》）；"在白昼下沉睡的高原山脉，永恒与无极般宁静。"（扎西达娃《系在皮绳扣上的魂》）；"小铜锣的光面映出他的枯搞的倦容，他的眼神中有一片浑浑浊浊的雾气弥满了水泥月台，使围观的人们感到了陌生的凉意。"（苏童《徽州女人》）；"在我和医生之间的桌上，有一盆塑料花，在塑料花的阴影下，诊所里的一切仿佛都感染了塑料花的性质：桌子，墙壁，吊灯，人……"（格非《蚌壳》）；"15 年前老掉牙的故事，好象压在箱子底的旧衣服，抖开来闻闻，淡淡的感伤夹着霉味樟脑味。"（叶兆言《去影》）；"声音如同拥挤的瓦片。"（吕新《带有五个头像的夏天》），"花布的门帘在深长的酒气中微微地鼓荡着，它拂动的状态和情形使你怀疑在那帘子和后面一直站着一个人，有一双谛听的耳朵在不知不觉中竖立了许久，一只秘密窥视的眼睛里贮满了黑夜的颜色。"（吕新《夜晚的顺序》）；"4 的声音像一股风一样吹在了他的脸上，他从声音里闻到了一股芳草的清香""他似乎感到了这迎面而来的声音如一场阵雨的雨点，扑打在他的脸上，使他的脸隐隐作痛。声音在他走去的时候越来越响亮，于是他感到这声音并不仅仅只是阵雨的雨点，他感到它似乎十分尖利，正刺入他的身体，随后他又感到一幢房屋开始倒塌了。"（余华《世事如烟》）……上述几例中的小说语言要么通过作家在内在感官上沟通听觉、视觉、嗅觉、味觉、触觉等的通感处理、要么通过作家其他主观上的想象化处理，使它们挣脱了生活逻辑的枷锁而使得小说语言自身从作品中凸显了出来，呈现出其耐人咀嚼的陌生化审美趣味。

（二）受西方后期象征主义诗歌的启发，将具象可感的句法成分（如主语、谓语、宾语、定语、状语、补语……等）与抽象一般的句法成分相互嵌合

如"她的皮肤里深藏着一丝不易为人察觉的忧虑，血液里跳荡着微妙的警觉。"（格非《没有人看见草生长》）；"奶奶的哭声婉转，感情饱满，水份充足，屋里盛不下，溢到屋外边……"（莫言《高粱酒》）；"男孩的眼睛热爱着街道……""男孩的声音清脆欲滴，在医院门口人群的杂声里，在街道上车辆的喧嚣里脱颖而出……"（余华《蹦蹦跳跳的游戏》）"她们像一群麻雀一样喳喳叫着，她们的声音在这雨天里显得无比鲜艳。"（余华《世事如烟》）"我就这样从早晨里穿过，现在走进了下午的尾声，而且还看到了黄昏的头发。"（余

华《十八岁出门远行》）；"马车完全从岁月里消失以后，他在如铅的暮色里苍老地咳嗽了一声。""我听见民间的爆竹有如秋日的扁豆，初二早晨的墙角里残血点点"（吕新《南方遗事》）；"火车在一九六九年的风雪中驶过原野，窗外仍然是阴沉沉的暗如夜色。"（苏童《红桃 Q》）"我能看见 W 进门抉来的一股冬夜的淡蓝色寒流。"（苏童《暧昧关系》）"飞浦的内心开放了许多柔软的花朵……"（苏童《妻妾成群》）；"谁也不能走近我静止的躯体，不能走近暮色中飞翔的思绪。"（孙甘露《访问梦境》）"世界艺术地远去，我和我的诗句独自伫立。"（孙甘露《我是少年酒坛子》）；"东方的鱼肚白刚好勾勒出联绵起伏的山的剪影。"（马原《地雷》）。

这种语言实验使得叙述语言在感性与智性上交融杂糅，让读者在感受到新奇的同时，还能体会到诗性和哲思的趣味。

（三）将小说语言所指的真实播撒在潜意识深处由能指的意象群、幻象群交相缠绕的互为指涉中

这主要表现在孙甘露、残雪、吕新和北村等人此一时期大量的小说创作文本中。如孙甘露的《信使之函》全篇都是由能指的意象群前后叠加而成："信是淳朴情怀的伤感的流亡。""信是私下里对典籍的公开模仿。""信是自我扮演陌生人的一次陌生的外化旅行。""信是一次遥远而飘逸的触动。""信是一种状态。""信是一种犹犹豫豫的自我追逐，一种卑微而体面的自恋方式，是个人隐私的谨慎的变形和无意间的揭示。""信也就是一声喘息罢了。""信是焦虑时钟的一根指针。""信是耳语城低垂的眼帘。""信是锚地不明的孤独航行。""信是心灵创伤的一次快意的复制。""信是两次节日间的漫长等待，信是悦耳哨声中换气般的休息，信是理智的一次象征性晕眩。""信是陈词滥调的一种永恒款式。""信是隐语者的游戏棒。""信是夏天的攀缘植物。""信也许是马戏表演的幕间音乐。""信是遁世者的轻微耳语。""信是仇恨的哑语式的呈现。""信是沟壑对深渊的一次向望。""但愿信别是一次空灵的呕吐。""信是情人间的一次隔墙问候。""信是懦夫的一次优雅的殉难。""信是畏俱的一次越界飞行。""信是充作朝霞的一抹口红。""信是上帝的假期铭文。"……；[20] 残雪在《突围表演》发表前许多的寓言化小说中，更是通过把小说叙述语言的虚幻性、缥缈性和抽象性推向极点，她在《公牛》《山上的

---

20 孙甘露：《信使之函》，见程永新编，《中国新潮小说选》，上海：上海社会科学院出版社，1989 年第 1 版，第 291-321 页。

小屋》《旷野里》《天堂里的对话》（之一、之二、之三、之四、之五）《雾》《天窗》《在纯净的气流中蜕化》等系列小说中，无不把语言的触角伸到人的潜意识领域的深层心理结构。在残雪营造的这个充满幻觉的世界，充斥其间的是未经理性整理的紊乱幻像、梦魇般的情景（如会飞的毛毯，猖狂呻吟的蚊虫，长出桂花树的耳朵，排满纤细芦杆的透明胸腔和腹腔，吐出泥鳅的嘴，屋角长着的象人头一样大的怪罩，出其不意地从天花板上伸出的爬满蜘蛛的脚，长着人头发的枯树……）和卡夫卡笔下迷失自我后神经质的异化人、布鲁东醉心的自由出入于潜意识和梦境的癫狂人，尤奈斯库戏剧里求生不得求死亦不能的荒诞人、加西亚·马尔克斯书中神通广大的通灵人……所有这些因为充满寓意的意象群和人物群，都被作者编排进她独有的夸张变形的谵语式的非理性语言中；吕新的长篇小说《抚摸》，也是基本上在很多篇幅中都运用了意象联结的方式，诸如"大风"、"炊烟"、"门"、"马车"、"蜜罐"、"狗"、"花园"等等，这些意象的"能指"和"所指"已经很难再找出联系，譬如"在文学覆盖下的一个月黑风高的夜晚里，几个巨大的名字将一只蜡染布包袱从书中的某一章里排挤出去，沉重的包袱沿着山岗上舞蹈般的纹路一直向山下滚去""我看见文字的黑脸和短腿在缓慢周旋，原地奔驰，形如半坡时期沉默不语的农人"[21]……。这些小说语言的能指真实已经隐匿不彰，全书到处迷散的象征和隐喻；在"者说"系列中，北村将完整的小说意象分别置于每一个语言片断之上，让阅读变成了一种拼图游戏，譬如："在乏味而单调的河流和楼房之间，没有吸引人的东西。在坍塌的聋哑学校原址上，堆满了砖块和瓦片。校舍倾倒的速度大于河水的流速。那些属于楼房一部分的罗纹青砖逐渐松动、瓦解，成为一块石头和土制的薄片，原先重叠的瓦片像被风吹开的书页。以一种断了线头的脱落姿势扩散开来。就像用手指击溃的书堆和断了书脊的纸页，以至于像教授这样细心的人也无法弄清它的页码。"[22]"半明半暗的天色使道路在几百米之外模糊，柏油马路闪动着黑红色的微光。两道鲜明的轮胎辙印仿佛把道路的间距缩小了一半。空气中传来很响的咬断甘蔗的声音。从路的这一头到另一端。检查站的栏杆架在两个对称的石墩上，红白相间的色彩逐渐暗淡，空气中传来咬断甘蔗的声音，传的很远。一个男子背部轮廓在栏杆的这一边浮现出来，由光芒一截一截由下往上

---

21 吕新：《抚摸》，广州：花城出版社，1997 年 05 月第 1 版。
22 北村：《聒噪者说》，《收获》，1991 年，第 1 期。

逐渐照亮……"。[23]这种小说语言的形式化处理，"将意识流的习作方法与电影技巧中的蒙太奇效果相结合，单纯地将写作视角变为一台不断摇晃的摄影机，将语言变为不断变焦的镜头，句子与句子间，不再有人和逻辑与思想的关联。"。[24]

三、前期先锋小说语言革新中出现的不良倾向

　　总体看来，先锋小说作家在现代白话小说语言的形式化实践方面所斩获的实绩不容小觑，意义非凡。但同样毋庸讳言的是，在这种探索的路途中，也出现了以孙甘露和北村为代表的个别作家在语言实验上剑走偏锋的过于激进的倾向，在他们的一些"极端性"语言实验的小说中，完全将作品的故事内容、主旨内蕴等意义能指放逐出文本，通篇充斥着"泛滥、漂移的能指"，他们以这种语言方式写出的小说文本，不仅拒绝一般的读者，甚至连专业的批评家也望洋兴叹、不知所云。以孙甘露为例：《我是少年酒坛子》可以说是这方面的代表作。作品的核心"故事"写"我"与"诗人"在钱庄里喝酒的"对话"场景，因为在钱庄里喝酒没有菜，只能以"谈话"作为下酒菜，这样，语言（他们的谈话）就成了"下酒菜"，语言与语言之间失去了逻辑关系，语言丧失了交流沟通（表情达意）的基本功能，他们为了喝酒而说话，因此，他们的话语前言不搭后语，成为天南海北的闲扯，语言成了只有"能指"（音响符号）而无"所指"（具体的信息内涵）"拆散的句子……这种语言使小说如同梦中的呓语，虽然不时有神来之笔，但整部作品却缺少明确的所指。"。[25]对于此类极端反介入、反理解的"语言本体论"性质的先锋小说作品，作家本人显然也认识到了自身所处的尴尬窘境，孙甘露在九十年代初的小长篇《呼吸》中，显然大大加强了小说的语言能指和语言所指之间的传统联系。而北村对此更是痛切地反思道："显然，在我写作'者说'系列小说时期，我是想在语言中居住下来，以致在小说操作上充斥着浓厚的后现代主义式的法则。我所体验到的一切，在写作中我却无法深入，语言成了无法逾越的障碍。因此，我在写作中试图建立的任何深度，都被语言自娱消解干净。语言成了

23　转引自南帆：《优美与危险》，开封：河南大学出版社，2009 年版，第 95 页。

24　李秋菊：《皈依的先锋：北村小说的叙事转变研究》，硕士论文，吉林：吉林大学文学院，2009 年。

25　吕周聚：《论当代先锋小说的"非小说化"倾向》，《首都师范大学学报》（社会科学版），2008 年 05 期。

我快樂的家鄉，對它的操作代表了一種智慧，智慧的快樂為我轉換痛苦找到了借口。"。[26]在其自《施洗的河》開始轉向"神性"小說的創作方向以後，其小說語言一洗前期的艱深晦澀而變得明白曉暢，徹底地走出了形式主義的迷宮。

　　隨著 1989-1993 年先鋒小說創作向"現實主義化"的外向型過渡、轉型的完成和先鋒小說長篇創作上的整體豐收，前期先鋒小說在語言形式化方面的實驗大都轉向了小說（尤其是長篇）雙聲型敘事話語化的方向上來了，先鋒小說從形式化的小說語言到話語化的小說語言嬗變的完成，標誌著先鋒小說在小說語言美學上的成熟。筆者將在以下幾節中，針對先鋒小說在轉型以後的語言特色（主要是長篇小說的語言特色），擬以巴赫金的長篇小說語言的"雙聲性"超語言學理論對之進行論述。

第二節　巴赫金和後期先鋒小說的"雙聲性"超語言學研究

一、以傳統的語言學解讀後期先鋒小說語言的不適應

　　以西方現代、後現代主義小說的語言經驗，採用區別於傳統語言學的現代後現代語言學方法研究先鋒小說作家 1989-1993 年轉型期及轉型之前的前期小說文本創作在語言探索方面所斬獲的實績及經歷的挫折無疑有其合理的一面且取得了不菲的研究成果。但隨著先鋒小說作家在九十年代初完成了轉型以後其小說語言實驗色彩的消解，這種研究方法就難以為繼了。目前，不少批評者以傳統的語言風格論研究先鋒小說作家的語言特色成為學界採用的主流研究方法之一，從這種語言學的"語言風格論"出發，一般研究者傾向於認為語言不僅是生活的化身，即所謂言為心聲，作家的語言往往是其心路歷程在整體語言風格中的文字再現。而且，從藝術創作的個性和穩定性來講，語言風格是一個小說作家通過其作品文本表現出來的相對穩定、更為內在和深刻、從而更為本質地反映作家個人的思想觀念、審美理想、精神氣質等內在特性的外部印記。正基於此，他們將不同先鋒小說作家的不同語言風格進行不同的指認。譬如殘雪小說語言的邏輯混亂、充滿思辨和夢吃般的奇妙鬼

---

26 北村：《今時代神聖啟示的來臨》，《作家》，1996 年第 1 期。

魅；格非前期小说语言的神秘玄思和后期语言的雅言诗语般的精美、文雅；苏童的小说语言是以轻盈细腻的诗意性语言为经，以诡谲怪异的梦魇式语言为纬；叶兆言小说既长于借鉴古典小说的神韵，又不乏现代小说象征性极强的比喻和反讽，超然、冷静而又时显幽默；吕新小说语言的纯净纯粹；潘军小说语言的空灵机智；"马原的小说语汇平实、多用直义，句子精约，内涵丰富，多用口语，少用修辞……呈现出一种简约、朴实、明快的语言风格。探其原因，主要得益于格里耶、布莱希特、博尔赫斯，海明威"[27]；莫言将"客观世界置于主观感觉中来写，以直观的方法赋予自然事物以生命和个性，捕捉瞬间的特殊状态加以联想生发，通过暗示、象征和富有立体感的描写，营造出一个感觉中的艺术世界"。[28]其文字虽则没有什么"高端大气上档次"的词句，但作家却能将质朴乃至通俗的语言炼石成金，将"这些山珍野味，经过作家精妙的烹饪竟高产率地给人们献上了一顿顿丰盛的视觉盛宴，大俗成了大雅。"[29]扎西达娃擅于"常常将传统文化中所隐匿的神奇性加以发现和再造，将充满预言、警示和宿命论色彩的宗教故事、神话传说、民间逸闻以及神秘莫测的奇人奇事营构成神奇的语言幻境"[30]……等等，不一而足。

　　笔者以为，以传统的语言风格论这种方法针对不同先锋小说作家采用分研究的研究路径虽然也取得了一定的成果，但是研究者应该看到，这种泛泛的研究方法一是很难照鉴先锋作家在转型前后其语言表征的显著变化，二是当它一旦被继续用来研究在九十年代转型以后先锋小说作家的整体长篇小说创作在语言方面的成就与不足就显得捉襟见肘和力不从心了。鉴于这种情况，笔者以为，想要进一步在先锋小说作家作品的语言研究方面继续开拓新的研究增长点，就必须在传统语言学和现代（后现代）语言学的理论工具之外，借助更加适合于小说文体语言专门研究的超语言学研究工具。这个研究工具就是巴赫金提出的"微型对话"理论。

27　温瑜：《马原小说的语言风格探究》，《重庆文理学院学报》（社会科学版），2014 年 01 期。

28　吴冰：《独具魅力的"疯言疯语"——论先锋小说的修辞策略》，《宁夏大学学报》（人文社会科学版），2001 年 02 期。

29　张恒君：《莫言小说语言风格论》，《小说评论》2015 年 04 期。

30　吴冰：《独具魅力的"疯言疯语"——论先锋小说的修辞策略》，《宁夏大学学报》（人文社会科学版），2001 年 02 期。

二、巴赫金的小说语言"微型对话"理论

从巴赫金小说语言"微型对话"理论的超语言学研究维度上看，当代先锋小说作家的小说语言无疑彰显着强烈的"双声性"语言特色。

巴赫金是前苏联著名文艺学家、文艺理论家、批评家、世界知名的符号学家苏联结构主义符号学的代表人物之一，其理论对文艺学、民俗学、人类学、心理学都有巨大影响。小说语言的"对话"性，是巴赫金对当代世界贡献的最大精髓理论之一。巴赫金把对话看成是人类基本的生存方式，一个人的"言谈"总是带有某种观点和价值观的表达，但这种表达不是固定的立场而是一个过程，是在和潜在对象的对话中完成其功能的，并且和其他"言谈"一起构建了话语的公共空间，各种差异和不同的声音借此汇成一个充满张力的复合体。而巴赫金关于"对话"的思想和其双声性的小说超语言理论渊源极深。

巴赫金别开生面的"双声性"小说语言研究理论"为巴赫金作为 20 世纪罕见的伟大学者和思想家之一的世界声望奠定了基础"。在展开论述之前，巴赫金就把他所使用的"双声语"小说语言作为一个崭新的小说语言批评概念提了出来。他坚信以前研究小说语言所使用的传统语言学（包括语言的修辞学）对于研究小说（尤其是长篇小说）的语言问题之所以捉襟见肘、力不从心，主要是它们把活生生的"言语整体"人为割裂，漏掉了其实对研究小说语言来说最为奏效的"双声语"类型。继而，在正文开始之初，巴赫金又从传统语言学、艺术语言、超语言学的历时谱系上梳理了几者之间的区别和联系。巴赫金认为，传统语言学因为不具备"超语言学"的整体言语观，所以尽管两者都是以"语言学"为研究客体，前者仅仅研究"语言"本身，研究语言普遍特有的逻辑，却丝毫不以区分小说语言的独白型语言和复调式语言为务，因此无法解释，不同的语言材料是"怎样按照一种对话的角度，并行或对立地组织在一部作品之中"，[31]总之，传统语言学研究的语言对象充其量也就仅仅是为对话交际提供了不同的可能性而已。针对艺术语言中的小说语言研究而言，这种研究从某种意义上是是买椟还珠的徒劳研究，因为对话交际才是语言的生命真正所在之处。有鉴于此，小说语言的研究就应该把传统语言学向来是抛开不问的对话关系存在的话语领域纳入自己的研究视野，因为话语就其本质来说就具有对话的性质。所以，应该建立由超出语言学而另有自己

---

31 [苏]M·巴赫金著，白春仁、顾亚铃译，陀思妥耶夫斯基诗学问题：复调小说理论，北京：生活·读书·新知三联书店，1988 年 07 月第 1 版，第 251 页。

独立对象和任务的超语言学，来研究对话关系。

在此基础上，巴赫金进一步经由他设想的"超语言学"的小说语言研究方法。区分了其中的对话关系发生时对话话语的创作者，并重点讲对话关系状态下不同话语方的作者和小说作品执笔者的实际创作者二者的不同。

他说：小说语言聚焦的"对话关系超出语言学领域的关系。但同时，它又绝不能脱离开言语这个领域，也就是不能脱离开作为某一具体整体的语言"。[32]这些具体完整的语言可以发生在日常生活、公事交往、科学、文艺等等领域。这种对话关系只能渗透在其中才能获得具体存在的不同形式。由于在上述这些领域内，普通语言学包含的逻辑关系和语义关系在对话的过程中变成了"体现出不同主体的不同立场的"言语、话语时，小说作品中的双声语就产生了，巴赫金在这里及时地强调了——这些对话关系中的言语、话语（即是"双声语"）的作者仅仅是指持此言语、话语的创造者——话语所表现的正是他的立场。"任何话语在这个意义上说，都有自己的作者。我们从话语自身中，听得出它的作者——话语的创作者。至于实际上的作者（即小说创作者，笔者注），他在话语之外的情形，我们却可能一无所知。"[33]

为了避免阐述上可能造成的混乱，巴赫金又进一步把小说故事中的主人公（或其他人物）的话语和小说真实作家的话语作了必要的区分：在巴赫金看来，小说的话语是由彼此性质迥异的五种话语修辞统一体结合而成的完美的、最高的"杂语"艺术体系的修辞整体，这五种话语类型分别是："（1）作者直接的文学叙述（包括所有各种各样的类别）；（2）对各种日常口语叙述的摹拟（故事体）；（3）对各种半规范（笔语）性日常叙述（书信、日记等）的摹拟；（4）各种规范的但非艺术性的作者话语（道德的和哲理的话语、科学论述、演讲申说、民俗描写、简要通知等等）；（5）主人公带有修辞个性的话语。"[34]虽然从严格的意义上来说，在这五种不同的杂语类型中，排在第一位的、最为重要的，不是作者在其作品中组织进来的除作者直接的文学叙述而外的任何其他四种言语类型，这其中就包括他／她在小说故事中推出的各种叙事

32 [苏]M·巴赫金：《陀思妥耶夫斯基诗学问题：复调小说理论》，白春仁，顾亚铃译，北京：生活·读书·新知三联书店，1988年版，第252页。

33 [苏]M·巴赫金：《陀思妥耶夫斯基诗学问题：复调小说理论》，白春仁，顾亚铃译，北京：生活·读书·新知三联书店，1988年版，第253-254页。

34 [苏]M·巴赫金：《巴赫金全集（第三卷）》钱中文主编，晓河等译，石家庄：河北教育出版社，1998年版，第40页。

主人公思考、感受、言谈的个人典型格调，而首先倒是小说作家本人观察事物、描写事物的特点——"反映这个特点，对于取作者而代之的叙事人说来·正是他所承担的直接使命。"[35]但是，小说作者应该明白，他／她在作品中推出的各种叙事主人公代表的是作品中不可或缺的他人的讲述格调、他人的一种观点、他人的一种立场，他人的一种社会阶层，作者可以从他／她推出的各种叙事主人公言语的内部加以操作，使他们的言语最终体现为作者自己认识到的文意主旨，但是，与此同时，他／她得让我们读者明显地感觉出："在作者和这另一人语言（叙事人语言——译注）之间，存在有一定的距离。"。可见，巴赫金将小说主人公（或其他人物）的话语（有时又称为"主人公的直接引语"）和作为小说作家本人的话语是作了明确的区分了的。他不赞成完全取消作者和主人公二者言语的距离。在此基础上，巴赫金进一步指出，小说中作为主要研究对象的双声话语是指小说故事中的主人公（或其他人物）所说的话语，而非是作为篇章组织和写作者的作者所说的话语。为了说明两种话语的区别，巴赫金将小说主人公（或其他人物）的双声语（有时又称为"主人公的直接引语"）的话语功能的二重性和作为小说作家话语的单纯指物述事功能作了明确的区分："主人公的语言恰恰应该写成为他人的语言，是一个具备个性或典型性的确定的人所讲的话，也就是说应作为作者企图表现的对象来加工，决不可只着眼于这话如何表现事物（还有兼顾这种双声话语针对的另一个语言，笔者注）。对作者的语言进行修辞加工则相反目标是使它如何直接表现好事物"[36]也就是说，小说作家的语言一般情况下并不具有双声性（特殊情况笔者后面再谈及），因而这种语言只须同自己的认知对象、文学描写对象或其他尽量做到表里相符即可。一般并不具备像小说故事中的主人公那样的双声话语功能。

巴赫金把小说作者指物述事的言语谓之第一类言语，把小说中具有独立意识和典型他者立场的对话性言语称为第二类言语——即是"双声语"，除却上述两类言语而外，在上述理论前提的预设下，他还从文学史谱系中以下四种艺术文体中梳理出了另外四种即所谓"第三类言语的四种双声语类别"。这四种文体分别是："仿格体（模仿风格体）、讽拟体（讽刺性模拟体）、故事体

---

35 [苏]M·巴赫金：《陀思妥耶夫斯基诗学问题：复调小说理论》，白春仁，顾亚铃译，北京：生活·读书·新知三联书店，1988 年版，第 262 页。

36 [苏]M·巴赫金：《巴赫金全集（第三卷）》钱中文主编，晓河等译，石家庄：河北教育出版社，1998 年版，第 247 页。

／讲述体、和"暗辩体"／对话体。巴赫金说，相互间似乎差别重大的这些范畴有一个共同的特点，一个运用一般在独白型一种语境中考察语言无法涵盖的共同特点："这里的语言具有双重的指向——既针对言语的内容而发（这一点同一般的语言是一致的），又针对另一个语言（即他人的话语）而发。"。[37]

巴赫金指出："要采用仿格体，前提是先得有一种风格存在；也就是说：这一体式所使用的一切修辞手段的总和，在此前确曾表现过直接指物述事的文意，表现过最终的主旨。只有第一类语言，才能成为风格上模仿的对象。"。[38]这时，作者才能使得仿格体中被仿的、别人指物述事的意旨（即表现事物的艺术意图）服务于自己的目的和意图。由此，虽然这别人的语言不会被彻底客体化，但由于作为仿格者的作家利用了他人的视点来铺陈自己的小说文意，这他人的视点也因此而具有了双声性的虚拟性质。正是在这一意义上，仿格体这类虚拟性语言，巴赫金认为它任何时候都是双声语。因为作者的新的目的从内部左右着它，使它变成了虚拟性的语言。

同仿格体类似，巴赫金认为，作品结构中由叙事人代替作者进行叙事的讲述体也属于双声语的范畴，因为尽管这个叙事人代表的是作者叙述故事所不可缺少的他人的讲述格调、他人的一种观点、他人的一种立场，但归根结底他所阐述的这种视点和立场，是小说作者为了达到自己目的从这个代自己叙述的叙述人言语内部加以操作的结果，因为对作者来说，作品中排在第一位的、最为重要的，不是叙事者思考、感受、言谈的个人典型格调，首先倒是小说作家本人观察事物、描写事物的特点——"反映这个特点，对于取作者而代之的叙事人说来，正是他所承担的直接使命。"[39]

上述两种小说中的双声语现象与巴赫金谈到的讽拟体双声语可谓是大相径庭，巴赫金强调：表面看来，在讽拟体的双声语里作者和在仿格体中一样，是惜他人语言说话；与仿格体不同的是"作者要赋予这个他人语言一种意向，并且同那人原来的意向完全相反。隐匿在他人语言中的第二个声音，在里面同原来的主人相抵牾，发生了冲突，并且迫使他人语言服务于完全相反的目

---

37 [苏]M·巴赫金：《巴赫金全集（第三卷）》钱中文主编，晓河等译，石家庄：河北教育出版社，1998年版，第245页

38 [苏]M·巴赫金：《陀思妥耶夫斯基诗学问题：复调小说理论》，白春仁，顾亚铃译，北京：生活·读书·新知三联书店，1988年版，第260页。

39 [苏]M·巴赫金：《陀思妥耶夫斯基诗学问题：复调小说理论》，白春仁，顾亚铃译，北京：生活·读书·新知三联书店，1988年版，第262页。

的。语言成了两种声音争斗的舞台。"。[40]

暗辩体是巴赫金第三类言语中第四种"双声语"类型。

如果说，前三种双声性言语"细类"中，小说的作者都得利用他在作品中推出的不同叙述人的语言来表现自己的意图。那么，暗辩体的双声性言语却将"他人的言语"全部都阻挡在作者的语言大门之外。这些在小说作家语言中虚位的"他人的言语"以其潜在的影响力量强迫作者在铺陈语言时不得不将它们考虑在内，并且在组织语言、修辞语言时明显地针对这些以"缺席的"在场方式存在的"他人言语"而发。即是说在暗辩体的双声语这里，虽然并不直接引述他人的语言并给予新的解释，但他人语言在作者的语言之外仍对作者语言产生影响，它们总能这样或那样起着左右作者语言的作用。

巴赫金认为，暗辩体的言语之所以也同样具有着双声语的性质，是因为："在暗辩体中，作者的语言用来表现自己要说的对象物，这一点同其他类型的语言是一样的。但在表述关于对象物的每一论点的同时，这种语言除了自己指物述事的意义之外，还要旁敲侧击他人就此题目的论说。他人对这一对象的论点。这个语言指向自己的对象，但在对象之中同他人的语言发生了冲突。他人语言本身并没有得到复现，只存在于人们的意识中……这里对他人语言是排斥不用的；这一排斥态度·至少同所指述的对象同样地决定着作者语言的特点。这就从根本上改变了语言的含义：即除了指物述事的含义之外，又出现了第二层含义——针对他人语言的含义。"。[41]如果我们忽略了暗辩体言语的双声性，只考虑到它是直接地指物述事的，完全在功能上重合于第一类作者语言的话，那么就会陷入对这种语言的片面性乃至错误性的理解。

当然，关于巴赫金对这第三种语言的四类双声语的各自构造、产生的原因和彼此之间的区分，笔者这里只是仅仅作粗略交代，不打算展开，具体留待后面分析不同的先锋小说作家作品时自然会再进行对之的详细阐述。

巴赫金按照作者语意和叙述者语意的异同，又把仿格体和单一指向的讲述体／故事体归为单一指向的双声语言类型；把讽拟体和暗辩体／对话体归位不同指向的双声语言类型。并指出不同指向的双声性语言，随着客体性的

---

40 [苏]M·巴赫金：《陀思妥耶夫斯基诗学问题：复调小说理论》，白春仁，顾亚铃译，北京：生活·读书·新知三联书店，1988 年版，第 266 页。

41 [苏]M·巴赫金：《陀思妥耶夫斯基诗学问题：复调小说理论》，白春仁，顾亚铃译，北京：生活·读书·新知三联书店，1988 年版，第 269 页。

减弱会出现内在的对话化，这一倾向发展到极端，会引起双声语的解体，分解成两个语言、两个相当特别的独立的声音。同样，单一指向的双声性语言，在他人语言的客体性减弱时，具有另一种倾向。它发展到极端，会导致不同声音的完全融合，从而变成第一类型的单声语。也就是说，这四种第三类型的双声语类型，不过是处在上述两个极端之间的四种动态的双声语类型而已。这种两极之间的动态摇摆性决定了这第三类型是所有体式的双声语更加复杂多元、丰富多彩的一面——那就是，当作者意图和作者推出的叙事者语言的目标不相一致时，都会出现互相转换的种种可能。这种相互转换的可能说明了双声语中可能出现的所有现象是没有办法全部概括穷尽的。

巴赫金宣称，对于理解小说语言，须得考察它同他人语言的关系。这对于真正理解小说具有异常重要的意义。因为"在小说艺术家眼里·世界上充满了他人的语言；他要在众多的他人语言中把握方向，他必须有灵敏的耳朵去倾听他人语言独有的特点。他必须把他人语言引入自己语言的范围之内，同时又不打破这个范围的界限。他有着极为丰富的绚丽多彩的语言体式，并且也善于驾驭这些材料。"。[42]

三、以"双声性"超语言学研究后期先锋小说语言的巨大优势

巴赫金的分析利于我们在那些醉心于使用修辞学或者评论诗歌等"单声性"、封闭性的各种形形色色的一般语言学理论之外研究先锋小说的语言特色提供了超语言学的理论视野。他提醒我们，小说语言在小说创作中的真实生命不是传统语言学框架所包容得了的。我们必须应该根据批评对象自身双声性存在的这一客观事实出发来选择以研究双声性语言为务的超语言学作为批评工具。因为这种"超语言学不是在语言体系中研究语急也不是在脱离开对话交际的'篇章'中研究语言；它恰恰是在这种对话交际之中，亦即在语言的真实生命之中来研究语言。语言不是死物，它是总在运动着、变化着的对话交际的语境。"。[43]

现在让我们以巴赫金的这种超语言性的"对话"研究工具的尺度来再次

---

42 [苏]M·巴赫金：《巴赫金全集（第三卷）》钱中文主编，晓河等译，石家庄：河北教育出版社，1998 年版，第 245 页

43 [苏]M·巴赫金：《巴赫金全集（第三卷）》钱中文主编，晓河等译，石家庄：河北教育出版社，1998 年版，第 239 页。

重新打量一下当代先锋小说作家作品中的各类"双声性"小说语言特色，就会发现新的文学景观。在这种研究理论的烛照下，我们将发现，在三十多年中国当代先锋小说作家的小说文本中不仅大量存在着充满"微型对话"的"双声性"小说语言，而且这些双声语在上述的各个类别细部的种类上也异常地丰赡绚丽、纷繁多样。

真正意义上的"对话性"小说创作在共和国文坛上长期稀缺的现象让人不容乐观，正如晏杰雄先生透视建国后中国长篇小说创作（中短篇小说亦是如此，笔者注）时所指出的那样："由于对话性与社会政治文化的集中力量是天然相对立的，在中国当代文学史上，长篇小说的对话性一度被削弱。在十七年文学和'文革'文学中，长篇小说中响彻的是政治意识形态的声音，其它声音处于被压抑的状态，对话关系自然无法成立，长篇小说话语这时几乎充当欧洲诗歌一样的角色，成为使国家意志和国家语言统一起来的力量之一；在 80 年代文学中，长篇小说话语摆脱了政治话语的霸权，有条件地引进了社会性杂语，小说内部开始出现对话的喧响，但总的来说，各种声音还处于不平等地位，主调还是流行的时代社会话语；上世纪 90 年代，长篇小说话语应该说是第一次出现了多种声音平等共存的局面，但由于作家专注于远离生活世界的艺术实验，话语的社会性减弱，使对话在根基不稳的平台上表演，显得轻飘而嘈杂……"（晏认为，这种情况到了新千年以后才有所好转）。[44]对比文坛的此种窘境，三十多年以来，中国当代先锋小说的"对话性"小说作品的创作尤其显得弥足珍贵。正是在他们由青涩到成熟的小说文本创制中包容着的丰富多姿的双声语，有力地打破了那种自从延安文学时期的政治、政策解读性小说以来的，历经十七年小说、文革小说、改革小说和所谓"冲击波小说"（以刘醒龙、关仁山、何申等为代表）直到今天仍然恣肆泛滥的"单声部""独白型"小说僵化封闭的窠臼限制。

不管这些独白型作者将多少不同类型的他人言语写进其作品，也不管他是怎样在作品的布局结构中将这些他者的声音进行排列组合，这些个他人的言语和声音总是改变不了自己孤立无援的受支配地位，这些自以为真理在握的作者总是千篇一律一成不变地将自己的言说和声音凌驾于他人的言说和声音之上，牢牢地占据着话语霸权，让他人言说和声音具有附庸和被统治地位。参照巴赫金在《陀思妥耶夫斯基诗学的问题》一书中的说法，即便是"在这

---

44 晏杰雄：《论新世纪长篇小说的微型对话》，《文艺争鸣》，2011 年 08 期。

种小说的某一部分里加强了他人的语调，那么这充其量不过是作者的取巧之笔，目的是要在这之后更有力地突出他自己的语言——直接指述的语言或是折射反映的语言。倘如在一个语言中有两个声音交锋，各自争夺这里的控制权、争夺优势地位·那这种争论任何时候在事前使都已有了结果，争论不过是假象而已。作者种种实实在在的见解，迟早总要汇合成一个语义中心，汇合成一个人的思想，多种语气要聚合于一个声音之中"[45]——绝大多数当代先锋小说作家遵循的双声语小说语言观恰恰同上述的这些"独白型"小说作家背道而驰，他们的小说话语从不会忘记自己的来龙去脉，从不试图摆脱它所栖身的具体语境，他们深知一个人的思想，一个人的声音的语言生命就存在于开放式的交流中，存在于由这人之口转到那人之口，由这一语境转到另一语境，由此一社会集团转到被一社会集团，由这一代人转到下一代人。正基于此，在绝大多数当代先锋小说作家的小说文本中，他们的语言从来不满足于那种个人主宰色彩极其浓厚、往往以高高在上的姿态自以为有资格启他人之蒙的精英知识分子话语或是屈从于政治压力金钱物化后的附庸式单声叙述，而总能采撷到最适合自己的语言表现手法，以间接的、折射的、虚拟的等变形程度不同的双声语，在极大程度吸收、包容、展示社会各阶层（尤其是社会底层）的他人声音、意向的基础上，同这些他人的语言平等共存——他们不怕作为作者的自己声音和具有不同指向的他人言语（譬如由叙事人、主人公等发出的或暗辩体、对话体之外以缺席形式存在的）之间有多么激烈的矛盾和无法填充的罅隙，而是在他们的小说里让这么多的他人声音——以暗辩体、带辩论色彩的自白体、隐蔽的对话体的形式在与己并存的基础上大放异彩，而不是像上述所列举的"独白型"作家那样，一味地追求将他人语言经过化妆涂抹改造置换以后招降到自己的叙事话语中。

　　各类几乎消弭了自身客体性的双声性小说语言，通过当代先锋小说作家独具匠心的组织编排，被配置在其各类小说文本的各种基本布局铺排的因素之中，在当代先锋小说所开辟的天马行空的自由天地里穿梭跳跃、互相转换、形成一曲曲众声喧哗、多元共鸣的辉煌交响乐章。结合当代先锋小说作家小说文本中各类双声语和小说叙述人结合而成的结构统一体，笔者以下将分两节对其进行展开论述。

---

45 [苏]M·巴赫金：《陀思妥耶夫斯基诗学问题：复调小说理论》，白春仁、顾亚铃　译，北京：生活·读书·新知三联书店，1988年版，第250页。

第三节　先锋小说创作中的"仿格体"和"讽拟体"话语类型

在本章的上一节笔者提到，在巴赫金看来，微型对话之所以发生，从深层根源看归因于人类生活的对话性和人的自我意识的多层次性，在小说中则直接归因于主人公话语的双声性。这种双声语有两个说话人说话，"一是说话的主人公的直接意向，二是折射出来的作者意向。在这类话语中有两个声音、两个意思、两个情态。而且这两个声音形成对话式的呼应关系，仿佛彼此是了解的，仿佛正相互谈话"[46]。微型对话的实质就是小说文本中存在的各种双声语形式。由于利用他人话语的方式及使用的目的不同，"对话体"的对话会派生出多种类型的双声语形式。作为对话性的外在显现，当代先锋小说作家的小说文本中出现了巴赫金所描述的微型对话的多种形式，如仿格体、讽拟体、对话体、暗辩体、讲述体、自白体等等。本节，我们主要以格非、苏童、莫言等先锋小说作家的经典小说文本来分析在先锋小说创作中中最为常见的"仿格体"、"讽拟体"这两种"双声性"话语。

一、仿格体

仿格体和一般的话语模拟的共同之处在于模仿一种话语时均不改变原话语的语气、语义和语调。但仿格体又不同于一般的话语模仿，在一般的模仿体中，作者以描写社会典型性语言和个性语言为旨归，把被模仿语言当做一个客体，不在被模仿语言自身而外加上另外一种述事指物的含义，是所谓"假戏真做"的客体语言。而在仿格体中，作者不仅是效仿他人的语气、语义和语调等风格，同时朝里面注入了作者新的意向，"对于仿格者来说，重要的恰恰是让他人语言以其表现手法的总和，来代表某种独特的视点。仿格体是利用他人的视点做文章，所以这视点就染上了轻微的客体色彩，结果视点变成了一种借花献佛的虚拟的视点。"[47]当然，尽管在仿格体的双声话语中这两种意向的"声音"之间有距离，但因为作为仿格者的作家旨在利用他人的视点

---

46 [苏]M·巴赫金：《巴赫金全集　第三卷》，白春仁，晓河译，石家庄：河北教育出版社，2009.09，第 108 页。

47 [苏]巴赫金：《小说理论》，石家庄：河北教育出版社，1998 年版，第 110 页，第 143 页。

来铺陈自己的小说文意，因此这两种意向的"声音"必然走向融合趋同。

在当代先锋小说作家的小说文本中，仿格体是最常见的"双声性"话语类型之一。我们不妨先通过格非的《望春风》和苏童的《红粉》这两个类例，对仿格体"双声性"语言的特质以斑窥豹——

应该说，《望春风》的叙事话语中最主要的就是作者对民间话语的仿格体模拟。这是因为，文本无疑首先是一个儒里赵村村民纵情表演的大舞台，作者通由通篇大量撷取的农村土话、俚语，在尽情展示这些"生动无比"的叙事话语与农村底层生活世界的血肉联系的同时，亦出色地完成了对小说中高家兄弟、赵礼平、赵同彬、小武松、朱虎平、梅芳、春琴、龙英、王曼卿等几十个各色人物的取象构形。在《望春风》中，作者有意模仿民间话语的仿格体叙事语言比比皆是。在赵孟舒挨批斗回来决定自杀前，和新珍在路上有这样的场景描写："天上没有一丝风，四周一片岑寂。赵孟舒走不多远，就说走不动了。两人坐在路边的田埂上歇息。宝石般纯净的天宇，横贯着一条璀璨的星河。数不清的金屑，东一堆，西一堆，密密匝匝，铺成绚丽的缎带……他们又往前走了一段。黑暗中，不知什么地方传来了响亮的流水声。水禽在河边的草丛中唧唧地叫着。赵先生突然止住脚步，对她叹了口气，说了一句莫名其妙的话：'要是能像你表姐那样，守着两个孩子，粗茶淡饭，一家人和和睦睦，过着平平安安的日子，那该多好啊！'新珍不知道他怎么又想起表姐来了，笑着回答说：'表姐家的日子，就是我们每个人都在过的日子啊，再平常不过了。有什么好的？我可看不出来。要我说呀，我们这样的人，做梦都想过赵先生的日子呢。待在小楼里，弹琴作画，好不清闲！衣来伸手，饭来张口，那才好呢！'赵孟舒没再吭气。无论新珍跟他说什么，赵孟舒总是嗯嗯啊啊，不再接话。一路上新珍都在心里嘀咕：刚才那番话，到底哪儿说错了？"。在得知赵孟舒服毒自尽以后，新珍心中的疑团同样没有解开，她觉得赵孟舒太脆弱，也太矫情了。她说："赵先生啊，这就是你的不对了。假如人人都像你一样，仅仅因为把屎拉到裤子上，就寻了短见，这世上的人，恐怕早就死得一个不剩了！"。[48]

这里的描写极具仿格体双声对话的艺术张力，作者除了对秀丽乡村儒里赵一带的乡村风物进行描摹而外，还设置了农村土生土长的新珍和传统乡绅

---

48 格非：《望春风》，译林出版社，2016 年版，第 106-108 页。本章所引内容都出自该著，不再另注。

知识分子赵孟舒两人的错位话语对白。作者在对新珍惟妙惟肖的话语仿格中，同时加入了自己的意向。这里所写的儒里赵江南水乡的语言，传神地道出弥漫于江南水乡民间生活的"土气息"和"泥滋味"，新珍粗俗、坦承的话语就是从这样的生活中生长出来的，它连接着底层生活中那淳朴善良的民间情怀。作者对新珍这席话的模拟首先在小说中引进了一个具有独特世界观的农村社会阶层的民间"声音"。这个话语的"声音"是有自己独立生命的他者声音，它以作家推出的新珍这个叙述者为载体，表明了一个乡村农民对于生活幸福意义的形而下的全部理解——守着孩子、粗茶淡饭的日子并不稀罕，倒是像赵孟舒那种衣来伸手饭来张口的日子才是农村人的梦想。正如巴赫金指出的，仿格体的双声叙事语言"在自有所指的客体语言中，作者再添进一层新的意思，同时却仍保留其原来的指向。"[49]我们看到，与此同时，新珍的这些话和她的感想也并不再仅仅是它在民间的自然形态，还包含着作者的话语——对于新珍等农民阶层因为隔膜而始终不能理解类似赵孟舒这种传统知识分子之理想追求的感叹和对后者"以尸殉人格的形而上意义"被消解的巨大悲哀。

苏童的《红粉》写的是共和国解放初期新中国的妓女改造问题。这在小说的题材方面大致可以归并为"社会解放"的大型主题范畴中，在传统的单声部独白型小说话语的表述中（如"十七年"文学时期一些作家大量的"妇女翻身"的故事创作），由于作家的写作视角时时受到配合意识形态视阈的制约，所以往往将之解读成整体"社会解放"的简单注脚。而作家苏童则能从女性人物内心甚至潜意识的领域来展示这场"解放"运动给她们带来的精神与心理方面真实的生命体验。我们且看以下这段引文中的对话描写：

"从早晨到傍晚，小萼每天要缝三十条麻袋。其他人也一样，这是规定的任务，缝不完的不能擅自下工。这群年轻女人挤在一间昔日的军械库里缝麻袋，日子变得冗长而艰辛。那些麻袋是军用物资，每天都有卡车来把麻袋运出劳动营去。小萼看见自己的纤纤十指结满了血泡，她最后连针也抓不住了，小萼面对着一堆麻袋片黯然垂泪……第二天早晨小萼被叫到劳动营的营部。来了几个女干部，一式地留着齐耳短发，她们用古怪的目光打量了小萼一番，互相窃窃私语，后来就开始了漫长的谈话……小萼，请你说说你的经历吧。一个女干部对小萼微笑着说，别害怕，我们都是阶级姐妹。小萼无力地摇了摇头，她说，我不想说，我缝不完三十条麻袋，就这些，我没什么可

---

49 [苏]巴赫金：《诗学与访谈》，石家庄：河北教育出版社，1998 年版，第 250 页。

说的。你这个态度是不利于重新做人的。女干部温和地说，我们想听听你为什么想到去死，你有什么苦就对我们诉，我们都是阶级姐妹，都是在苦水里泡大的。我说过了，我的手上起血泡，缝不完三十条麻袋。我只好去死。这不是主要原因。你被妓院剥削压迫了好多年，你苦大仇深，又无力反抗，你害怕重新落到敌人的手里，所以你想到了死，我说得对吗？我不知道。小萼依然低着头看丝袜上的洞眼，她说，我害怕极了。千万别害怕。现在没有人来伤害你了。让你们来劳动训练营是改造你们，争取早日回到社会重新做人。妓院是旧中国的产物，它已经被消灭了。你以后想干什么？想当工人，还是想到商店当售货员？我不知道。干什么都行，只要不太累人。好吧。小萼，现在说说你是怎么落到鸨母手中的，我们想帮助你，我们想请你参加下个月的妇女集会，控诉鸨母和妓院对你的欺凌和压。我不想说。小萼说，这种事怎么好对众人说，我怎么说得出口？没让你说那些脏事。女干部微红着脸解释说，是控诉，你懂吗？比如你可以控诉妓院怎样把你骗进去的，你想逃跑时他们又怎样毒打你的。稍微夸张点没关系，主要是向敌人讨还血债，最后你再喊几句口号就行了。我不会控诉，真的不会。小萼淡漠他说，你们可能不知道，我到喜红楼是画过押立了卖身契的，再说他们从来没有打过我，我规规矩矩地接客挣钱，他们凭什么打我呢？这么说，你是自愿到喜红楼的？是的，小萼又垂下头，她说，我十六岁时爹死了，娘改嫁了，我只好离开家乡到这儿找事干。没人养我，我自己挣钱养自己。那么你为什么不到缫丝厂去做工呢？我们也是苦出身，我们都进了螺丝厂，一样可以挣钱呀。你们不怕吃苦，可我怕吃苦。小萼的目光变得无限哀伤，她突然捂着脸呜咽起来，她说，你们是良家妇女，可我天生是个贱货。我没有办法，谁让我天生就是个贱货。妇女干部们一时都无言以对，她们又对小萼说了些什么就退出去了。"。[50]

以往写妓女改造的小说，基本上都沿着1956年陆文夫创作的短篇《小巷深处》的旧辙，往往描写在旧社会饱受摧残的妓女在解放后是如何主动接受政府改造，并通过政府和社会的关怀得获新生的故事。在时代的感召下，这些妓女往往被作家的单声部叙述话语说成是心甘情愿地放弃了以往发霉腐蚀的旧生活，积极地投入到社会公共事务中去的（如徐文霞），但是，在《红粉》中，通过上述的这段对话，不难发现，苏童在小说叙述中做到了真正尊重主

---

50 苏童：《红粉》，上海：上海文艺出版社，2013年版，第15页。

人公小蓴本人的话语声音独立性："你们不怕吃苦，可我怕吃苦。小蓴的目光变得无限哀伤，她突然捂着脸呜咽起来，她说，你们是良家妇女，可我天生是个贱货。我没有办法，谁让我天生就是个贱货。"——这句话无疑为读者揭示了习惯在卖笑生涯讨生活的妓女自甘堕落的本色生命镜像。显然，在这个风尘少女好逸恶劳的本色回答的仿格体声音中还藏匿着作家苏童对"小蓴"们从昔日被阶级话语遮蔽了的人性话语的真实认知，这正如苏童自己曾夫子自道的那样："在小说中，我对女性的关照主要是人性上的关照，虽然有时候她是阴暗的但她是高大的……我在表现女性的时候尽量让她们真实化，我从来不会去把她们无休止地美化，她们是什么样的我就写什么。"[51]反观陆文夫的《小巷深处》，将小蓴和秋仪同等出身的徐文霞写成在完全一洗红粉铅华后立刻被政府改造成一个符合传统道德规范标准的、具有贤良淑德的"圣女"的确让人觉得很难置信。

如上所述，具有明显仿格体"双声特色"的成熟小说文本在当代先锋小说作家作品中是广泛存在的。譬如余华的《活着》《许三观卖血记》《兄弟》《第七天》；北村的《玛卓的爱情》《孙权的故事》《消灭》《愤怒》《安慰书》；格非的《边缘》《春尽江南》《望春风》；莫言的《丰乳肥臀》《蛙》《檀香刑》《生死疲劳》；马原的《荒唐》《纠缠》；洪峰的《中年底线》《东八时区》《恍若情人》；叶兆言的《马文的战争》《1937 年的爱情》《很久以来》；苏童的《离婚指南》《城北地带》……等等，他们在作品中通过对包括农村阶层，贩夫走卒、基层政府、知识分子、城乡企业干部……等各种社会阶层、不同性别、不同性格的故事人物各种独立声音的仿格模拟，通过对话，让文本中的各色主人公包括围绕主人公的卫星人物都能平等地、独立地传达自我的声音。亦即是说，在作者对文本艺术世界中的这任一社会阶层的声音进行仿格体的模拟时，不是将他们作为他者独立的声音加以强行框定，他们都和《望春风》中的新珍一样，在被作者借用发声的同时，能够独立地代表着自己的社会阶层身份、语调和特定的阶层世界价值观。他们的叙事语言、格调也都同样得到了在"保持自身作为他者的独立声音"的情况下仿格体式的双声性模仿。而绝不仅仅是作者声音的传声筒。

要之，仿格体的必备条件是既保留他人话语的意向，又利用他人话语表

---

51 林舟：《生命的摆渡——中国当代作家访谈录》，深圳：海天出版社，1998 年版，第 79 页。

达作者的意向。在上述所列举的文本类例中，首先我们看到，作为他人话语的民间话语是贯穿始终的独立意向，风格彰显。这是小说仿格体得以成立的第一个根本原因。其次，在他人话语的独立意向中，又都有作者表达主旨文意的话语在这种仿格体性质的双声话语中的暗中播撒。

二、讽拟体

讽拟体也同样是双声语的一种典型形式，所谓讽拟体，是这样一种双声语形式："作者要赋予这个他人语言一种意向，并且同那人原来的意向完全相反。隐匿在他人语言中的第二个声音，在里面同原来的主人相抵牾，发生了冲突"。[52]相对于仿格体中叙事者和作者两种声音的和谐同一性，讽拟体体现为一种背离冲突的文体效果，作者必须有意识地否定叙述者才能产生讽拟体。当两种对立的声音寄寓于同一个叙事者的语言中时，这种语言就会变成两种声音争斗的舞台。叙事者的话语不代表作者的本真意思，作者表达的实际意义是对叙事者话语表面意义的强烈嘲讽。

比起仿格体，讽拟体形式的双声话语类型在先锋小说创作的文本中无疑更加丰富。由于其文体效果甚佳，许多先锋小说作家都对此种话语修辞表现出了由衷的青睐。譬如在潘军的《我的偶像崇拜年代》中，这样写到："毛主席太伟大了，我从来就没有见过街上有人留他一样的发型。大头的爸爸原先下巴上也有一颗肉痣，文革一开始他就去医院把它弄掉了。我想这是对的，中国有七亿人但毛主席永远只能是一个。"，这就通过对故事主人公少年话语貌似严肃的戏拟达到一种事实上与这种全民愚昧狂热的伟人崇拜相互悖离的另一层意思；再譬如在北村早期的中篇小说《谐振》中，当主人公"他"对主任说守门的老头象盘问小偷一样盘问他时，作家就通过对主任的话语戏拟达到揭示制度生产荒诞的目的："主任的脸上立即布满乌云：'你怎么能够这样说一个老同志呢？啊？怎么能够这样呢？人家是精神病患者，你又不是精神病，怎么能这样呢？不好。'"；[53]再譬如在余华的《兄弟》中，在写刘镇如火如荼的文化大革命时期时，余华就擅于通过对毛主席语录、阶级斗争等神圣庄严的革命话语进行戏拟性的模仿："我们刘镇打铁的童铁匠高举铁锤，喊叫着要做一个见义勇为的革命铁匠，把阶级敌人的狗头狗腿砸扁砸烂，砸扁了

52 巴赫金：《诗学与访谈》，河北教育出版社，1998 年版，第 256-257 页。
53 北村：《谐振》，《人民文学》，1986 年 Z1 期。

像镰刀锄头，砸烂了像废铜烂铁。我们刘镇拔牙的余拔牙高举拔牙钳子，喊叫着要做一个爱憎分明的革命牙医，要拔掉阶级敌人的好牙，拔掉阶级兄弟阶级姐妹的坏牙。我们刘镇做衣服的张裁缝脖子上挂着皮尺，喊叫着要做一个心明眼亮的革命裁缝，见到阶级兄弟阶级姐妹要做出世界上最新最美的衣服，见到阶级敌人要做出世界上最破最烂的寿衣。不！错啦！是最破最烂的裹尸布。我们刘镇卖冰棍的王冰棍背着冰棍箱子，喊叫着要做一个永不融化的革命冰棍·他喊叫着口号，喊叫着卖冰棍啦，冰棍只卖给阶级兄弟阶级姐妹，不卖给阶级敌人。王冰棍生意红火，他卖出一根冰棍就是发出一张革命证书，他喊叫着：快来买呀，买我冰棍的都是阶级兄弟阶级姐妹；不买我冰棍的都是阶级敌人。"；[54]；再譬如在残雪的《突围表演》中，残雪也通过对 X 女士的讽拟体话语模仿，让她的主人公大胆地跳上桌子，对着蜂拥而至的五香街群众中大谈两性问题，随着"性交"等不堪入耳的词汇在她口中源源不断地流出，"以女性的贞洁为美"的观念也被消解，正如算命先生叫嚷的那样："一个女人怎么能随便到大庭广众中去喊自己的隐私呀！"……除了上述类例而外，讽拟体的小说话语还明显地存在于像叶兆言的《1937 年的爱情》、苏童的《黄雀记》、北村的《安慰书》等小说文本中。

第四节　先锋小说创作中的"讲述体"和"暗辩体"话语类型

一、讲述体

同仿格体类似，所谓讲述体，即在小说中作者并不出面，通过其设置的若干叙述者，让叙述者以自己的语言格调和语言风格去讲故事，巴赫金认为，作品结构中由叙事人代替作者进行叙事的讲述体也属于双声语的范畴，因为尽管这个叙事人代表的是作者叙述故事所不可缺少的他人的讲述格调、他人的一种观点、他人的一种立场，但归根结底他所阐述的这种视点和立场，是小说作者为了达到自己目的从这个代自己叙述的叙述人言语内部加以操作的结果，因为对作者来说，作品中排在第一位的、最为重要的，不是叙事者思考、感受、言谈的个人典型格调，首先倒是小说作家本人观察事物、描写事

---

54 余华：《兄弟》，北京：作家出版社，2013 年版，第 71 页。

物的特点——"反映这个特点，对于取作者而代之的叙事人说来·正是他所承担的直接使命。"[55]当然，在讲述体乃至纯粹的故事体中，如果小说的作者在推出叙事人来讲述的时候，根本不去模仿他人的带个人特色或社会阶层特色的讲述格调，这时，小说中叙述人的言语就会丧失其全部的双声性，从而沦为径直表现作者意图的独白型语言工具——由此看来，作者在文本内部确立的作为独立声音的他人"讲述的话语"须得和自己的话语平等并置而不是被作者的话语完全遮蔽才能在文本中形成二者的对话和交流态势，惟其如此，讲述体的双声语性质才得以确立。这诚如巴赫金所坚称的那样，采用讲述体和故事体形式在多数情况下恰恰为的是出现他人的声音——"这是代表特定社会阶层的声音，它带来一系列的观点和评价，而这些观点和评价正是作者所需要的东西"。[56]

在先锋小说作家的笔下，被他们推出来叙事的"讲述体"的主人公类型可谓丰富多彩、摇曳多姿。既有处于民间底层人物的乡下农民、乡村说书艺人、城市贫困教师、城市贫民（如莫言《天堂蒜薹之歌》中的金马、张扣，《十三步》中的方富贵、北村《安慰书》中的刘大志等），又有处于权势地位的村长、县长、地委书记（如莫言《四十一炮》中的村霸老兰《丰乳肥臀》中的鲁胜利、《红树林》中的副市长林岚、与林岚乱伦的地委书记公公等），不谙世事的孩童（如莫言《透明的红萝卜》中的黑孩、《四十一炮》中的罗小通、余华《在细雨中呐喊》中的"我"等），甚至还有各色历史故人（如北村《武则天》中的"我"、苏童《武则天》中的"我"等）、动物主人公讲述人（如莫言的《生死疲劳》驴、牛、猪、狗等）、类似鲁尔福《佩德罗 巴拉莫》那样的亡灵叙述人（如余华《第七天》中的杨飞、鼠妹、伍超等）。

当然，在文本中设置不同的叙述者让他们部分或者完全代替作者发言，就这种形式而言，一点也算不上有什么新鲜可言，但是，正如笔者反复地在上一节中强调的那样，自为共和国小说前三十年确定基调的延安文学那里滥觞以来，在绝大多数的当代作家的小说中，其由作者委托推出的叙述者话语与作者本人的话语其实是一个声音！这也正如巴赫金所讲的那样，能不能把

---

55 巴赫金：《陀思妥耶夫斯基诗学问题·复调小说理论》，白春仁、顾亚铃译，《生活·读书·新知》三联书店，1988 年版，第 262 页。
56 巴赫金：《巴赫金全集》，第 5 卷，钱中文主编，河北教育出版社，2009 年版，第 250 页。

一部小说看作是"讲述／故事体"的双声型小说，着眼点的关键绝不在于看小说的作家本人是不是在他／她的小说里推出多少主人公叙事人，而在于他／她推出的这些主人公叙事人最终能不能发出他人的言语或声音。他以屠格涅夫和普希金两人为例，阐释了双声性的有无对于上述两类小说的至关重要性。巴赫金声称："对于普希金说来，别尔金所以重要，就因为他是另一个人的声音，而首先是莱一特定社会阶层的人物，有首相应的精神面貌和看待世界的态度，其次又是具有个性和典型性的一个人物形象。因此，这里是作者的意图体现在叙事人的语言之久这里的语言，是双声语。"，[57]对比普希金，从双声性语言的匮乏角度出发，他不无抱怨地指责屠格涅夫的短篇小说《安德烈·科洛索夫》和《初恋》，说它们虽然也遵照惯例，程式性地推出作品中代替作者的叙事人，但却都"并不打算模拟别的社会阶层中某人讲故事的格调，并不打算模拟别助社会阶层中某人观察事物和传达观察所得的手法。同样也没有创造个性鲜明的典型格调的打算"。因此，在屠格涅夫的故事体作品中，百分之百只有一个声音，它直接表达作者的意图。只是一种简单的结构手法。不难看到，在笔者罗列的上述先锋小说作家的小说文本中，小说中的不同叙述者成功摆脱了作者话语的掌控和遮蔽，他们不再是作者的仆役，而是能够自由言说，完全发展成为和作者平起平坐的另一种叙述的声音。

在对讲述体双声型小说类型作出上述的总体鸟瞰以后，下面笔者拟以莫言的小说创作为例，就先锋小说作家笔下的民间阶层讲述体、儿童型讲述体和动物性讲述体为例，对先锋小说作家笔下的讲述体小说作出个案分析。

我们先来看莫言笔下的儿童讲述者和动物讲述者这两类富有特色的讲述体小说。莫言在此类小说作品中，真诚地尊重这种类型的主人公所发出的他人的声音，并没有站在与儿童相对应的、自以为理性成熟的成人视角，或是与动物相对应的作为万物灵长的人类中心视角，以作者所发出的声音将前两者"他人的声音"予以遮蔽、涂改或淹没。

从 1985 年发表的《透明的红萝卜》中出现的那个颇具魔幻色彩的"黑孩"开始，到《红高粱家族》中讲述"我爷爷"、"我奶奶"故事的豆官，儿童叙事在莫言的创作中开始崭露头角，此后在小说《牛》《酒国》《丰乳肥臀》《四十一炮》《生死疲劳》等作品中也经常能见到一个或懵里懵懂、或精灵古怪、或

---

57 [苏]巴赫金：《巴赫金全集（第五卷）》钱中文主编，晓河等译，石家庄：河北教育出版社，1998 年版，第 254 页。

油嘴滑舌的儿童作为莫言的小说叙事主人公。他们拙于理性的人事而敏感于自然和本性，对世界充满了感性的认知。莫言在对这种小说主人公进行仿格的时候，总是恰当好处地抓住儿童视角叙事的他人的言语"特色风格"——，在人类生长阶段中，儿童由于处于初级阶段，一般说来，他们鲜少经受过多文化与社会的浸染，智力、思维尚未发育完全。但他们也恰恰基于此点而具有了远比成人单纯而独特的生命原始体验，所以，虽然儿童的思维并没有一定的逻辑和规范可遵循，因为他们的形象思维占主导地位，深谙此点的莫言正是运用了孩子对人事一知半解的儿童视角，故意让他笔下的这些另类的叙事者歪曲地理解成人世界的复杂纠葛，以明显区别于成人的经验化、成熟的思考方式，凭借的天马行空的想象，直观的，乃至是错误地并充满了谐趣地解释各种事物，从而造成了特殊的艺术魅力。

莫言在谈及自己与儿童形象之间惺惺相惜的精神联系时，总是提到《透明的红萝卜》这部中篇小说中的那个黑孩。他说，"如果要我从自己的书里抽出一个代表自我的人物，这个人物就是《透明的红萝卜》里的黑孩"，"那个浑身漆黑、具有超人的忍受痛苦的能力和超人的感受能力的孩子，是我全部小说的灵魂"[58]。像黑孩这样的在莫言早期小说中的儿童形象，一种是沉默不语的"哑巴"式儿童，如本是一个说起话来像竹筒里晃豆子一样咯嘣脆的黑孩，在物质匮乏、亲情缺失的环境下变得"话越来越少，动不动就像小石像一样发呆，谁也不知道他寻思着什么"，和他极为相似的形象是《枯河》中的那个又黑又丑，没人愿意和他玩的小虎，他也是在受虐变态的成长环境中渐渐地变成了习惯上的"哑巴"（譬如黑孩即使在强烈的感情冲击下他也只用单个的音节表达自己的心意，当他第一次淬火成功之时，他最多也是兴奋地"噢"了一声；小虎在遭到毒打之时，也出奇的平静与漠然，拒绝声辩、没有哀求，只是从喉咙里模糊地蹦出"狗屎"、"臭狗屎"）。对于这种沉默的儿童小说主人公，他们那"他人的言语"主要是通过身体语言来传达的——二人均已孩子式的倔强对现存秩序作出他们特有的反抗。反抗那个人情、人性匮乏的非正常社会。而在这种特殊的仿格体叙事中，作者自己的价值评判以自然而然地注入其中，就像《枯河》中乡亲们面对死去的虎子，"人们找到他时，他已经死了……他的父母目光呆滞，犹如鱼类的眼睛……百姓们面如荒凉的沙漠，看着他布满阳光的屁股……好像看着一张明媚的面孔，好像看着我自己……"——作者对"是谁夺走了本

58 莫言：《小说的气味》，沈阳：春风文艺出版社 2003 年版，第 122 页。

应是纯真烂漫、无忧无虑的童年"的追问和愤激在此就一览无余了。

随着创作的不断拓展，莫言笔下的孩童讲述人也在不断地改变，由《红高粱》中的那个追随父亲与日本鬼子作战的豆官，到《四十一炮》中的"天不怕地不怕的大嘴"罗小通，儿童讲述者自己的声音越来越不容忽视，特别是在《四十一炮》中，莫言更是通过罗小通这个叙事风格独具的炮孩子，将中国进入九十年代以来市场经济体制下，在经济上高速发展和物质上极大繁荣的同时，也导致了物欲横流、文明失范、人性变异以及道德、良知、伦理的逐渐坍塌沦陷、处处奉行"丛林规则"等不容忽视的负面恶果。而在这种仿格叙事中，作家本人"所有在生活中没有得到满足的，都可以在诉说中得到满足"了。

除了上面笔者评价的两种儿童主人公讲述者，事实上在莫言的笔下还有一种生理上是成人，心理上认识儿童的特殊故事讲述者，如《丰乳肥臀》中的上官金童和《檀香刑》里的那个"白痴"赵小甲。莫言也惟妙惟肖地模仿了他们二人的感受世界的方式和孩童般言说的叙事特点，通过他们之口，前者表达了赤子之心对母性的崇拜，后者则痛斥了酷吏猛于虎狼的事实。

高密民间独特的世俗文化彰显着的泛神论色彩的动植物崇拜意识、莫言孩童阶段汲取的蒲松龄在《聊斋志异》中神秘玄妙的、对狐仙鬼怪、鬼魅狐妖等故事的影响，使得莫言在其小说作品中对于各类动物的钟爱由来已久、一以贯之。据统计，莫言作品中出现的动物有一百多种，篇名中直接提及到动物的有 23 篇，如《蛙》《牛》《狗文三篇》《蝗虫奇谈》、《一匹倒挂在树上的狼》、《马蹄》、《猫事荟萃》等等。这自然引起了学界评坛应有的注意，时至今日，不少论著和文章对于莫言小说中的动物专题性的研究已积淀下来不少成果。本节笔者对莫言的动物专题的研究并非面面俱到，主要是聚焦在莫言以动物为主人公或讲述人具有双声性语言特色的篇什。旨在研究莫言是怎样仿照动物讲述者的特殊视角，在不抹煞其独立的他者声音和动物性的特有叙述风格基础上，将之作为一种真诚的"他者"来审视人类，审察社会，实现作者多声部的文学表达的多义性和丰富性。这无疑以《生死疲劳》为最典型的此类小说代表。

《生死疲劳》讲述的是一个貌似老套的复仇故事：土改期间无辜冤死的乡绅地主西门闹，死后被罚为驴、牛、猪、狗、猴、大头婴儿轮回转世，历经了土改和农业合作化运动、人民公社运动、文化大革命和改革开放等几个阶段的历史进程。六世轮回的西门闹在滚滚尘世中的动物视角的所见所闻，揭示社会历史进程的变迁和在时代变迁下的芸芸众生相。

在这篇立足东方魔幻、向中国古典章回小说致敬的巅峰之作中，莫言以小说中不同动物的角度，在非人类中心的天人合一视界，看到一个没有遮蔽、更加真实的，也是充满了讽刺意味的历史和荒诞感十足的现实世界，以及居于其间的荒谬、无耻、卑贱、比兽性还要十倍百倍兽性的人类。

但是，所有上述作品中承载的作者归总的全部文意和主旨，又都是通过对一个个生动形象的不同动物之口，以他者的声音传递出来的。试看下面两例：

引文 1.——"姓刁的，我今天，是轻轻地给了你一点颜色看，你不要因为喝了我的尿就好像受了侮辱，你要感谢我的尿，如果没有我的尿，你现在已经停止了呼吸。如果你现在停止了呼吸，就无法看到明天的盛典，而作为一头猪看不到明天的盛典，那就等于白活了！"（《生死疲劳》）

引文 2.——"他们一拨拨地涌到我家，仿佛前来为女儿说媒或是替儿子求婚，仿佛前来卖弄学问又仿佛前来施展口才。男人们围着我爹，女人们围着我娘，学童们追着我哥我姐当然也没饶过我。男人们的旱烟把我家墙壁上的壁虎都熏晕了，女人们的屁股把我家的炕席都磨穿了，学童们把我们的衣裳都扯破了。入社吧，请入社。觉悟吧，别痴迷。不为自己，也为孩子。我想你，那些天，牛眼所见，牛耳所闻，也都与入社有关。"（《生死疲劳》）

在上述的引文 1. 中作者完全放弃了自己在叙事现场的存在，让两头猪之间和具有主体性的人一样，互相对阵叫骂；而在引文 2. 中则更是把牛当做是有理性意识和独立思想人一样去作那段荒诞历史的见证者。对于这两段引文中的"西门猪""西门牛"，作者莫言给予了它们最大的他人声音的发言权。

可见，在莫言这三种"讲述体"的小说作品中，作品中的主人公们发出的他人的声音始终和作家自己的声音处于平等对话的语境设定中。

二、暗辩体

所谓暗辩体叙事语言是相对于明显的辩论体而言的，暗辩体言语并不直截了当反驳他人的语言，把他人的语言作为自己表现的对象，而是在针对一般的对象物进行称述、描绘和表现时，间接地抨击他人的语言，好像是在对象身上同他人语言交起锋来。正是在这种语境的压力下，他人语言得以从内部影响作者的语言，从而使得这种暗辩体的语言被赋予了"双声性"的色彩。正如巴赫金所言："在暗辩体中，作者的语言用来表现自己要说的对象物，这一点同其他类型的语言是一样的。但在表述关于对象物的每一论点的同时，这种语言除了自己指物述事的意义之外，还要旁敲侧击他人就此题目的论说，他人对这一对象的论点。这个语言指向自己的对象，但在对象之中同他人的语言发生了冲突。他人语言本身并没有得到复现，只存在于人们的意识中。如果这个语言不对人们意识中的他人语言做出反应，那它的结构会完全是另一个样子。"[59]

比起前三种双声性小说话语，暗辩体形式相对零散。但其文体效果甚佳，读后让人释卷难忘。譬如在格非的《望春风》中，暗辩体小说话语的运用就相当成熟，可圈可点：在《望春风》中，这类话语首先表现为考虑到他人语言的一切察言观色的语言。因为这类语言的叙述者预先感受到了他人语言的存在，预感他人语言的反应，因此在其组织语言时，便考虑到了对他人语言的应答，这在文本的话语层面也是大量存在的，如德正被郝书记、高定国他们合谋陷害，在裸体游行示众时春琴因为拦路被打。这时发生在小武松、高定邦和朱虎平三人之间的对话就写得颇具神采——

"高定邦抖抖索索地点了火，猛吸了几口，这才对身边站着的小木匠道：'奇怪呀，宝明。公社武装部直接到我们村来抓人，还设了这么大一个局，怎么一点风声都没透？要不是村里有人做内应，这事怎么办得成？'朱虎平插话道：'这容易！除了日屄的老菩萨、妖精王曼卿，还有躺在床上等死的赵锡光，村里的男女老少都在塘边站着呢！你把人数点一点，谁不在场，谁他妈的就是内应！当年他抄我的家，搞突然袭击，用的是同样的手法！'听虎平这么一说，高定邦就抖得更厉害了。等到定邦把手上的那支烟抽完，把嘴里的一缕烟丝吐出来，就转过身来，对小武松吩咐道：'既然要动手，就得打出我们儒里赵村的威风来！'"

这段话的语境背景是这样的：高定国勾结郝书记把德正搞下台，对此高定邦事先并不知悉，在小武松问他时他还拿不定主意，这时朱虎平的插嘴写得张力十足，按说，内应是谁可能不止朱虎平自己看了出来，但是因为朱虎平吃过高定国的亏，因此他才要"插嘴"，但是，毕竟高定邦的面子上还要顾及，所以就采取曲道说禅的办法委婉地点出。高定邦由此确定了自家兄弟参与这个阴谋而脸上无光，所以才"抖得更厉害了"，确定了内应就是高定国以

59 巴赫金：《陀思妥耶夫斯基诗学问题·复调小说理论》，白春仁、顾亚铃译，《生活·读书·新知》三联书店，1988 年版，第 268 页。

后，高定邦果然不再追问，为了在乡亲们面前表明"我和高定国不一样，我并没有参与其中"的身份洗白之意和对德正的愧疚之情，他才果断发话搭救德正夫妇。

暗辩体的叙事话语在《望春风》中还见于孤立的内心独白中，比如"我"母亲在经历了世事沧桑巨变以后，"曾在一九七四年六月的一封信中，对自己的人生做出过这么一番抽象的思索：假如她的父亲没有过早离世，她'如今'的世界会是怎么一个样子？假如她的养父从无锡来家，在一个下着瓢泼大雨的夜晚，没有悄悄溜进她的房间；假如她当时选择忍受，而不是大喊大叫，并在他的腿上扎上一剪刀；假如，在一九五〇年，她没有在祠堂里因'一时冲动'站起来发言；假如，我父亲没有在新婚之夜向她吐露上海那个特务组织的所有秘密；假如她在一九六六年的初冬，没有'心血来潮'，向组织上提交那封让她'肝肠寸断、后悔终生'的检举信，她'如今'的生活会是什么样子？"显然，在这段"我"母亲的内心独白中，她的自我意识中已经渗入别人的存在，她在不同人生阶段里牵涉到的这些人无疑是其受述对象，她一方面向这些不同的受述对象抱怨他们曾经对自己的伤害，申辩自己为什么要反抗——对"我"母亲而言，那个荒谬的时代中到处充满着"权力"的监视和压迫，作为一名不甘向命运轻易屈辱就范的女性，她只有不断地通过"造反"来解救自己。另一方面，还为自己因"一时冲动"而伤害了他们中的一些人而忏悔（例如对于自己的丈夫和儿子）。可见，对所引的这段话来说，"我"母亲的声音和她想象中的他人声音之间存有依稀可辨的潜在对语。

当然，暗辩体的对话类型除了在格非的《望春风》而外，还是可以在其他先锋小说作家那里找出不少的。这种双声性体式也同样是一些优秀的先锋长篇小说叙事话语的共性所系。

要之，先锋小说作家小说创作中丰富多元的"双声性"叙事话语，有力地打破了长期以来一直存在的各种"独白型"小说僵化封闭的"单声部"叙事话语的窠臼限制，以仿格体、讽拟体、叙述体和暗辩体……等多种双声对话的姿态，以间接的、折射的、虚拟的等变形程度不同的语言表现方法，在吸收、包容、展示社会各阶层（尤其是社会底层）的他人声音、意向的基础上，获得了自身叙事话语的极大成功。在这些先锋小说作家成熟以后的小说（尤其是长篇）创作中，上述三、四两节笔者罗列出的先锋小说作品中各种类型的双声性话语中，任何语语言，事实上都带有交际的成分，叙述的语言和主人公的语言在同样程度上都是如此。在讲述体的小说世界里，一般没有任何物的存在，没有对象、容体·只有主体——这一点恰恰语法国新小说派主要代表的罗伯格里耶将人的主体性刻意降低到物的地位以下形成了鲜明的对比！在这些先锋小说作家的讲述体小说中，并没有单纯判断的语言，只讲客体的语言、单纯指物的语言。只有交际中的语言，与他人语言接触对话的语言，发向他人话语的语言。

第四章　先锋小说的主题更迭

就先锋小说的创作主题来看，大致可以 1989 年这一先锋小说创作开始全面转型为界分为前后两个时期，在这两个时期的延展过渡中，先锋小说的创作主题大致经历了一个从"内省性"（即是存在主义主题）到"外向性"（即是新历史主义小说主题和诸种倾向于传统现实主义小说的若干主题）的发展流变。当然，这是就整体情况而言，因为步入 1993 年以后，马原、格非、潘军、余华等都曾在一段时期游离出小说创作的阵营，而孙甘露和扎西达娃在 1993 年以后就基本上停止了小说创作，残雪的故事内容虽然表面上较之从前有了外向型的转变，但是其创作主题始终不曾远离其表现主义和存在主义小说主题。

当代先锋小说作家之所以能够在上世纪 80 年代中后期的大陆文坛闪亮登场，相当多的评论者认为是他们在小说的语言形式和叙事技巧上采用了实验性很强的现代、后现代派的美学表现手法。学界对先锋小说创作的研究几乎是和其在 80 年代中期开始滥觞的同时就起步了，但是，迄今为止，绝大多数的研究踟蹰流连于探讨先锋小说作家在艺术特色或美学风格方面的创作得失。在中国当代先锋小说创作历经三十多年后的今天对之整体的价值与意义进行客观、全面地衡量或重估的话，就会发现，先锋小说中所蕴含的主题、思想同样是不容忽视的。先锋小说之于中国文坛的贡献，从根本上说，是以其独特的艺术表现手法曲折而深刻地反映了上世纪 80 年代、甚至可以上溯到晚晴民国以来的中国社会现实。但遗憾的是，先锋小说在其主题内蕴方面的研究至今还非常屡弱，既有的多数主题研究要么是成书较早，缺乏对先锋小说在九十年代初转型以后的进一步追踪研究，要么则是单单局限于对某一先锋作家具体作品的个案分析，缺乏对当代先锋小说这一中国新时期以降影响最大、斩获硕果最多的小说流派从整体上的宏观思想把握或主题概括。

正基于此，本章的研究目的主要是通过对三十多年以来主要先锋小说作家创作生涯中的全部经典作品和重要作品为具体研究对象，对他们作品中的主题进行研究，通过对具体作品的主题分析，对其共同（或部分类同）表征出来的主题类型进行梳理，发掘其技术性表现手法背后深层的主题内蕴；并透过其对现实的观照态度与表现方式，揭示出当代先锋小说的思想价值。具体而微，为了能够尽量客观而准确地剖析、解读先锋小说作品中的思想内蕴，本章笔者采取文本细读和历史研究、（具体作品的）微观分析与（社会现实的）整体观照紧密结合的方法，全章以"专题"的形式，列出了凸现于当代先锋小说中的四个重要主题：即是存在主义哲学主题、新历史主义哲学主题、苦难主题和知识分子启蒙光环的日趋祛魅主题。这四个方面的主题虽然有转型前后的"内省化"和"外向化"取向的不同，但是因为在它们的下面有一个使它们得以统一起来的人道主义思想这种决定性的深层因素，所以它们从某种意义上说又是并行不悖的。

当然，上述四个主题是就转型前后先锋小说中创作中表征出来的共同、或局部类同性的主题类型而言的，不可能完全涵盖所有的先锋小说主题林林总总的丰富性。譬如，先锋小说中有关成长的类同主题和新千年以后先锋作家对城市化过程中拆迁主题的关注，笔者就没有特别单独列为分章研究的对象。应该说，这两大主题涉及到的作家作品确实不在少数，譬如就成长主题来说，就有短篇小说莫言的《大肉蛋》《透明的红萝卜》《欢乐》《四十一炮》，苏童的《刺青时代》《舒家兄弟》《独立纵队》《骑兵》《城北地带》《我的帝王生涯》《河岸》，余华的《十八岁出门远行》《在细雨中呼喊》《兄弟》；残雪的《山上的小屋》《饲养毒蛇的小孩》……等等不一而足；而就拆迁主题来说，上世纪九十年代以来，随着中国社会"市场化转型"和"城镇化"改革的不断推进，某些贪腐官员利用自己所掌握的权力谋取经济利益，从而造成了权与钱相互联合、相互渗透的新型官商经济这一有待清除的体制赘疣，由是，在全国范围内频繁发生的强制性土地拆迁事件才成为日益突出的社会问题，毋庸置疑，正常的土地拆迁是实现城镇化建设、经济发展、社会进步的必由之路，但是这种社会进步的前提必须是建立在保证作为弱势一方的失地平民、农民切身利益不受威胁、践踏乃至被无偿掠夺的社会公平正义基础上的。否则，强制拆迁的大规模社会事件必然引发因为底层失地贫民生存环境的日益窘迫而造成的一连串的尖锐社会问题。虽然早在"市场化"和"城镇化"改革的初期，国家就通过各种政策调节手段努力抑制种种滋生"官商勾结"的腐败温床，大大加强了对此种现象的打击力度，但这项工作毕竟任重而道远。正是这种在中国社会、经济发展过程中自身必然经历的改革阵痛，引发了社会各阶层尤其是中下阶层的普遍不满，"强拆"这一热点题材正是伴随着这一历史过程而产生的，并渐渐形成一种重要的创作潮流与特定的题材与类型。单就先锋小说作家的创作视阈来看，就有残雪的《在城乡结合部》、余华的《第七日》、格非的《春尽江南》《望春风》和北村的《安慰书》等。除了这两个较为凸出的主题而外，其他在先锋小说中涉及的宗教、乌托邦、死亡、逃亡、反腐、悲剧性……等等多声部的主题因为篇幅所限也没有对之进行单独的专题研究。对此种缺憾，笔者还是作了相对折中的处理——即是将之分别对应地归入进其他专题的专门研究中去，譬如将宗教主题和乌托邦主题融进下编第六章的北村和格非的专章研究中，将死亡、逃亡等主题尽量归入到存在主义哲学主题中，将反腐主题、悲剧性主题都并入到苦难主题和知识分子主题中进行合并研究，以尽量弥补这种研究的缺憾。

最后，文学是形象的艺术。对于叙事性的文学基本体裁之一的小说，其主旨文意的表现必然通过其"客观对应物"的人物形象来予以传达。从某种意义上来说，先锋小说中的人物形象是承载、象征和体现先锋小说主题内蕴的主要中介和载体，二者是密不可分的。因此，本章在讨论上述先锋小说创作中的各大主题时，也将对与此休戚相关的先锋小说中的诸种人物形象进行相应的研究。

第一节　先锋小说中的存在主义文学主题

张清华教授认为，先锋小说作家登上历史舞台的时候，适逢整个中国社会思潮整体上由前期的"维新是举"的启蒙文化向强调个人不被异化的存在主义文化的过渡期，他说："80年代中期，先锋文学思潮的发展进入了一个转折期和复合期。尽管启蒙主义的文化语境尚未彻底瓦解崩溃，但存在主义已迅速溜出书斋而伴随商业物质主义价值观念的发育堂而皇之地进入社会，成为一种颇为时髦和激进的文化精神，'个人'开始'从群众中回家'（语出克尔凯戈尔《"那个个人"》，笔者注），个人性的境遇与价值开始代替启蒙主义的"社会正义"与"公众真理"而成为人们思考问题的新的基点。因此，用个人性的价值和私人性的叙事实现对原有公众准则和宏伟叙事的背叛和超越，便不可避免地成为新的先锋文学精神。"。[1]继而他又断言，正是在这种文化生态的笼罩下，先后登上文坛的先锋小说作家大都"是面对当下生存情状的寻索者，其基本的写作立场来源于存在主义哲学的启示，从 80 年代中期的残雪到稍后的马原，以及跨越八九十年代的余华、格非、孙甘露等，基本上都是以"寓言"的形式写人的生存状态"。[2]笔者以为，这种看法是有其道理的。

一、西方存在主义哲学概述

存在主义哲学是上世纪"后文革"以后涌进中国大陆的西方后现代主义文艺思潮之一。它的前身是现代主义的非理性哲学思潮。

反溯历史，自初民时代的童年期起，源远流长的人类文明，即开始向着一条为争取自由、解放而进行不懈斗争的艰难曲折之路。自欧洲文艺复兴到启蒙运动的现代化步伐加快以来，伴随着 18 世纪科技革命的滥觞、19 世纪进化论的提出，这种面向未来"无限发展"的社会永恒进步说几乎成为一种具有普世意义的历史观：许多人都想当然地以为：一个充满公正、公平、正义的人间天国即将在世俗的大地上巍然建起。然而，充满吊诡的人类文明进程并没有因为历史乐观者们的希冀而由此真正走上一条畅通无阻、无限光明的康庄大道，由以"血和肮脏的东西"写就的 19 世纪踏入的 20 世纪的人类更是堕落到了一种"新的野蛮状态"（语出阿多诺）。于是乎，许多感同身受的先知先觉们很快意识到：历经艰难挣脱了"神祇"和"君主"双重锁链的"人本"社会尚没有消褪自身理想的光辉之际，很快又被戴上"物化"社会新的奴役桎梏！面对着这一追求"全面解放"的龙种却结出"物化"跳蚤的悖论时代，在由马克思和伯恩施坦提出的暴力、和平两种社会主义反抗方案而外，西方渐次汇聚和涌起了蔚为壮观的反人性异化的"非理性"人本主义思潮转向，19 世纪以前理性主义哲学自叔本华、尼采非理性主义的唯意志论问世后开始走向式微和衰退。

---

1 张清华：《从启蒙主义到存在主义——当代中国先锋文学思潮论》，《中国社会科学》，1997 年 06 期。

2 张清华：《从启蒙主义到存在主义——当代中国先锋文学思潮论》，《中国社会科学》，1997 年 06 期。

　　二战后作为后现代主义哲学转向的存在主义文化和哲学直接继承了战前这种非理性的哲学思潮。它同样是西方哲学先贤们对于人类社会进入了"物化"阶段以后在新的时代进行的新的反思和应答。战前以卡夫卡们为代表的现代主义小说诸位大师以自己的传世经典为世人描绘出的一幕幕荒诞的、充满非理性色彩的、让人震惊和恐惧的艺术画卷，在充满对现代社会中人的异化和孤独感的巨大悲悯中，为人类的明天敲起阵阵急促的警钟。人类究竟向何处去？究竟怎样消除异化，消灭极权，使人性复归最终实现人的自由全面发展的问题在二战后期和战后，引发了以雅思贝尔斯、海德格尔、萨特……等为代表的一批存在主义哲学家在继承和薪传尼采、克尔凯廓尔等早期先行者思考基础上的继续追问。——在此背景下，无论是雅思贝尔斯提出的"生存哲学"型的"存在主义"、梅洛庞蒂提出的"身体—主体"型的存在主义、萨特提出的自由选择型的存在主义、加缪提出的反抗荒谬型的存在主义，还是海德格尔倡导的"将'世界'植入'大地'"的"此在"型的"存在主义"主张，都能够在努力将人从物化和非人化的荒诞存在中还原自身、祈求重返人类那屹立于澄明境界中的精神家园这一人道主义层面上统一起来，这种存在主义的哲学追求要求回到人的真实生存本身，在人类历史历经了"神的时代"、"君的时代"、"人的时代"、"物的时代"以后，正在朝向追求人与人之间、人与自然界之间和谐发展的"情的时代"努力前行。

　　存在主义哲学与非理性主义哲学二者（这里将二者对举是为了行文的叙述方便，并非否认存在主义本身就属于传统的西方现代非理性主义的构成学说之一）的最大共同之处在于它们都是立足在对个人价值的肯定和张扬，对个性解放的肯定和向往。对人的反异化主题进行进一步追问的存在主义者普遍对文艺复兴以来的科学主义、理性主义、乐观主义等进行了无情的再解剖，从中将文艺复兴时期以来的一个被工具理性、人类进步等宏大公共话语所长期遮蔽的旨在首先追求个人解放、个人幸福为主导价值取向的个人主义优秀传统重新摆到人类哲学思索的最大母题地位上来。正是在这种对人类首先作为不可重复、不可替代的个体该怎样在这个荒诞世界的包围中如何存在的追问中，存在主义的"存在的本真"、"存在的真实"这一命题才成为二战以来西方亦是全人类迄今仍在直面的最大哲学命题。萨特、加缪而外，西方继起文学思潮中的荒诞派、黑色幽默等莫不是这一命题的派生和延伸。

二、存在主义影响下的残雪、余华和苏童

这种舶来的存在主义哲学思潮不仅对于先锋小说作家，而且对于所有时代现场的小说作家的创作都发生过至深至巨的影响。这种立足于以"个人主义"反叛"阶级、集体、国家"等社会共同体对个人自由长期牢笼钳制的 80年代中后期的中国大陆整体文化思潮之间产生了很大的共鸣。可以说，它之所以能对新时期的先锋小说作家（如上所述，也是对于新时期历史现场的其他作家群体）产生如此重大、长期之影响，一方面固然是和外国哲学、文艺思潮中这种哲学自身的魅力有关，但另一方面，也同样与"后文革"时期的现实中国社会经历了对伤痕"反思"，对改革追踪的现实主义短暂回归以后，蕴蓄了一种更大的，旨在追求"个体"价值、个性解放的社会情绪有关。这种一俟存在主义哲学思潮碰撞就旋即会喷发出火光的精神"淤积"，这种有待解放的文化文学"潜力"构成的时代特殊社会情绪经过了前期的酝酿，到了 80 年代中期，随着文学观念由"外"向"内"的转变，这种重个人表现、拷问个人存在价值和意义的后现代哲学观念的传播一下子就风靡了整个文艺界。带有明显的存在主义色彩的新派小说如陈村的《少男少女一共七个》、刘索拉的《你别无选择》、徐星的《无主题变奏》以及陈染的《世纪病》……等小说和同样强调"表现"、追问"存在"之真的所谓的现代派、后现代派的"新诗潮"、"探索试验戏剧"、"第五代导演"等等文艺思潮一时间群川竞流、蔚为壮观。

在这种整体语境中成长起来的先锋小说作家们那里，从其小说内在精神价值的取向上而言，基本上都多多少少地能够找出一些存在主义哲学的影响因素。譬如格非的《褐色鸟群》《陷阱》；苏童的《你好，养蜂人》《稻草人》《狂奔》《我的棉花，我的家园》；叶兆言的《去影》《艳歌》《蜜月阴影》《绿色咖啡馆》；洪峰的《奔丧》《瀚海》；孙甘露《呼吸》等大都是"对当代的个体人生、生存情状、人性境遇给予深切关注。但所表现的当代主题同传统的现实主义小说和八十年代初期的小说已远远不同，他们不再表现作为某种阶级和社会属性的'符号'的人及其'生活'；同时也不像八十年代中期的小说那样热衷于宠大的文化隐喻、历史主题、生命激情和崇高风格的追求，而是把笔触直接指向了世俗生存中的个人，他们凡庸、焦虑、充满苦恼的内心生活，他们的生命恐惧、生存洁问，以及复杂幽深的潜意识世界。"。[3]

3　张清华：《死亡之象与迷幻之境——先锋小说中的存在／死亡主题研究》，《小说评论》，1999 年 01 期。

在抒发存在主义主题方面最具代表性的作家无疑有三个：残雪、余华和苏童。在残雪此一时期开始乃至终其创作生涯的大量小说中，如《黄泥街》、《苍老的浮云》、《公牛》、《山上的小屋》、《我在那个世界里的事情》、《污水上的肥皂泡》《天堂里的对话》《阿梅在一个太阳天里的愁思》……等作品，以及其九十年代迄今的更多重要中长篇如《历程》、《思想汇报》、《痕》、《最后的情人》、《吕芳诗小姐》……等，于荒诞的文本外表下面，到处迷散着孤独、冷漠、神秘和悲观的生命体验，回荡着疯狂、梦境、叛逆和死亡的主题旋律，所有这些，无疑都深深地打上了存在主义哲学的烙印。同样，从八十年代的《十八岁出门远行》、《现实一种》到九十年代的《在细雨中呼喊》、《活着》、《许三观卖血记》再到新世纪的《兄弟》，尤其是 2013 年引起文坛、评坛乃至社会媒体极大关注和反响的《第七天》中，莫不体现其此种主题的深刻思想和独道视角。

就《活着》与《许三观卖血记》这两个长篇而言，就鲜明地打上了萨特的面对荒谬世界勇敢选择面对和加缪的希绪弗斯明知抗争的无意义仍然不放弃抗争精神的存在主义主题的烙印。《活着》表达了生存自身的高贵：人是为活着本身而活着。福贵在经历一个个亲人撒手人寰的生存之痛中，让我们无疑都能想到那个一次次将石头推上山顶复又重新滚下山崖的西绪弗斯。但面对荒谬，他没有放弃继续无意义地活着的高贵选择——世界是荒谬的，是人的选择赋予了这种荒谬以存在的意义。这正如海德格尔所言，在这个世界上，只有人的存在才是真正意义上的存在，敢于蔑视命运的悲惨与荒谬并且勇敢地"存在"下去，这种对抗苦难，对抗绝望的坚定的内心与不屈的灵魂本身难道不就是一种只属于人这一灵长族才具有的悲壮和崇高吗？《许三观卖血记》中主人公许三观面对荒谬时代给他们一家带来的不幸亦从未屈服，即使是在全家人被饥饿威胁的时候他也不失幽默地用嘴给一家人炒出一桌的菜，表现出一种陪荒诞的世界周旋到底的勇者姿态。其精神不也正是和存在主义触类旁通的吗？正是通过这些有关于人的受难故事，作者向我们不断反复、不断叠加地展示了一幕幕他眼中的这一人类世界曾经发生过的真实图景，这和他初登文坛发表过的那些对常理的极度化颠覆、对欲望的变形性书写中短篇小说一样，莫不律动着克尔凯郭尔、尼采、海德格尔、萨特和川端康成们对人类存在的"虚无——救赎"这一命题苦苦追索的精神共通性。

对比残雪和余华，苏童的存在之思更多地体现为一种挥之不去的逃亡情结："对于苏童来说，逃遁是命中注定的劫数，是命运分派给他的第一主题，也是他的小说的基本情调。在一些小说中，逃遁首先表现为对固有生活环境的摆脱。这方面给人印象最深的可能要数《肉联厂的春天》。主人公金桥全心追慕着体面、优雅、高贵的生活，就业时却偏偏陷身于肉联厂。他对这里的污秽、腥臭和鄙俗怎么也无法忍受，他一刻也不曾将自己的生命融注到……更深层地说，苏童笔下的逃遁故事，更主要地表现为对既定生活轨道和既定命运的恐惧、拒绝与反抗。这种主题与生活环境的转换不转换没有直接的关系。《已婚男人》和《离婚指南》的男主人公都叫杨泊，这两位杨泊对于婚姻和日常生活的逃遁与反抗是就地而为。这一点也不影响他们行为的意义。其中一个杨泊最后纵身一跃，坠楼而亡，他……这样的主题在《樱桃》、《门》、《舒家兄弟》中表现得同样彻底，同时还多了几分凄艳和感伤。舒乙和涵丽的跳河殉情，虽然带着少年的糊涂，但在逃遁的意义上，却显得庄严而决绝。"[4]

第二节　先锋小说的新历史主义文学主题

一、何谓"新历史主义"？

　　1980 年美国加州大学教授格林布拉特出版了其被公认为是新历史主义的奠基之作的《文艺复兴时期自我造型》。这以后，随着海登˙怀特、詹姆逊、布鲁克·托马斯等学者的先后汇聚新历史主义在欧美学术界和文化界的声名逐渐煊赫。新历史主义打破了形式主义的文本中心论和旧历史主义的历史决定论，从多方面解构了传统的历史观念，建立了崭新的历史"真实"观：比如新历史主义认为以往历史学家挑选材料、取舍历史事件的标准是那一时代占统治地位的主流意识形态，而新历史主义应从其对立面出发，深入开掘与以往大写的、单数的历史相反的小写复数的历史；再如在新历史主义看来，历史的真实性并非是主体面对的客观存在，而是存在于文本编织物之中。历史的真实性只是语言叙事和阐释活动的结果，因而其客观性大为可疑；又如新历史主义者否认历史与文学对立的观点，声称它们同属于一个符号系统，要借助语言再现过去，要借助想象形成虚构部分，海登·怀特则干脆认为，历史叙事同文学一样就是虚构："历史的语言虚构形式同文学上的语言虚构有许多

4　摩罗：《逃遁与陷落——苏童论》，《当代作家评论》，1998 年第 2 期。

相同的地方，它们与科学领域的叙述不同……历史文件不比文学批评者所研究的本文更加透明。历史文件所揭示的世界也不是那么容易接近的。历史文件和文学文本均不是己知的"。[5]又及，按照新历史主义的后结构观点，文本"再现永远不可能是完整的，所以一切再现活动都会产生一个边缘化的或者遭到排斥的'他者'"，[6]所以，新历史主义就力图把处于边缘的"他者"同样纳入到文本的讨论中。具体到文本的实践操作层面，持有这种观念的新历史主义小说作家主张对正史的宏大叙事和传统的叙事规范进行必要的增补，旨在将宏大叙事对显在主题的讨论暂行悬置起来，转而关注那些为既往官方正史或有意遮蔽、隐而不彰，或识而不察、不屑一顾的一些边缘题材和历史真实镜像的碎片。也即是说，新历史主义小说作家在与既往历史的对话中，不仅仅着眼于简单印证权威历史作出的既成定论，还努力寻找、发现上述被忽略的异质因素，以此去修复和重建历史文化本来面目的系统性和完整性。

二、以莫言等为代表的新历史主义小说创作

　　新历史主义的哲学和文艺观影响深广，作为对这种创作理念的回应，中国大多数先锋小说作家都曾有过新历史主义小说的创作。最早进行新历史主义战争小说进行实践的，应首推莫言在 1986 年发表的《红高粱》系列，它们一般被认为是先锋小说作家早期的"新历史主义"写作的经典文本。

　　面对 20 世纪 50-70 年代大陆经典化的"革命历史题材"的巨大传统和严格规范，莫言的《红高粱》从 20 世纪 80 年代对于自由的追求、个性的解放、生命的肯定的立场和观念出发，提供了一种新的接近历史的方式："小说表现了民间、原始的暴力和野性、自然的性爱。……野性的红高粱象征着原始的生命力量、欲望和激情。在历史的荒野中，'我爷爷'和'我奶奶'代表了泼辣自然的生命力量和无拘无束的生命方式及其对于'文明'礼法的蔑视。这是一出自然形态的和充满了生命喜悦的人生传奇。'我爷爷'的杀人越货，'我奶奶'和'我爷爷'的恣意野合和对于入侵者的原始的自发的反抗。"，[7]也正基于此，

5　海登·怀特：《作为文学虚构的历史文本》，收入张京媛主编：《新历史主义与文学批评》，北京大学出版社，1997 年版，第 161、167-169 页。

6　布鲁克·托马斯：《新历史主义与其他过时话题》，收入张京媛主编：《新历史主义与文学批评》，北京大学出版社，1997 年版，第 70 页。

7　旷新年：《莫言的〈红高粱〉与"新历史小说"》，《杭州师范学院学报》（社会科学版），2005 年 04 期。

"小说对于抗日的描写完全不同于传统'革命历史题材'的小说，他们是一股浑沌的、自发的、民间的力量，他们没有民族国家的意识，没有政治上的自觉，他们为自身的生存而战，他们的抗日故事突破了'革命历史题材'小说历史叙述的规范，解构了'革命历史题材'的政治意识形态神话。"[8]

黄子平说："'革命历史小说'是我对中国大陆 1950 至 1970 年代生产的一大批作品的'文学史'命名。这些作品在既定意识形态的规限内讲述既定的历史题材，以达成既定的意识形态目的：它们承担了将刚刚过去的'革命历史'经典化的功能，讲述革命的起源神话、英雄传奇和终极承诺，以此维系当代国人的大希望与大恐惧，证明当代现实的合理性，通过全国范围内的讲述与阅读实践，建构国人在这革命所建立的新秩序中的主体意识。这些作品的印数极大，而且通常都被迅速改编为电影、话剧、舞剧、歌曲、戏曲、连环图画，乃至进入中小学语文课本。人物形象、情节、对白台词无不家喻户晓，深入日常语言之中。对'革命历史'的虚构叙述俨然形成了一套弥漫性奠基性的'话语'，亟欲令任何溢出的或另类的叙述方式变得非法或不可能。"，[9]黄子平先生的这段话为中国当代文学前三十年"革命历史小说"的生存语境作了最好的注脚，在社会主义现实主义理论规范话语权力占统治地位的整体生态环境下，"革命历史小说"中，历史进步必然只能被表述为历史的本质规律和历史理性，同样，历史发展的动力也必然只能是革命和阶级斗争。然而，到了莫言笔下，"性、暴力、狂暴、混乱才是历史的本质，莫言的小说是对历史理性的消解，他以民间的观点质疑这种建构起来的历史观。中国民间并不认为历史是正义和真理的化身，而是成王败寇的戏剧。中国民间对于英雄的看法也超越于普通的道德善恶的判断之上。"[10]

从某种意义上而言，莫言的《红高粱》系列的新历史主义小说是对"官方"叙述的质疑和解构，体现了巴赫金所说的那种与刻板的"官方"相对立的民间的世界观。巴赫金说："拉伯雷的基本任务就是要破坏官方所描绘的时代及其事件那种美好的图景，用新的观点看待它们，从民间广场嬉笑的合唱观点说明时代的悲剧或喜剧。拉伯雷动用了鲜明的民间形象的一切手段，要

8　旷新年：《莫言的〈红高粱〉与"新历史小说"》，《杭州师范学院学报》（社会科学版），2005 年 04 期。

9　黄子平：《"灰阑"中的叙述》，上海：上海文艺出版社，2001 年版，第 1-4 页。

10　旷新年：《莫言的〈红高粱〉与"新历史小说"》，《杭州师范学院学报》（社会科学版），2005 年 04 期。

从所有的关于当代及其事件观念中，把有利于统治阶级的任何官方的谎言和具有局限性的一本正经统统清除掉。拉伯雷不相信自己那个时代的话语，'因为它总是夸夸其谈，总是'自命不凡'，他要向人民，朝气蓬勃和不朽的人民揭示它的真正含义。"[11]

《红高粱》打开了一片新的历史叙述和想象空间，呈现了一种新的历史经验和形态。它以"民间叙述"的崭新途径开创了"新历史小说"的文学叙事的新传统，在他身后，接踵继起的书写新历史主义小说主题的先锋作家还可以延展到苏童、叶兆言、格非、余华、洪峰、北村、吕新、潘军……等人。从1987年到1993年前后，象叶兆言的《状元境》《追月楼》《枣树的故事》《半边营》，苏童的《1934年的逃亡》《罂粟之家》《妻妾成群》《红粉》，余华的《一个地主的死》《活着》，格非的《大年》《迷舟》《青黄》《风琴》，洪峰的《东八时区》《和平年代》，吕新的《抚摸》，潘军的《风》，扎西达娃的《骚动的香巴拉》，包括莫言后来的《丰乳肥臀》……等新历史主义主题的小说大量地涌现了出来。这些小说中的一部分着眼于家族历史的沧桑或者是个人命运的变迁，"将以往红色或主流历史幻象中的巨大的板块溶解为细小精致的碎片，散射出历史局部的丰富而真实的景象……从各个不同的角度展示出新历史主义小说广阔的空间。"[12]；而另一部分则承继了莫言《红高粱》系列的余绪，对20世纪50年代的"革命历史题材"小说进行二次解构性述说。

正如福柯所说的：重要的不是话语讲述的年代，而是讲述话语的年代。这第二部分"新历史小说"的作者由于自身秉承的那种强烈的怀疑精神和不可知论，他们不再相信推动历史的是革命理想、阶级斗争和历史理性这样的官方诠释，而将革命想象成个人为达到原始欲望的满足而采取的盲目暴力行为。譬如在格非的《风琴》中，作者安排冯金山看见自己女人被日本人强暴，这种奇耻大辱的时刻，他竟然感到了一种压抑不住的兴奋；本要伏击日本人的王标等人，居然兽性大发地调戏成亲队伍中的新娘。后来赵瑶在迷迷糊糊中又泄露了伏击日本人的计划……最后和冯金山一起被处决。这样，在正史的叙述中本该庄严神圣的抗日历史大幕就这样拉上了，不过它凸出的并非精英的壮怀激烈，而是一群芸芸众生登台表演的一场滑稽的闹剧；潘军的《风》同样具有一种革命历史的传奇色彩，"在小说扑朔迷离的'虚构'中我们可以

11 [苏]巴赫金《拉伯雷研究》，石家庄：河北教育出版社，1998年版，第509页。
12 张清华：《中国当代先锋文学思潮论》，江苏文艺出版社，1997年版，第195页。

看到叶家和革命英雄郑海的神秘关系，莲子似乎是郑海的地下联络员，叶家两个少爷叶千帆和叶之秋的诡谲行径也无不关联着郑海。在小说中，叶家似乎成了一个阶级斗争的袖珍舞台，敌我双方明争暗斗，因而到处刀光剑影、血雨腥风，具有很强的传奇性。"，[13]但在整部小说中，郑海这个昔日的革命英雄在小说中不仅不再担任十七年旧革命历史小说中英明决断、运筹帷幄、智勇双全的主角，甚至从未在小说故事中真正露面，小说只以推想猜测的吞吐笔触将其塑造成一个离间叶家父子、暗害叶家老爷并最终被叶家兄弟设计除掉的心理变态、阴损的叶府下人。文末郑海纪念空冢打开后被确证实无其人的神来之笔，完全颠覆了这种高大上英雄历史存在的真实性，解构了几十年来有关部门对这一革命英雄隆重纪念的神圣庄严感。

从新历史主义小说的历史和文学互文同构的本质属性来说，扎西达娃的《骚动的香巴拉》无疑也是其中一部非常厚重的长篇小说。但由于扎西达娃的魔幻小说《西藏，系在皮绳扣上的魂》、《西藏，隐秘岁月》、《风马之耀》、《世纪之邀》、《悬崖之光》、《桅杆顶上的坠落者》等在文坛上的成功，人们在心目中早已将其作为"雪域魔幻文学"的经典作家代表，这就使得《骚动的香巴拉》这朵"绽开在世界屋脊上的魔幻小说之花"从某种程度上，遮蔽了其新历史主义小说的主题。小说的主人公才旺娜姆作为西藏有四百年荣耀的古老贵族——凯西家族的唯一的女继承人，在短短的四十多年间，经历了一连串的历史巨变，"当庄园的财富地位权势全化成历史云烟时，她永远失去的这一切在她的心目中便有了一层理想化的光，她怀着一种宗教的偏执感情，梦想着她的那种带有一丝人道主义温情的农奴制的恢复。在她的身上积淀着沉重复杂的历史：既有贵族阶层与生俱来的高高在上的优越感，又有着与庄园及其人民割舍不断的宗教般的情感；既不愿放弃一切现代文明所带来的各种各样的享受，又渴望恢复旧式庄园的那种古典情调。扎西达娃没有用简单的善恶标准去对人物作判断，使之与以前西藏文学作品中出现的农奴主有很大的不同，为我们塑造了一位富有个性的复杂的人物形象。"[14]小说通过娴熟精致的魔幻手法和随人物的意识流动不断转换的时空，将西藏的过去与现实交织在一起。真实地折射出了一段被宏观历史的话语沉积物覆盖了的藏民族

---

13 唐先田（主编）：《潘军小说论》，安徽大学出版社，2003 年版，第 251 页。

14 黄丽梅：《历史·梦幻·生命——扎西达娃〈骚动的香巴拉〉解析》，《西南民族学院学报》（哲学社会科学版），1997 年 05 期。

历史和女主人公苦难悲惨的家族命运，从一定程度上摆脱并且颠覆了主流宏大叙事对于藏民族这段历史叙述的控制和规范。

共和国发端的十七年文学中的革命题材小说虽然也曾将追忆的目光投向历史的深处，但他们的叙述几乎千篇一律地预设一个被黄子平教授指称为"既定意识形态规限"的历史追忆视角，追昔的"革命光荣历史"莫不是为了历史证明今日政权的来之不易和执政地位的光荣合法性。这是隐藏在社会主义现实主义叙述伦理、叙事框架里的历史因果逻辑，它所再现和反映的"真实"不过是一种经由意识形态询唤的、有选择的历史"表象"的拼贴而已，这就从根本上决定了这种革命历史的书写难以抵达真正、客观、未被人为地扭曲变形的历史深层脉络。先锋小说作家笔下新历史主义主题小说的出现，无疑可看作是对晚清、民国历史的一次重新梳理，它们以历史寓言的方式进行历史提纯，将读者引向历史深处的存在质询和与思想拷问。先锋笔下的这种新历史主义类型的小说，从题材上看也是对往昔革命、抗战的历史追忆，但在主题意蕴的挖掘上，却显示出与往昔旧历史主义小说（请原谅笔者在这里生造的这个概念）叙事迥然不同的"异质性"。它们摆脱了宏大叙事的意识形态束缚，取缔先验的价值预设，以冷峻客观的叙述姿态向读者陈述他发现的"历史"之身，并着力捕捉历史记忆投射于"现在"的漫漶光影。

纵观先锋小说作家在 1989-1993 年整体转型期间及转型前后创作的小说总量而言，存在主义、新历史主义哲学主题的小说显然占有很大的比重，这两种主题类型的创作，在新世纪前后仍有余波，前者的创作以残雪和余华为主要代表（详见上文），后者的创作则以潘军的《重瞳：霸王自叙》、北村的《长征》《公路上的灵魂》和莫言的《生死疲劳》《蛙》等为其中的佼佼者。

第三节　"人民性"的追求和先锋小说的苦难主题

一、别林斯基与"人民性"写作的普世价值

苦难主题可谓是中外文学的一个永恒主题，这是因为，自初民时期以来，苦难就是人类成长史和生命史的见证。正基于此，为了拯救在苦难中挣扎的芸芸众生，各种宗教和哲学都力图从苦难的价值和意义层面解释并祈求超越苦难。宗教和哲学对待苦难的姿态无疑影响了文学注视苦难的眼光，19 世纪上半叶的俄国评论家别林斯基第一次将苦难主题上升到了"人民性"的高度，

从而将文学中的苦难主题变得比宗教和哲学对苦难的阐释更具有灵魂的震撼力。别林斯基认为，文学作品中的人民性既代表着一个作家的社会责任和良心，又是所有真正优秀作品必须具备的必要条件。将自己据于人民性的高度，对于时代苦难苍生民瘼始终怀抱着象雨果、托尔斯泰和陀思妥耶夫斯基那样宗教般虔诚的悲悯情怀理应是任何一个作家的首要价值取向，不管这个作家是不是现实主义作家。对此，罗杰·加洛蒂曾这样说过："一切真正的艺术品都表现人在世界上存在的一种形式……没有非现实主义的、即不参照在它之外并独立于它的现实的艺术"。[15]这段话从知识分子应有的普世化现实主义精神的高度深刻地指出，在传统意义上的现实主义作家而外，在现代主义乃至后现代主义小说作家笔下并不应该缺乏对其所属时代苦难的现实描摹。是的，"艺术的任务不是修改，不是美化生活，而是显示生活的实际存在的样子。"，[16]这生活的实际样子就必然包含着令人悲悯的诸多苦难，无论你是一个现实主义作家，还是一个现代、后现代主义作家，都须得勇敢直面生活中的苦难，忠实地对之进行反映、揭露和批判，因为在任何风格和流派的一门艺术中，"凡是不忠于现实的东西都是撒谎，它所暴露的不是才能，而是无才。艺术是真实的表现，唯有现实才是至高的真实；现实以外的一切，也就是说由某种'撰述人'所杜撰的任何现实，都不过是撒谎和对真实的诽谤而已……。"，[17]纵观世界百年小说史，现实主义作家而外，从奥地利的卡夫卡到爱尔兰的叶芝和乔伊斯、英国的沃尔夫、法国的萨特和俄国的布尔加科夫；从日本的川端康成、美国的冯尼戈特、法国的西蒙、拉美的卡彭铁尔、阿斯图里亚斯、鲁尔福到捷克的米兰·昆德拉等等，在他们那饮誉全球的经典作品中哪一部不流淌着对时代苦难的现实关怀？——同样，在苦难的现实面前，当代中国的以现代、后现代派为主要创作风格的先锋小说作家也没有以追求所谓的纯粹艺术而躲进形式主义的象牙塔，而是像他们所师法的外国现代、后现代派小说大师那样，选择了勇敢地面对。

15　[法]罗杰·加洛蒂：《论无边的现实主义》，《外国文学研究资料丛刊》吴岳添译，上海文艺出版社，1986 版，第 167 页。

16　[俄]别林斯基：《孟采里，歌德的批评家》（1839 年），《别林斯基论文学》，梁真译，武汉：新文艺出版社 1958 年版，第 106 页。

17　[俄]别林斯基：《玛尔林斯基作品全集》（1840 年），《别林斯基论文学》，梁真译，武汉：新文艺出版社 1958 年版，第 5-6 页。

二、先锋小说中对底层民众的苦难书写

自先锋小说作家登上文坛伊始，苦难叙事就一直是他们经久不衰的创作主题。我们在先锋小说作家笔下大量的小说文本中，都读到了这种绵延不绝的苦难叙事。这些作家大都直陈共和国建国以来与生存或心灵相关的各种苦难，这些苦难故事不同于为暴力革命寻找合法理由的传统革命文学的苦难叙述，而是从不同的方面以人道主义的悲悯情怀展示或再现了建国以后底层人们的生存与精神处境。它们如实地折射出了环绕在我们周围触手可及的现实世界和心灵世界的矛盾或困境，给我们带来了灵魂的震惊或震动。当然，也有一些作家甚至将苦难书写的笔触追溯到了晚清和民国：譬如北村的《长征》《自以为是的人》《家族记忆》，苏童的《米》《1934年的逃亡》《罂粟世家》，格非的《边缘》《人面桃花》以及莫言的《红高粱》系列、《檀香刑》《丰乳肥臀》……等，都有大量对历史苦难的沉痛描摹。

就当代苦难的书写而言，先锋小说作家们有相当一部分作品都是直接将取景框对准"文革"时期人们遭受的苦难进行创作的。这方面的代表性作品有格非的《追忆乌攸先生》，余华《往事与刑罚》《一九八六年》，北村的《东张的心情》《融雪》；马原的《肖丽》《上下都很平坦》；吕新的《白杨木的春天》《下弦月》《带有五个头像的夏天》《社员都是向阳花》，而对于作家残雪而言，她的《山上的小屋》《黄泥街》等前期大部分的寓言化小说，几乎全是对文革的梦魇式反映。除此而外，一些以侧漏的方式叙述"文革"苦难的中长篇小说也有很多，如余华的《兄弟》《活着》《许三观卖血记》，洪峰的《东八时区》《和平年代》，扎西达娃的《骚动的香巴拉》《古海蓝经幡》，北村的《自以为是的人》《家族记忆》，格非的《边缘》《傻瓜的诗篇》，莫言的《生死疲劳》《蛙》和孙甘露的《呼吸》等等。

在格非的《追忆乌攸先生》中，我们看到善良者的被侮辱和冤死：当爱书藏书、济世救人，干净的像个女人的知青乌攸先生和单纯无邪的杏子相爱时，感受到了某种动摇其权威地位的力量正在潜滋暗长村"头领"向二人威胁恐吓不成，竟然在一个清风明月的夜晚，将在回家路上的"杏"强奸致死后，又将罪行嫁祸给无辜的乌攸先生并将之残酷疯狂地杀害；在北村的《东张的心情》中，我们看到老年妇女被强迫戴纸糊的高帽大学教授被强行剃侮辱性的阴阳头，我们先是年轻的钢琴老师东张所教的尚未成年的学生在武斗中被害，继而东张和寻仇者马金（孩子的哥哥）也都先后在疯狂的帮派报复

中被先后杀死的不忍场景；在《融雪》中我们看到乡村年轻女性被城里人玩弄后又遭抛弃后凄惨无比的一生；在马原的《肖丽》和《上下都很平坦》中我们看到了正值青春的下乡女知青是怎样一个个地被作为乡村基层权力代表的领导们侮辱和虐杀的血腥画面；在余华的《往事与刑罚》《一九八六年》等文本中我们和一系列触目惊心的血腥、暴力、死亡猝然相遇，从作家曲笔的变形夸张中隐隐约约地嗅出在那个天聋地哑年代里的狂舞的群魔对无辜弱势的平民、知识分子所犯下的滔天罪行！……先锋小说关于"文革"苦难进行呈现的故事主题层面，不再是向上世纪 70、80 年代之交的"伤痕"或"反思"小说作家那样，以揭露和批判为价值旨归，刻意地印证、附和主流话语规范，而是将叙述的重心落在了对那个人妖颠倒的特定历史背景下人的文革创伤心理与精神困境的深度开掘上，通过对苦难的展示，袒露了一代国人饱受摧残与磨难的真实文化记忆。

就当代中国整体的社会发展状况而言，"文革"时期的惨痛历史给人们造成的物质、身体和精神方面的苦难、创伤自不待言，80、90 年代以来，改革开放的实施、市场经济的发展带来的财富和红利在分配环节上也出现了越来越不利于底层民众的倾向，加之"圈地掠夺"式激进的城市化进程、政治体制改革的滞后等各种历史条件的制约，中国社会结构开始出现种种"断裂"，弱势群体的规模有增无减。作为时代的儿女，和许多当代有艺术良知的其他小说作家一样，感同身受的绝大多数中国当代先锋小说作家们都不可避免地需要用一个追根溯源的深入视角来凝视这一现实中国，并以无比沉郁的笔调来为自己所处其间的时代画像。

在居于时代金字塔最末端的一级，通过先锋小说作家的文本，我们看到的是下岗后每个月去社保处领两百多块钱艰难度日的龙七们，半辈子在水泥厂当窑工因积年劳累而未老先衰、一身是病的陈林们（北村《芦苇陈林》）；我们看到的是在附小当音乐老师的妻子病逝以后自己又被遭下岗后面对日益艰辛且毫无保障的生活而日益消沉颓废的黄连（北村《心中不悦》）；我们看到黄土高原深处至今依然挣扎在温饱线上麻木愚昧的贫困农民（吕新《农眼》《葵花》《社员都是向阳花》、《绘在陶罐上的故事》《人家的闺女有花戴》）；我们看到来自川东农村到城市的鞋厂打工因为长期加班不能正常休息最后患上了白血病，由于无情医治竟而沦落到靠做暗娼地步最后还是惨死在城市里的少女卢西娜（北村《被占领的卢西娜》）；我们看到饱受了贫困煎熬与欲望压抑大批涌入城市打工，住在臭烘烘的宿舍、干着繁重的体力劳动后，还要面临失业威胁和工资被克扣盘剥的"民工团"（残雪的《民工团》）；我们看到这些民工负伤后被送进医院却又因为没钱输血而只能等死的残酷现状（北村《病故事》）；我们看到因为官员贪赃拿好处费而间接造成煤矿发生瓦斯爆炸从而导致自己痛失亲人的土炮们；我们看到了那个妹妹被抓进公安局后被逼作按摩女后来又被城里人开车白白撞死，父亲因为反复上告被那个残酷、贪婪、道德全然败坏的警察头目虐待致死的愤怒无比的李百义（北村《愤怒》）；我们看到了被不法商人勾结村长逼迫迁出江南水乡儒里赵的全村无奈的村民（格非《望春风》）；我们看到了当代中国触目满眼的已拆迁的断壁残坦或正兴建的高楼大厦背后那无处不在的、打着城镇化和房地产开发旗号、明火执仗地对城乡平民的家园土地进行巧取豪夺的"房吃人"行径，看到了那些抢天哭地伸冤告状无门、上访被劫送精神病院只能通过自焚等极端方式以暴易暴地保护自身利益的下岗职工和失地平民们（格非《春尽江南》）；我们看到了因为不肯搬出家园遂被强拆埋葬而死留下还在上小学的孤女的郑小敏的父母们和为了给死去恋人买块墓地身无分文只好通过黑市卖掉肾脏的伍超们（余华《第七天》）！……

鲁迅在其杂文《论睁了眼看》中也说过："中国人向来因为不敢正视人生，只好瞒和骗，由此也生出瞒和骗的文艺来"——应该说，正是据于人民性的高度，本着正视时代、拒绝"瞒"和"骗"的创作姿态，始终怀抱着像雨果、托尔斯泰那样宗教般虔诚的悲悯情怀，并以之作为自己小说创作中的根本出发点和聚焦中心，才使得先锋作家笔下的底层人物群像摆脱了像池莉、刘震云那样的新写实小说作家，像刘醒龙、谈歌那样的"冲击波现实主义"小说作家的那种单单只是利用民间形式描写人民生活而缺乏基本的人道主义价值判断高标的肤浅窠臼之拘囿束缚，处处体现着底层民众的情感、要求、愿望和情绪，以及他们的喜与哀、爱与憎。在这群书写苦难主题的先锋小说作家里，莫言无疑是其中最具代表性的一个，本书下编笔者将以个案研究的专题方式对于莫言近四十年来执着于其中的底层苦难主题和悲剧意识的小说创作进行专门评述，此处暂不展开。

因为"爱之深"，所以"责之切"，先锋小说作家对于苦难的底层民众所抱的态度也和"哀其不幸，怒其不争"的鲁迅先生相类，一方面结合先锋作家自己的切身经历和人生体验而发出对病态社会不幸的人们的深切感叹，而另一方面，又敢于正视底层民众自身内在的落后愚昧性乃至亟待祛除的种种国民劣根性。于是读者看到在河山寨村长不小心被镰刀划伤以后本来可以轻易治疗的皮外伤却因为儿子们的愚昧而耽搁病情最后转化成严重破伤风而终于送命的故事（北村《破伤风》）；于是我们看到卖鸡蛋的哑巴女杏，一次躲雨时被"大盖帽"强奸了。不仅旁人都劝她不要用鸡蛋碰石头，竟连他读了中学的弟弟居然也不敢为姐姐伸张正义："草桥村的人都端着饭碗出来看。他们看见村里的哑巴女子正撒腿追赶着摩托车上的李税务，村里人都晓得，杏出事了。当夜，杏把城里念中学的弟弟找回来，把一切都对弟弟比划清楚了，要他替自己写状子。她要上乡里告狗日的李税务。弟弟哭丧着脸，写一行，抹一下泪。写着写着，却又把写好的状子团了。杏一把夺了过来，要出门。弟弟就拦住她，喊道：姐，忍了吧！"[18]。这里我们不禁为从"五四"开启至今有近一百年的现代化进程感到莫大的悲哀了：前一个故事中的村长一家居然在科学发达的今天连一丁点儿医学常识也不知道，其他村民的科学普及程度可想而知；在后一个故事中，从普通村民到在中学读书的弟弟，一旦发现亲人、乡亲的人身受到了侮辱和侵犯，竟然全都没有一人懂得运用法律的武器保护自己。除了对愚昧的袒露而外，横亘现代历史的国民劣根性问题也一而再、再而三地被先锋小说作家予以揭示，譬如在吕新的《葵花》，格非的《追忆乌攸先生》《边缘》《傻瓜的诗篇》《让它去》，残雪的《黄泥街》《突围表演》《思想汇报》……等大量小说文本中，先锋作家无不在当代底层民众身上再次痛心无比地重又发现了的麻木健忘、自轻自贱、怕强凌弱、奴性十足的阿Q"精神胜利法"的谬种承传！至于鲁迅先生所深恶痛绝的"看客"嘴脸，也同样以不同的面目出现在了莫言的《檀香刑》、格非的《追忆乌攸先生》和叶兆言的《夜泊秦淮》系列、《路边的月亮》《悬挂的绿苹果》等作品中：譬如，在格非的《追忆乌攸先生》中，"起先村里的孩子生了一种叫'湿风'的病……乌攸先生在村里竭力宣传说一种草药能治这种病。但是村中无人相信……乌攸先生便举了一个例子说：公牛很少得病就是因为它们常吃草。村里的人就决计让乌攸先生试一试。吃草疗法的灵验使乌攸先生的祀堂一夜之间成为医院。"[19]但是，科学、知识只能治愈这些村民的肉体，却难以医治他们思想深

18 潘军：《草桥的杏》，《北京文学·精彩阅读》，2007 年 07 期。
19 格非：《迷舟》，北京：作家出版社，1989 年 12 月第 1 版，第 6 页。

处的愚昧和看客的遗传病，当"村里的头领突然下命令把乌攸先生屋里的书全部搬到外面烧毁时，那些书整整烧了五个多小时。村里几乎所有的人都在看着火焰把一缕缕纸灰往烟突里送，火光将他们照得血红。只有杏子一个人哭了。"；[20]在叶兆言的《夜泊秦淮》中，"当革命者被捉住，潮水般的看客'眉飞色舞'，说着'不着边际的怪论'；当张二胡被老伍恶打，'一帮跟来起哄的，目的都在看张二胡的好看'；当老伍被张二胡暴打，又都'当众数落老伍的不是，当众夸张二胡的为人'。《追月楼》中，二表姑被日本鬼子糟蹋，立即'成了丁家的中心人物，她坐在那儿晒太阳，有好几双眼睛从玻璃窗后朝她偷看，她一张嘴，有好几个人搬着凳子去坐在她旁边听'。《路边的月亮》中，一个女孩自杀，发现者立即兴奋地招呼人'快去看'，围着这具女尸，人们'一个个仰着脖子，七嘴八舌说什么的都有'，'钉子一样扎在那不肯动'；公开宣判罪犯时，'情形就跟过节看戏一样'。《悬挂的绿苹果》中，张英遇到性骚扰，人们不依不饶地要'审问'出罪犯到底是谁……"这些小说中诸如此类的细节描写活画出了"看客"们的嘴脸。[21]

第四节　启蒙英雄的光环祛魅：先锋小说的知识分子主题

"在知识者为制高点的启蒙叙事里，民间形象是以苦难来反衬知识者的人道关怀；以愚昧麻木来反衬知识者的先知先觉；以群体的盲目蠢动反衬知识者的独立和孤行。"，[22]先锋小说作家们以其洞幽烛微的笔触，在底层苦难民众的身上寄寓的诸多国民性批判的沉重凝思，自然而然地让读者发出对重新启蒙的时代呼唤，而充满吊诡的事实恰恰却是"启蒙话语"在九十年代以后出现了断裂和空缺——对造成这一启蒙断崖现象的根本原因的追问让我们不能不对自五四以来的知识分子自身的启蒙诉求不断遇挫的谱系发展进行考察。

一、现代文学谱系中的知识分子启蒙光辉的渐次黯淡

依照美国学者舒衡哲的分析，开启于晚清的现代启蒙理想经历了"饮冰

---

20 格非：《迷舟》，北京：作家出版社，1989 年 12 月第 1 版，第 4 页。

21 黄轶：《丰富的可能性——叶兆言论》，《文学评论》，2016 年 06 期。

22 陈思和：《我对兄弟的解读》，《文艺争鸣》，2007 年 02 期。

者"（梁启超）的改良阶段和"疑古者"（钱玄同）的怀疑阶段的过渡后，终于将这一接力棒交给了"五四"一代以"毅"（罗家伦）为代表的行动主义者手里。[23]这原本有着一个不错的开局，知识分子在此一时期体现者的鲜明的主体意识，他们指点江山、激扬文字、针砭时局、意气风发，俨然以文明的传播者、真理的守护神、启大众之蒙的盗火英雄普罗米修斯自况。但是，随着五四后北大的学生着手成立的"平民教育讲演团"开始，现代启蒙的优先地位就被刻不容缓的"救亡第一"所取代，被迫屈居其后了。如果说在共和国成立之前，启蒙尚能历史性地充当着救亡的副部主题的话，那么自共和国建立直到文革结束的这三十年，启蒙已经渐次地沦为了被坚决打倒的资产阶级反动思想之列了。而五四以来的知识分子亦被日复一日的"样板戏"、"语录歌"和"忠字舞"摄取心魂，除了歌颂，便是忏悔，转向内心的自我束缚、控制和修炼，终于荡涤了最后一丝残留的启蒙主体性。

这种变化无疑直接影响到了文学作品中现代知识分子启蒙形象的式微和变异。从鲁迅呼唤"新声"的《摩罗诗力说》《狂人日记》、郭沫若的喊叫着"光"，"热"、"火"、"我"的《凤凰涅槃》《天狗》到叶圣陶的《倪焕之》、茅盾的《幻灭》《动摇》《追求》三部曲、再到杨沫的《青春之歌》中，一度用于知识分子形象塑造和修辞的神圣话语，如"英雄"、"主将"、"战士"、"狂人"等在五四遗产被不同的政党集团、社会势力有选择地继承以后。在随后社会意识形态的垄断性的宣传中，日趋祛魅褪去光环，渐次被庸俗卑琐的词汇所取代，一变而为"小资产阶级的"、"灰色的"、"摇摆的"、"软弱的"、"需要被不断改造的"一类人。抗战时期力图重返启蒙、大力张扬主观现实主义的胡风及其追随者路翎的《财主底儿女们》的悲剧性遭遇恰恰可以从反面来说明重返五四的现实和话语阻隔。恰如李泽厚分析的那样："这个以个人（指蒋纯祖，笔者注）奋斗毕其生却始终没有入列的'小资产阶级'知识分子，却并没有被那庄严的革命所宽容。胡风所预言'时间将会证明，《财主的儿女们》的出版是中国新文学史上一个重大的事件'，远远没有被证实。相反，中国革命把它们和他们陆续打进了冷宫以至地狱。"[24]

---

23 [美]舒衡哲：《中国启蒙运动：知识分子与五四遗产》，刘京建译，北京：新星出版社，2007 年 08 月第 1 版 33 页。

24 李泽厚：《中国现代思想史论》，上海：东方出版社，1987 年 06 月第 1 版，第 241 页。

　　进入新时期和八十年代以后，在文学和政权之间反复上演的紧张冲突中，所谓回到五四、重新启蒙的雄心在经历了短暂的炫目绽放后终于沦为迅速凋零的明日黄花。加上九十年代中国特色式的"市场经济"开启的社会转型以及由此兴起的商品化大潮，更是将人文知识分子的精英阵营冲击的弃甲曳兵、溃不成军。由是，在"伤痕文学"、"反思文学"中看到的以"右派知识分子"为代表的明道救世的启蒙英雄们尚未彻底走出"苦难成就信仰"的形象构造怪圈，就被刘索拉的《你别无选择》、徐星的《无主题变奏》宣扬的现代派虚无主义和王朔的反智识分子的"顽主"系列小说合力拆解了。于是乎，我们看到，在九十年代以来文学尤其是长篇小说中不愿在商品化大潮中唯利是图随波逐流的知识分子形象，要么在污泥中艰难固守继续独善其身、要么在灵肉俱陷的麻醉中蹉跎岁月，要么在卸下名缰利锁后负气地愤然出走……象贾平凹《废都》中的庄之蝶、张炜《外省书》中的史珂和《能不忆蜀葵》中的淳于、北村《最后的艺术家》中的杜林、张者《桃花》中的方正……等莫不如此，这些知识分子群像共同的特点无一不是与社会格格不入，也因而总是被时代放逐或抛弃。在看透虚无、嘲弄一切的荒原心态下，成了患有时代失语症的新的"零余者"或"多余人"。

二、先锋作家笔下的知识分子形象群——以格非为个案

　　正是在知识分子的启蒙主体性自晚清五四以来愈见式微衰落，在当下中国已经出现整体断崖的时代背景下，纵观先锋小说作家既有的知识分子写作的小说文本，不难发现他们基本上走过了一条和中国现当代知识分子大致相同的心路历程。由自信自况的启蒙英雄到彻底褪去启蒙的主体性后在时代的荒原旷野中无望彳亍的精神漂泊者。在对知识分子群像的刻画中，描写最见功力的两位先锋小说作家无疑是格非和北村。但北村在正视知识分子困境的同时，大都将他们作为自身基督神学教义的旁证，一定程度上将知识分子的人物形象模式化了，这点笔者将在本书下编的"北村小说创作概述"一节中对此专门阐释，这里从略。

　　在格非的长篇小说《边缘》《欲望的旗帜》以及"江南三部曲"里，他完成了对百年中国知识分子精神旅航和失败命运的独特再现，这与他的中短篇小说对知识分子精神危机的揭示相辅相成，最终指向他对当代知识分子边缘化状况的沉痛反思。最能代表格非这一对知识分式微看法的文本，显然是

其发表在 2016 年的长篇小说《望春风》。在《望春风》中，作者尽管塑造了四类不同的知识分子形象，但他们在自身启蒙主体性的被阉割方面却是高度一致的。

《望春风》中主要描写了四种知识分子形象，分别是不甘受辱、自尽全节的地主乡绅赵孟舒；斯文扫地、卑劣怯懦，为了苟活于世不惜降志辱身乃至失却常人道德底线的"老菩萨"唐文宽；消极出世、无可无不可地困于红尘沧海中的孤岛上无助悬望的沈祖英和渴望寻找安置灵魂的家园而不得，在时代的荒原上流浪踟蹰的赵伯渝。

在描写地主乡绅赵孟舒时，格非开门见山地就抛出了一个耐人寻味的"谜面"——"赵孟舒自幼学琴，入广陵琴社。与扬州的孙亮祖（绍陶）、南通徐立孙、常熟吴景略、镇江金山寺的枯竹禅师相善，时相过从。"[25]延着谜面的纹路所指，我们就会陆续发现，赵孟舒自幼学琴，如广陵琴社，曾师从孙亮祖，孙亮祖所属的广陵琴派流传下来的一个代表琴谱就是魏晋文人嵇康在刑场上弹奏过的那曲《广陵散》。由是类推，作为赵孟舒入门的广陵琴社谜面背后的谜底大抵就是以嵇康为象征的易代文人命运，这里的名单还可以根据历次更换朝代之际继续开出许多，譬如商周之际的伯夷、叔齐，明清之际的黄梨洲和顾炎武，清末民初过渡之际的王国维等等。于是，随着谜底的可能性延展，我们不难发现，在赵孟舒这一知识分子人物形象上其实格非寄寓了历次政权鼎革时代知识分子互文同构的共同心灵体验和命运感知！造成赵孟舒之死的原因，既有外在环境的逼仄，更有内在人格操守的深层性格根据。赵孟舒心高气傲，自视甚高，行为张狂，平时不仅不把自己对新政权的刻骨仇恨进行丝毫掩饰，竟然还以拆字编谜的形式对政府进行公然挑衅。这种性格，倘若是环境宁谧，无外界特殊之刺激，则尚能安于诗酒会客、抚琴自娱的现状，但一旦环境突变，则平时既存的那份厌世之心则必然发展成死以避辱的结局。当然，面对死亡，赵孟舒也不是没有过留恋和彷徨，譬如当德正告诉他批斗之事时，他虽然一直面无表情的拒之以"有死而已"这句话，但毕竟还是答应明天"逆来顺受、随遇而安"那么一回，但当他在让自己进行了试图妥协的实验以后，再次扪心自问依然发现，在外有逼迫，内无退路时，企图维护个人的人格和清誉已经断无可能。对于一个有尊严会思考的知识分子，

---

25 格非：《望春风》，译林出版社，2016 年版，第 98 页。本章以下所引内容同出于该书，不再另注。

在天聋地哑、人妖颠倒的时代，哪怕想过粗茶淡饭、平平安安的苟且隐忍的日子也遥不可得，与其再次屡屡被执受辱，还是选择以故书中不降其志，不辱其身、气节高尚的"人范"为师，以死解脱一了百了来的更好——小说的神来之笔就在于没有把他写成一个象伯夷、叔齐那样的圣人，而是写成了类似王国维那样的真人。王静安在愤而自沉写下"五十之年，只欠一死。经此世变，义不再辱"之先，毕竟也曾有过和梁启超、陈寅恪一样避难日本的想法。——从文化意义上而言，赵孟舒的命运，就是共和国之初以尸殉人格的传统知识分子的命运，赵孟舒的选择，就是共和国之初以尸殉人格的传统知识分子的选择！

比起赵孟舒，降志辱身以求苟活的唐文宽显然更具有代表性。这个真名叫作卢家昆、早年在北平上过大学的现代知识分子的代表，在那个从白发苍苍的老教授到乳臭未干的大学生，都要今天参加思想改造，明天接受贫下中农的再教育的反智时代，在那段必须承认知识是罪恶、大粪有香味的荒诞岁月，能够奴颜媚膝、唯唯诺诺的活着他也就侥幸满足了，当他的身份曝光之后，他用流利标准的英语道出的那番"一年三百六十日，风刀霜剑严相逼。明媚鲜妍能几时，一朝飘泊难寻觅"的感慨岂不正是当时知识分子的普遍命运吗？

小说中的沈祖英和赵伯渝，无疑正是经历了八十年代启蒙受挫以后在九十年代的市场经济冲击下具有最为普遍、典型的两种心态的知识分子代表。提点主人公"我"少看金庸多读《奥德赛》一类好书的沈祖英代表着消极出世、无可无不可、怎么都行的敷衍人生观。她笃信"每个人都是海上的孤立小岛，可以互相瞭望，但却无法互相替代。这是因为，'每个人都在奔自己的前程，也在奔自己的死亡。'"的冷漠隔膜的人生观，一生也因此不愿结婚，自我封闭。而作为主人公的"我"则代表着另外一种在时代的荒原上流浪踟蹰的孤独漂泊者。"瞻望四方，我终于意识到，自己在这个世界上已是孤身一人。我朝东边看我朝西边看我朝南边看我朝北边看不管朝哪个方向眺望，我在这个世界上已没有亲人。"。但我还抱着在这个满目疮痍的荒原上继续寻找着那个遗失的圣杯——希望以爱能对抗生活的溃败，希望"就像那个被卡吕普索囚禁在海岛上的奥德修斯一样……有朝一日能够重返故乡，回到它温暖的巢穴之中去。"希望"到了那个时候，大地复苏，万物各得其所。到了那个时候，所有活着和死去的人，都将重返时间的怀抱，各安其分。到了那个时候，我的母亲（喻全新祖国，笔者注）将会突然出现在明丽的春光里，沿着风渠岸边的千年古道，远远地向我走来。"。

如上所述，从启蒙主体性的维度上来看，无论是代表以尸殉人格的传统知识分子赵孟舒、或是代表苟且偷生的现代知识分子的唐文宽、或是代表消极出世的当代知识分子沈祖英，还是代表徘徊在荒原上无助流浪的当代知识分子赵伯渝，他们共同的特点就是不再具有"五四"或上世纪八十年代知识分子身上的那种启蒙主体性。一边是当下的时代主题迫切地需要重启启蒙，一边确是作为启蒙主体的当代知识分子启蒙信仰的普遍虚位和匮乏。格非的《望春风》无疑深刻地反映了这一悖论式时代现象！

下编　九十年代以来主要先锋小说作家的创作考量

　　下篇四章从作品创作论的"分"的角度，以残雪、余华、北村、格非、苏童、叶兆言及莫言等七位作家为研究对象，在综述他们各自前期小说创作的研究基础上，重点对其在 1993 年以后到新世纪以来的创作进行个案考量。

　　通过追踪研究不难看出：在经历了化蛹为蝶的创作调整之后，自上世纪九十年代初迄今，多数先锋小说作家仍旧能够以其不失先锋精神的各自名篇佳制，屡屡冲击着中国乃至世界文坛，转型后的格非、余华、苏童、叶兆言和北村等以各自更加骄人的创作实绩不断获得文坛、评坛的经典指认和持续关注，莫言更是在 2012 年一举斩获备受瞩目的诺贝尔文学奖。转型前后的先锋小说创作在自身的模仿与创新、启航与续航的逻辑延展中应视为一个血脉相连、生气灌注、不可随意拆解分割的统一有机体，第二阶段的先锋小说创作与第一阶段的先锋小说创作相比不是像一些评论家们所片面阐释的那样不可挽回地发生了断裂或溃散，而是走向了自身更加廓大的开拓和成熟！

第五章　对"存在"的执着扣问：
残雪和余华

　　残雪和余华虽然在以先锋小说作家的身份正式登上文坛的时间上有先有后，但二者从一出手就都彰显出较为典型的表现主义风格。在二者的创作前期，残雪明显地受到卡夫卡的影响，在其《公牛》《山上的小屋》《苍老的浮云》等小说中，常常通过梦魇般的场景和象征隐喻的手法，来表现人们经历文革浩劫后普遍的焦虑、孤独和恐惧，揭露人与人之间的隔膜和冷漠，展示人性内心的变态、扭曲和外在行径的丑恶卑劣。余华的作品如《往事与刑罚》《现实一种》《世事如烟》等作品则往往以多种多样的死亡主题的书写让人毛骨悚然不寒而栗，接续和演绎着鲁迅先生在《狂人日记》《阿 Q 正传》等篇什中所宣判的中国文化的吃人本质。

　　八九十年代之交以降，二者的创作在保留表现主义质素的同时越来越向存在主义文学乃至存在主义哲学的方向趋近。残雪注重发掘日常生活的异化带来的人性沉沦，企图用海德格尔的注重此在的存在主义，让人们锈迹斑斑的心灵早日重返精神的家园。特别是其进入新千年以后的许多长篇小说如《单身女人琐事纪实》（2004 年）、《最后的情人》（2005 年）、《边疆》（2008 年）、《吕芳诗小姐》（2011 年）、《新世纪爱情故事》（2013 年）和《黑暗地母的礼物　上》（2015 年），这一表征显得的更加凸出。而余华的创作则开始注意吸纳传统现实主义小说"讲故事"的长处，在更深层的意义层面上更多地向欧美荒诞派和以加缪和萨特为代表的反抗荒诞、积极选择型存在主义文学之维移形换位。接连创作了诸如《细雨中哭喊》《活着》《许三观卖血记》《兄弟》《第七天》等很多脍炙人口的长篇小说作品。

第一节　残雪中短篇小说创作概述

　　残雪的小说创作，在整个中国当代先锋小说作家乃至整个新时期以来的当代文学史中都占有重要地位。其早期作品的创作勇气，被不止一位评论家称之为"当代鲁迅"，而其师法表现主义小说大师卡夫卡的先锋艺术美学，也被不少批评家广泛称道。1987 年王绯在其发表在国内顶级文学学术刊物《文学评论》上的文章《在梦的妊娠中痛苦痉挛》一文中认为："读残雪的小说，总使人感到一种犹如渗化在梵高的画，陀斯妥耶夫斯基的小说里那种神经质的折磨：痛苦的灵魂在梦的妊娠中痉挛；冷酷的现实在梦呓里疯癫般扭动。我甚至以为，她大约是借着天启的力量，将自己的潜意识奋力从这病苦的折磨中推出来，纳入文学的创作轨道，才向人们打开这么一个奇诡而晦涩的小说视界。"，[1] 对残雪将借鉴西方现代派艺术手段和节制主观性的有机结合大加赞赏。

　　随着九零年前后残雪的创作转型，对于残雪的小说评价开始出现褒贬两极化的趋势，前者以沙水、唐俟、涂险峰、近藤直子等为代表，后者则以王蒙、吴亮以及作家阎真为旗帜。

　　与国内评坛对残雪小说的关注程度降低的同时，日本和欧美的汉学家则大力推荐和介绍残雪的小说创作。在日本，残雪作品的每一次被出版，总会引发媒体的高度评价，日本河出书房新社 2008 年出版了一套 24 卷本的《世界文学全集》，其中第六卷的残雪小说是中国唯一入选的作家，同年 1 月，"残雪研究会"在东京成立，次年 1 月，《残雪研究》创刊号在东京发行。在欧美，1991 年一年间残雪的著作就出版了三本。美国的《纽约时报》声称："残雪从一个似乎是病入膏肓的世界里创造了一种象征的、新鲜的语言。"《洛杉矶时报》则说："我们以前也许看到过类似的生活——在贝克特的作品中，我们知道我们正在观察一种世界末的文明……"法国的《世界报》则把残雪誉为中国的培根，声称："残雪像弗朗西斯·培根的画那样，表现出中国的噩梦"等等不一而足。

　　国内外对残雪评论的两极化趋势一直延伸到新千年以后。这里笔者既没有可能也没有必要对上述两类评价进行具体分析，只有待对残雪三个阶段的全部小说创作进行认真探讨后，才能作出回答。

1　王绯：《在梦的妊娠中痛苦痉挛》，《文学评论》，1987 年 05 期。

　　自八十年代以卡夫卡式的现代主义"寓言化"写作跻身文坛以后，近四十年来，残雪的中短篇小说创作大致可以分为三个不同阶段：即前期的"寓言化"阶段（80 年代中后期）、中期的"迷宫化"阶段（90 年代）和后期的"故事化"阶段（新千年以降）。

　　依照比较文学"影响研究"的观照视阈，在外国现代、后现代"艺术真实"观影响下的残雪中短篇小说创作，大致可以分为 80 年代中后期的"寓言化"写作、90 年代的"迷宫化"写作和新千年以来的"故事化"写作三个阶段。其前期的"寓言化"小说虽然成就斐然但日益陷入自我重复的窘境。努力追求"突围表演"的残雪在其探索转型的九十年代践行的两种"迷宫化"写作有得有失。进入新千年，在实现美学范式的"象征化"转型以来，其中短篇小说创作渐次确立了自身后期的"故事化"写作风格，这一风格的具体表征有三：一是在小说资源的汲取选择上既坚持先锋，同时又向中国传统文化有意靠拢；二是在小说内容上写实性、趣味性和故事性成分的大大加强；三是在小说内蕴上对以存在主义和主体间性为主导倾向的哲理盛境的努力开拓。残雪的长篇小说除了《突围表演》属于上世纪 90 年代的作品，其余基本上都是发表在新千年以后，为了讨论的方便，笔者对于残雪的长篇小说创作，集中放在下一节进行专门探讨。这里从略。

一、现代"真实"观的传播和残雪早期的"寓言化"小说创作

　　残雪（1953 年 5 月 30 日-），本名邓小华，湖南耒阳人，出生于湖南长沙，中国女作家，被誉为先锋派文学的代表人物，中国哲学家邓晓芒的妹妹。

　　自八十年代以卡夫卡式的现代主义"寓言化"写作跻身文坛以后，近四十年来，残雪的中短篇小说创作大致可以分为三个不同阶段：即前期的"寓言化"阶段（80 年代中后期）、中期的"迷宫化"阶段（90 年代）和后期的"故事化"阶段（新千年以降）。

　　对于残雪早期的"寓言化"小说创作，在相当长的一段时间内，评坛上的质疑声音从未间断。一些不太喜欢她创作风格的批评家将其小说的被关注视为历史在偶然间制造的误会。譬如吴亮在 1988 年发表的一篇文章中就认为，残雪那并不高明的臆想小说能够和真正的天才型创新作品一道出现在文坛中心的主要原因是"在新潮的冲激下，即便是一时费解的小说，只要奇诡

得让人恍然觉得其中可能蕴含深意，就不敢贸然予以否决……"[2]，在三十多年后的今天，我们倘以麦克卢汉的"历史后视镜"眼界对此重新打量，就会发现这种看法确乎有失偏激。事实上，残雪的幸运来自于她并非在随便一个时候就能登上历史舞台，而是正好在舞台上先锋小说作家被灯光聚焦的那一历史性时刻——这一年是一九八五年。

之所以很多学人都一致同意把一九八五年看作是中国当代先锋小说创作的起点，而不是更早或更晚，是因为中国现代文学生态在这一年发生了一次无可争议的"异变"。这种"异变"可以视为主要是外来文艺思潮的传播对于中国当代小说作家施与影响的直接后果。在"文革"后文学代际发展的现代化口号推动下，约在 1978 年以后，从"极左"政治思潮话语规训羁绊下挣脱出来的中国当代文学，基于自身现代化诉求的巨大历史矢量，在继续批判文学"工具论"、"从属论"、力争"为文艺正名"，追求"文学的自律"的名义下，对西方现代主义、后现代主义文学和理论进行了无比热情的拥抱。在新时期以来短短的数年间，"意识流"、欧美现代派文学、拉美魔幻现实主义文学以及存在主义、荒诞派戏剧、垮掉派、黑色幽默、新小说派等各色各样的现代、后现代主义文学流派强烈地冲击了"重新睁眼看世界"的中国作家和中国批评界。历经了现代主义文学的前期"妊娠"以后，当代中国在整体文学走势上终于呈现出了迥异于此前几年专注于现实主义文学的，追求新奇、鼓吹实验的现代主义文学的鲜明"内转"倾向。大批不愿意再回到十七年文学以来的"社会主义现实主义"创作旧路上的作家从各个向度对"社会主义现实主义"创作立论之本的"艺术真实"观进行艺术层面的挑战和反叛。在其时的历史现场，包括先锋作家群体在内的不同小说流派纷纷从西方现代主义以及后现代主义哲学、美学和文学资源中汲取营养，锻造属于他们自己的、区别于此前社会主义现实主义的"艺术真实"观理论，并以之作为践行各自创作的根本指南，在蓬勃兴起的各色现代"艺术真实"观的指导下，寻根、先锋、新写实、新历史主义等多种小说创作流派次第或同时登场、各领风骚。亦正是在 1985 年的这一"历史时刻"，残雪以其充满荒诞、异化、审丑意识的，凸显卡夫卡式现代主义"主观真实"观的"寓言化"写作闪亮登场，并迅速成为文坛瞩目的风流人物之一。

---

2 吴亮：《一个臆想世界的诞生——评残雪的小说》，《当代作家评论》1988 年第 4 期。

　　一些批评者曾为八十年代残雪师法的外国现代派、后现代派小说作家开具出过一个长长的名单，将卡夫卡、布鲁东、萨特、川端康成……等等统统囊括其中。之所以出现这种情况，应当将之归因于早期指导作家创作意识的现代主义"艺术真实"观自身的丰富驳杂性本身所致。正基于此，想要从思想和美学方式上解读残雪前期的"寓言化"小说文本，就不能不对影响其内在创作意识的现代主义"艺术真实"观进行考查。

　　现代主义"艺术真实"观是蔚为壮观的现代主义思潮的创作观指导，就产生渊源上来看，现代主义"艺术真实"观是现代文明对人类和作为个体的人的主体性被异化和扭曲的"综合病症"在文艺思潮中的曲折体现。面对着启蒙蓝图的早期设计者们始料不及的现代性悖论，西方渐次汇聚起了汹涌澎湃的"非理性"人本主义思潮转向，19世纪以前理性主义占主导地位的西方古典文学、文论同古典哲学自叔本华、尼采非理性主义的唯意志论问世后开始走向式微和衰退，传统的人本主义与科学、理性主义之间的裂隙越来越大，在这样的文化思潮和社会条件下产生的现代主义文学艺术必然被打上鲜明的非理性印记。单就际会风云中出现的现代主义诸小说作家而言，他们把自然主义及其哲学基础实证主义视为文学艺术的大敌，对旧有的小说"反映"论、"模仿"论嗤之以鼻，前后期象征主义文学的哺育使得他们对人的精神活动的感悟和追求有了更高的感受能力，表现人物的内省性的心理特征、重视人物心理世界的内省倾向成为这些现代主义小说作家最主要的共同追求。

　　以表现主义、后期象征主义、超现实主义、意识流……等为代表的现代主义小说诸流派的"艺术真实"观认为，所谓的"真实"永远只能是指作家内心主观世界的真实，这种内在的真实才是居于第一位要作家全力表现的对象。为此，作家就要打破对事物外在形象的自然主义或印象主义原子分析式的对客观世界真实观的拘泥，这种强烈的内在精神的真实要求运用一种较为夸张的情绪——譬如狂喜、痛苦、紧张，痴迷、绝望乃至恐惧这类感情才能予以表现。在现象世界面前，现代主义小说作家的态度是必须打破外在现实的假象，不受事物表象的迷惑，直接表现事物的内在抽象本质。对于事物的这种内在抽象本质的表达需要采用陌生化的准则。所谓陌生化，在现代主义小说作家那里意味着在文学作品中采用不同寻常的形象、情节结构、打破读者关于作品真实性的幻觉和期待，有意扭曲客观事物的形态、属性及相互关系，因为一旦人们认为一切都不言而喻时，就会放弃思考。一部作品与现实生活拉开的距离越大，就越可能产生让人振聋发聩的效果。一言以蔽之，现代主义的"艺术真实"观颠覆了传统现实主义、自然主义小说要像镜子一般地如实描摹的"第一自然"的真实，而将作家内心的真实作为表现的最高目标，为了这内在的、最高的真实，所谓的"第一自然"的外在的、物理的真实是可以被作为"陌生化"手段而毫不迟疑地被扭曲、变形而牺牲掉的。

以上对现代主义"主观"性"艺术真实"观的分析，无疑有利于我们从更深的层次解读残雪早期的寓言化小说，也能从美学源头上洞悉残雪早期的这种小说之所以难读的主要根源所在。

从形式创新的角度而言，细读残雪此一时期"寓言化"写作的典型文本如《黄泥街》、《苍老的浮云》、《公牛》、《山上的小屋》、《我在那个世界里的事情》、《污水上的肥皂泡》《天堂里的对话》《阿梅在一个太阳天里的愁思》……等作品，至今仍让人感受到一股股奇谲瑰丽的艺术魅力扑面而来。它们会裹挟着读者不自觉地放弃一般的逻辑原则（读者如果使用阅读现实主义小说的期待视野去解读残雪的寓言化作品，就会陷入情感遇挫的迷茫中），让他们全凭想象和情感的冲撞奔突在小说文本中去憧憬、体验和历险。这种寓言化小说根本就不是在现实的经验世界而是在潜意识的梦幻天地中寻求题材、构建主观现实或是超现实的世界。在这个充满幻觉的世界，既有充斥其间的展示潜意识此界中未经理性整理的紊乱幻像、梦魇般的情景（如会飞的毛毯，猖狂呻吟的蚊虫，长出桂花树的耳朵，排满纤细芦杆的透明胸腔和腹腔，吐出泥鳅的嘴，屋角长着的象人头一样大的怪蕈，出其不意地从天花板上伸出的爬满蜘蛛的脚，长着人头发的枯树……），更活动着卡夫卡笔下迷失自我后神经质的异化人，布鲁东醉心的自由出入于潜意识和梦境的癫狂人，尤奈斯库戏剧里求生不得求死亦不能的荒诞人，加西亚·马尔克斯书中神通广大的通灵人……所有这些因为充满寓意的意象群和人物群，又被作者编排进她运用夸张变形、谵语对白、时空倒错、梦魇叙事等现代派手法进行惨淡经营的先锋小说形式中。就必然导致残雪早期的"寓言化"小说让一部分读者觉得艰涩难懂，不能卒读。

小说的形式创新对一个作家来说，无疑具有重大意义，特别是在当时整个当代文学向内转在艺术样式上求新求异的历史现场，这就难怪一部分当时很有影响的批评家将残雪早期的寓言化小说对形式的实验揶揄成纯粹炫人耳目的花样翻新。但站在今天现代主义"艺术真实"观及其要求的各种陌生化美学形式的高度来看就不难理解了——残雪之所以在形式作出这种选择委实是为了给自己的小说异化主题这一现代主义"艺术主观真实"的"内容"找到更为合适的"陌生化"载体之表现途径而已。

当然，依照比较文学"影响研究"的"误读"观念，就八十年代中后期残雪"寓言体"中短篇小说整体的创作情况来看，对比其写作效法模拟的以卡夫卡、布鲁东、萨特等为代表的西方现代主义小说作家的经典小说作品，我们可以轻易地指认出其中存在着某些显而易见的"误读"现象。具体而微，即是在残雪 80 年代中后期的"寓言化"小说中，尽管在其外在的表现形式上充分地洋溢着卡夫卡式的表现主义和以梦幻为主题的超现实主义气息，但其所象征、所表达的"内在主观真实情绪"的主题内蕴却并非是卡夫卡笔下对西方因为资本主义的发展带来的人的异化及人类生存困境的形而上的揭示，而是指向了由建国以后的历次政治运动，尤其是十年"文革"所造成的病态社会环境中人的焦虑、孤独、恐惧情绪以及人与人之间的隔膜、冷酷、欺骗、嫉妒等等形而下的"政治异化"症候。但尽管如此，"误读"现象并不一定就绝对意味着模仿者模拟前辈大师的作品进行创作时就一定会在写作质量上等而下之！在美国的平行研究和德国的接受美学理论者眼中，就特别重视从模拟接受者的角度逆向思考，强调接受者在接受域外作家、作品影响过程中表现出来的主体性、能动性和创造性。哈罗德·布鲁姆更是坚信：误读同样可以是创造性的，而且这种创造性误读可以说是后辈作家通过"选择、认同、抗争、'化身'、重新解读和修正"[3]先辈作品而成就自我和成就新一代伟大作品的基本创作方法。笔者以为，没有误读性的继承、模仿就断然不会有创新，这是任何文学发展都必须重复的不二创作规律和基本常识，从最广阔的思想、哲学、美学、艺术等世界中多方面汲取营养以涵养提升自身的写作水平是任何一个像残雪那样具有美学雄心的当代中国作家实现其创作上破壁突围的大道与通途，这正如加西亚·马尔克斯曾一再重申的那样："要用世界的全部成就充实自己，效法前贤。学习写作总归要以前贤为楷模的……"，[4]

二、从"寓言化"到"迷宫化"：90 年代残雪创作转型的得失

应当承认，在残雪前期的"寓言化"中短篇小说的创作中，在迥然有别于社会主义现实主义"艺术真实"观的现代主义"艺术真实"观的指导下，在

3　Harold Bloom, Poetry and Repression: Revisionism from Blake to Stevens, p.27.
4　加西亚·马尔克斯：《两百年的孤独》，云南人民出版社 1997 年版，第 171 页。

不断发掘个人创新意识、努力扩大当代小说的思想内蕴和形式美学空间，进而从语言学和叙述学意义上全面提升当代中国小说的水平等方面，残雪是作出了许多可贵的贡献的。

令人遗憾的是，自八、九十年代之交起，和同样处于转型期苦苦摸索出路的一些其他先锋小说作家一样，力图避免自我重复、急于进行自我超越的作家残雪在其一部分仿博尔赫斯式的"迷宫化"中短篇小说的创作上陷入进片面追求形式空转的创作误区。中肯地讲，残雪在九十年代践行的实验性很强的"迷宫化"中短篇小说创作有得有失，但总体看来，是失大于得的。

在残雪第一部长篇小说《突围表演》发表后不久，吴亮就敏锐地断言："事实上，残雪的想象危机已经来临了。这个结论的得出是我并不情愿的，但是令人不安的是她的近期作品不断向人们暗示了这一点……我们在年终的《钟山》上读到了她的《种在走廊上的苹果树》，那依然是她以前小说的重新组装和翻版。依然是雨和霜，依然是长霉的脸，依然是假腿、疮痍和家里不可告人的隐私，依然是潮乎乎的空气、母亲和妹妹的痴笑或讪笑……其实这类意象的重复很早就开始了，在人们尚在追溯残雪小说深奥的秘义时，残雪的臆想方式便在自我复制，便在原地跳舞了。"[5]从 1990 年初发表在《《特区文学》的《一种奇怪的大脑损伤》开始，在残雪越来越多的中短篇小说创作中即放弃了先前那种将外国现代主义（包括后现代主义）"艺术真实"的内蕴质素和表现这种内蕴质素"本体"的陌生化小说美学形式二者有机结合的创作路径，转而在放逐文本中本该居于核心地位的现代理性思想主题烛照的前提下，过度地致力于对博尔赫斯式文学迷宫的仿造。

残雪曾在不止一次的场合中谈到过博尔赫斯小说中的迷宫，语调中充溢着激赏和赞誉，但这并不能抹煞她 90 年代所创作的多数（不是全部）迷宫体小说和博尔赫斯笔下的迷宫体小说二者之间的根本差别！表面的趋近绝不等于实质的相同，二者的最大差别就是：博尔赫斯的迷宫可以找到出路，而残雪多数小说中的迷宫只能让读者陷入茫然之中不能自拔——也即是说，在博尔赫斯的笔下，其所绘制的迷宫谜面之下都可以最终通过努力寻绎到"谜底"，而以之对比打量残雪此一时期的大多数迷宫体中短篇小说创作就会发现：这些小说几乎篇篇都是拒绝给出"谜底"的。正是这种迷宫体小说谜面下的"谜

---

5 吴亮：《一个臆想世界的诞生——评残雪的小说》，《当代作家评论》1988 年第 4 期。

底"的虚位与空缺，导致了残雪此一时期大多数小说创作意义的阙如、情节的稀薄和故事的破碎化等为许多批评者所诟病指摘之处。我们不妨以《弟弟》《饲养毒蛇的小孩》《思想汇报》为例对此作切片式透析：《弟弟》一开篇，主人公就开始寻找弟弟以句。先后从弟弟原先的邻居那里、从一个自称是和弟弟亲如母子的老妇人那里、从一个熟悉的陌生人那里不停地寻找。但一切努力都是枉然，在这个有如迷宫般的世界里，周围的氛围又不断地给主人公引诱她找下去的希望……在《饲养毒蛇的小孩》和《思想汇报》两个文本中充满了各种各样的未定点和空白之处让读者不得其门而入。前者所记述的奇怪故事尤其类乎一篇志怪或哥特小说：小说中的小孩为什么会和毒蛇结有不解之缘？他缘何具有如此的魔力？小孩怜悯八条小蛇，却又唆使父母对之进行杀戮，这其中蕴含着什么样深奥的玄机？他干出种种其他怪异事情背后的理由何在？小说的主题是象征父母和孩子之间的一种代沟抑或是隐寓当代人本质上的孤独和幽闭？《思想汇报》亦是如此，单看题目，多数读者理所当然地会联想到与开会学习、集体讨论和共同事务有关的内容，但文本中从头到尾叙述的都是主人公自我封闭心理映射下诸如自我唠叨、自我想象的碎片拼贴：在这自我唠叨中，主人公一想到自己是个发明家时脑子里立刻就会浮现出金丝猴的形象。这场汇报的对象是假设的一只没有号码的装饰性电话机的听筒。主人公向听筒唠唠叨叨喋喋不休地汇报的全是一些鸡毛蒜皮琐事。如因为不同审美"观点"而同邻居打架斗殴了，为了一位同行的蔑视打算将来要把自己的衣着问题当作切身大事来抓啦，以及邻居二一定要来家里同吃同住、和老婆玩扑克讲故事因此害得主人公"过着地狱般的生活"啦……等一些无关宏旨的琐事，而这些琐屑事情背后隐藏着什么样主题内蕴作者却没有昭示一丝一毫。再有就是一些莫名其妙的穿插性细节如作为一位大发明家，主人公十多年如一日地每当夜深人静时就用一根特制的小针在鸡蛋壳上钻孔，一个蛋壳上钻出五千至一万个孔。而为什么他要将这些鸡蛋壳穿孔？又为什么要将这些包含无数汗水和心血的蛋壳收藏在床下皮箱里？这种蛋壳究竟和他的发明进展之间有什么样的关系？……等等问题让读者在阅读的过程中捉摸不透，因而会殷切地盼望故事结局处作家给出谜底或者哪怕只是谜底的暗示！可是，经过了漫长等待后的读者会沮丧地发现。残雪从头至尾就仅仅只想紧紧地钳住读者的心，从未想过要给出答案！这种小说——莫名其妙的情节、无所不在的悬念、没有谜底的谜面杂以如梦如幻的故事迷宫在貌似比其前期"寓言化"小说增加可读性的假面下在实质上更加拒斥读者的文本进入和艺术假定性的填充。用近藤直子的话来讲就是："那种熟悉的不可思议、那种熟悉的陌生感、那种每次暗示读者的未知的迷，不仅在每一篇里重现，而且在每一篇小说里从头到尾都存在。"。[6]这种情节支离破碎、让人无比费解又无法破解的仿"迷宫体"哑谜在此一时期残雪创作的其他多数中短篇小说文本中可谓是俯拾皆是、不胜枚举：譬如在《变通》中那个面皮煞白的青年为何时常变换角色、面目出现在述遗面前，三更半夜在述遗房中聊天的老太婆，为何一会儿是卖菜的太婆，一会又变成了旅馆老板娘？在《海的诱惑》中村长带一帮人到痕家白吃，为何伊妹竟乐意与之周旋，还喝斥痕？在小说《一种奇怪的大脑损伤》中那个因为患了"奇特的大脑损伤"而终日热衷于导演一场场闹剧的女人种种荒诞表演背后有什么微言大义？……

对于 90 年代残雪中期创作中仿"迷宫体"中短篇小说转型的得失，作家王蒙、学人李建军和其他一些研究者均作出过不同侧重的批评，这其中以阎真的批评最富于代表性。阎真曾撰文严肃地指出："乔伊斯也好，卡夫卡也好，他们的作品尽管充满了排斥读者的力量，但在一种较为专业的眼光审视下，意义的轮廓还是相当清晰的，并没有陷入一种猜谜的境地。而残雪后期的作品、意义的轮廓则显得模糊、游移，难以穿透……对残雪的小说而言，我们必须提出的一个问题是，读者是否有必要弄清这些暖昧事件的内涵？如无必要，那么阅读的动机和意义又在哪里？或者说，这些事件后面是不是有精神上的深层结构？如果有，那又是什么？或者是作家在跟读者捉迷藏，玩游戏，唱空城计？"。[7]笔者以为——艺术形式的创新意义固然重大，但任何一种单纯的艺术形式，不管其多么完备，都绝对不像一些后现代主义小说家所鼓吹的那样能够摆脱小说的价值内蕴而足以构成"自足的本体"。独特形式的更大意义在于它恰恰是一条进入独特的精神空间的不二通道——诚如杜夫海纳所说："任何形式系统归根结蒂都瞄准着真实，所以它自己就需要一种'解释'"。[8]艺术家惨淡经营的那种"故作失态"的奇异形式"只是为了出奇制胜，为了

---

6 近藤直子：《陌生的叙述者——残雪的叙述法和时空结构》，《北京大学学报》，2007年第 11 期。

7 阎真：《迷宫里到底有什么——残雪后期小说析疑》，《文艺争鸣》，2003 年 05 期。

8 M·杜夫海纳：《美学与哲学》，孙非译，五洲出版社，1987 年 08 月，第 231 页。

重新找到一种清醒的纯真"小说家似乎在"迷狂状态"下创造的貌似奇异诡谲的形式"只是一种假戏真做……其目的在于发现原始意义。"[9]上文讲过，形式陌生化的写作技法的确为残雪早期的"寓言化"写作得分不少——但是，必须指出的是，彼时残雪形式陌生化技法都是因为有了"文革癔症"的内蕴所指才会有其作为形式的积极实验意义，一旦抽掉了这种形式辐射和聚焦的中心所指，写作马上就会陷入形式的空转！正如布莱希特在指责"唯陌生而陌生"的俄国陌生化学派时所做的那样：真正的形式陌生化的实现过程应该是经由"认识（理解）—不认识（不理解）—认识（理解）"这样一个在认识上类似黑格尔的"正题—反题—合题"的三部曲，艺术家创作陌生化形式的目的在于借陌生化达到对事物的更高层次、更深刻的理解与熟悉："陌生化不仅仅是制造间隔，制造间隔只是一个步骤，更重要的是消除间隔，达到对事物更深刻的熟悉。"[10]可见，在布莱希特看来，任何陌生化的先锋形式都是对被现实现象掩盖下的本真生活的一种挖掘手段。以之纵观现代派、后现代派饮誉全球的多位先锋小说大师，上述杜夫海纳和布莱希特的论点都可以得到坚强有力地支撑——从卡夫卡、乔伊斯到加西亚·马尔克斯、博尔赫斯、科塔萨尔再到克劳德·西蒙和罗伯格里耶，他们先锋的小说形式背后是可以采掘诠释的深刻历史意识与哲学意识的。

以此反观残雪 90 年代的中短篇小说创作，不能不说，除了少数篇什如《名人之死》《索债者》《归途》《痕》《辉煌的日子》《断壁残垣里的风景》《追求者》《天空里的蓝光》《神秘列车之旅》和《世外桃源》等文本尚可圈点以外（在这些不多的"迷宫化"小说里，对博尔赫斯仿制取得实验成功的关键恰恰是由于作家残雪在自身良好的创作直觉和先前的创作惯性下，在小说里坚持了先前那种将外国现代主义、后现代主义"艺术真实"的内蕴质素——主题／内容——和"迷宫化"的创作形式二者有机结合的路径），其余的大多数小说如《旅途中的小游戏》《一个人和他的邻居及另外两三个人》《两脚像渔网一样的女人》《去菜地的路》《无法描述的梦境》《匿名者》《历程》《夹公文包的人们》《患血吸虫病的小人》《变通》《开凿》……等都是对博尔赫斯式仿迷宫体创作的不成功的实验品。

9　M·杜夫海纳：《美学与哲学》，孙非译，五洲出版社，1987 年 08 月，第 238 页。
10 赵一凡等主编，《西方文论关键词》，外语教学与研究出版社，2006 年 01 月第 1 版，第 343 页。

三、新千年残雪中短篇小说创作的"故事化"嬗变及其表征

如上所述，努力追求"精神突围"的残雪在其积极探索祈求转型的90年代一度因为作品理性主题的价值虚位和耽于对"迷宫化"手法的过分迷恋而一度陷入进了被批评家指责为形式空转的创作歧途，在九十年代后期，尤其是进入到新千年前后以来，随着作家个人在美学范式上的又一次（向象征化的）移形换位、其在中国古典文学、文化传统中的长期浸润，以及其对西方现代、后现代诸非理性哲学、文艺思潮认知的长足提升，经过对自身前、中期创作的正反得失两个方面的辩证性总结，残雪渐次走出了创作瓶颈，完成了其中短篇小说创作的"故事化"写作转型。在这之后的中短篇小说创作中，残雪极大地克服了其创作中期的部分作品中单纯进行形式实验、完全放逐作品真实意义的偏激做法，将"深化对自我的认识的过程中不断发展的高贵理性"[11]重新植入小说的文本世界中来。这种创作观念的更新带来的文本转型表征主要体现在三个方面：一是在小说资源的汲取选择上既坚持先锋，同时又向中国传统文化有意靠拢；二是在小说内容上写实性、趣味性和故事性成分的大大加强。

首先，在小说资源的汲取源头上，在坚持先锋的同时，又注意向中国传统文化的向度进行积极地靠拢。这是残雪后期中短篇小说创作的第一个表征。

对于中华古老民族文化、文学和艺术传统的鄙夷不屑，之前一直是残雪为文坛广为诟病的主要原因之一。残雪一度认为传统就意味着惰性的同义词，故而一再强调自己的文学资源完全来自西方，并不无偏激地将传统比喻作吸血鬼，认为靠近传统就意味着先锋精神和创造力的被稀释乃至完全被消解。残雪的这套说辞使得大量学者不断地沿着她所指向的方向以西方的视角比附着她的创作。但依照伽达默尔和赫斯的解释学观点来看，作家本人对自己创作文本的诠释也只是众多阐释可能性的其中一维，并不具备什么绝对的权威性，更不能作为盖棺论定之言。精神分析学者荣格的"集体无意识"理论更为残雪研究的本土化资源摄取提供了理论支持。实质上，无论从残雪前期小说语言、风俗的乡土化特色层面（譬如残雪在前期作品中所津津乐道的"米豆腐"、"腊八豆"、"大红袍"，都是长沙市民极为普通的日常食品，她许多中短篇小说中的对白和独白简直就是水气十足的长沙方言大展览，她不少作品中的场景描写简直就是货真价实的长沙风物志，处处洋溢着长沙街头浓郁的

---

11 残雪：《残雪文学观》，广西师范大学出版社，2007年版。转引自胡晓超：《人类永恒的战争：试解读残雪的〈三位一体〉》，《青年文学家》，2011年07期。

市井气息），还是从其前期小说中处处迷散在字里行间的楚巫文化因子而言
（如《山上的小屋》里想卸掉我胳膊的母亲；《苍老的浮云》里想借眼镜蛇复
仇女儿虚汝华之母；《污水上的肥皂泡》里总是折磨我、最后化为污水的母亲；
《突围表演》中在自己丈夫面前与别的男人调情的 X 女士……等形形色色恶
魔式女性形象与传统少数民族的有着通天彻地魔力的女性巫师之间的感应），
乃至在其前期小说的深层意象系统中潜藏的文化原型、原始意象和集体无意
识等（鼠、蛇、龟、猫……等多次在文本中反复出现的动物意象和巫楚文化
超文本之间的对照），中国本土文化、传统文化对残雪前期中短篇小说创作之
潜移默化的影响都是可以从其文本中得以验证的。

　　在残雪的创作后期，其中一个最明显变化就是她不再讳言传统文化、文
学和艺术资源对自己创作的滋养。譬如在一次访谈中残雪就一反常态地坦言：
"在中国的古籍中，我最喜欢的是《楚辞》，在我的长篇小说《宛如沙丘移动》
中我使用了《楚辞九歌》中的一篇《湘君》。"[12]，在《什么是"新实验"文学》
一书中她又这样说道："我们的高难度创作的具体方法与众不同，它更仰仗于
老祖宗给我们留下的禀赋，操纵起来有点类似于巫术似的自动写作……"。[13]
而在 2017 年发表的《访美讲演稿》中，残雪更是一反其从前在对待中西文化
态度上的抑前扬后的姿态，对中国传统文化的赞誉达到一个前所未有的高度：
"我的实验小说的实践从某个方面来说，也可以看作将中国文化同西方经典
哲学与文学融合起来的一种实践（虽然西方经典文学与经典哲学的追求并不
完全一样，内核也很不一致）。我通过三十多年的创作实践，发现了西方经典
中文学思想与哲学思想的分歧，我又作为一名具有中国文化底蕴的作家，窥
破了西方哲学的一个致命的弱点以及它的发展的瓶颈。所以在今天，我投入
到了一种新的建构的事业当中。我以我三十多年的文学实践作为底蕴，在批
判西方经典哲学的误区的基础上，开始一砖一瓦地建构我自己的既是艺术的
又是哲学的王国。我的这种别出心裁的建构由于我自身的古老中国智慧的优
势，也由于我对于西方文化的熟悉而显得特别得心应手……"，[14]这段话的潜
台词无疑暗示了残雪在心目中已经将中国传统文化的智慧作为医治西方文化

12　残雪：《为了报仇写小说——残雪访谈录》，湖南文艺出版社 2003 年版，第 8 页。

13　残雪：《什么是"新实验"文学》，《残雪文学观》，广西师范大学出版社 2007 年
　　版，第 201 页。

14　残雪：《访美讲演稿》（上），《名作欣赏》（上），2017 年 01 期。

内在痼疾的灵丹妙药了。

其次，伴随着美学方法上"象征化"创作范式的运用，在小说文本内容中大大加强了写实性、趣味性和故事性的成分是残雪后期中短篇小说创作的第二个表征。

在残雪新千年以来的中短篇小说创作中，广泛运用了"象征化"的美学范式。"象征化"的美学范式在残雪后期中短篇小说文本中的运用，客观地讲，无疑大大增加了残雪这一时期小说的故事写实性、趣味性和可读性。譬如在《紫晶月季花》明显地较其前期寓言化小说和过渡期的迷宫化小说明显祛除了之前的暧昧与混沌，男女主人公煤太太和金先生的文本人生轨迹路线也清晰可辨。晦暗的"审丑"也转向了明朗的"审美"，给人耳目一新的感觉。在《长发的梦想》里，杂技团的搬运工廖长发从小的理想就是当一名走钢丝的杂技演员，面对老婆秀梅的不以为然，同事泼冷水，走钢丝师傅声称"绝不再干这行要命的职业"的赌咒发誓，长发却为这个梦想一天天的衰弱下去，日复一日地梦见自己走在脚下深不见底，前面没有个尽头的钢丝上……较之残雪的前、中期的绝大多数中短篇小说而言，这些中短篇佳制整体呈现的在叙事的结构和逻辑方面写实性元素的大大加强是显而易见的。这种变化同样也昭示在《民工团》《小姑娘黄花》《石桌》《贫民窟的故事》《医院里的玫瑰花》《都市里的村庄》《二麻进城》《三位一体》《暗夜》《紫晶月季花》《阿琳娜》《师生之间》……等文本中。当然这种写实是和象征化的写意紧密地结合在一起的：具有象征意义的意象群、事件和人物在这些小说写实的基座元素中都有频繁地呈现，这种美学范式的变化无疑显示出作家试图尽力地将作品深层的象征内蕴尽量移植进具体的、个别的、感性的事物之中，祈求将内容与形式二者有机统一的美学努力。譬如在《黑眼睛》这个短篇里，阴郁、鬼气、咄咄逼人的黑眼睛总是在人的意志薄弱的时候浮出来，有时在茅草的根部，有时在水缸里，把人盯上一眼让人心神不得安宁，盯完了会在现场留下眼睛大小的两个洞。人如果屈从了它的威慑，就将意志溃散。但人只要收住邪恶、有毒的念头，黑眼睛就会败下阵来；在《鹰之歌》里，那只鹰顽强地克服自身的弱点，一心要实现自己的理想。"羽毛不全"可以说是作为一只鹰的至命缺陷，但它不管不顾，一心向往着冲向二重天；在《紫晶月季花》这一文本中，残雪还努力塑造了三个意象：镜子、"紫晶月季花"和"深水鱼"。镜子所反射的光，多来自夜间窗外的光，阴森且诡异。暗指现代人贫困的精神现状。"深水鱼"和"向地下生长时，对环境的要求严格，你将它忘记时它就生长"的"紫晶月季花"一样，意指人类内心值得珍视和隐藏的美好事物。

第二节　新千年残雪长篇小说"魔幻象征化"的创作考量

新千年以后，在残雪的主要长篇小说中出现了追求故事的"魔幻象征化"动向，整体看来，在"魔幻"美学形式的创作层面上，成就有得有失，但在"象征化"思想主题的升华上则尚欠圆熟，这也是造成其长篇小说故事在情节结构的编织上陷入重大危机的最终罪魁。对苍生民瘼的现实关注、对民族文化身份的积极认同和对当代前沿哲学精神的吸纳汲取是作家残雪获得进一步思想美学提升从而步出危机所亟待注入的三种新鲜血液。

一、从"寓言化"到"魔幻象征化"的长篇小说转向

除了 1990 年出版的《突围表演》而外，新千年以后，目前笔者统共见到了残雪的六部长篇：它们分别是《单身女人琐事纪实》（2004 年）、《最后的情人》（2005 年）、《边疆》（2008 年）、《吕芳诗小姐》（2011 年）、《新世纪爱情故事》（2013 年）和《黑暗地母的礼物　上》（2015 年）。在残雪的后五部长篇小说中，均出现了追求文本故事的"魔幻象征化"创作动向。

这里所谓小说故事的"魔幻象征化"，主要是笔者自觉对照残雪早期小说的卡夫卡式"寓言化"写作方式而提供的一种暂时性命名。整体看来，自从残雪长篇小说践行这种"魔幻象征化"的转型以来，在"魔幻"的美学底蕴和修辞手法方面的成就有得有失，但在"象征化"的思想主题的深化升华上还远未完成，这也是造成其长篇小说故事在情节结构的编织上陷入重大危机的最终罪魁。

"魔幻写作"似乎一直贯穿着残雪早、中、晚期的许多短、中篇小说（《突围表演》中亦有几处不多的点缀），读者对此好像并不那么陌生，其实这种写法在新千年长篇小说中的变化并非仅仅表现在篇幅容量上的加大和想象上的愈加奇幻而已，对于作者而言，还意味着写作渊源上的跨界转移，残雪早、中期文本中的真正"魔幻"成分并不太多，其中大部分意象的抽象、变形、幻时、幻世的"类魔幻"写作实质上是来自对卡夫卡的模仿，但在新千年的多

部长篇中，明显地可以看出残雪师法的对象从卡夫卡走向了拉美魔幻现实主义。这从残雪《吕芳诗小姐》、《最后的情人》两个文本和拉美文学"爆炸"一代何塞·多诺索的《淫秽的夜鸟》以及"爆炸"后属"小字辈"一代的伊莎贝尔·阿连德的《幽灵之家》的近亲对照中可以一目而知。

鉴于"象征化"美学追求的转换和残雪新千年长篇小说的创作得失休戚相关。笔者这里不得不将论述稍加展开。对于寓言与象征两种美学范畴的本质差异，英国著名诗人和批评家柯尔律治曾精辟地这样指出：寓言只是"把抽象概念转变成图画式的语言，它本身不过是感觉对象的一种抽象……"而象征的"特征是在个性中半透明式地反映着特殊种类的特性，或者在特殊种类的特性中反映着一般种类的特性……最后通过短暂，并在短暂中半透明式的反映着永恒"[15]。不难看出，在柯尔律治眼中，寓言性作品所涉及的题材和主题，往往因为要追求较为明晰的暗示和寓意，故而立意相对明确单纯，又因为对于寓言性文本最重要的东西是表达一个由抽象概念组成的根本主旨，这种抽象主旨直接外化而成的语言、图画出于凸出自身就会将与主旨无关的次要的细节性的、个别性的东西略去不写。这就直接在表现结果上需要使用压缩、间离、夸张、变形等手法到达主题。侧重于通过虚拟的形象群，用隐喻的方式表达的对事物本质的一种抽象概括；而象征化作品则强调文本在主题表现上的丰富性和多元性，通过尽量多的与主旨观念暗中联系的模糊、多义和不确定的意象或意象型事件、情节来间接却又充满张力地暗示、象征、烘托它们背后的主题意旨。它更侧重从对具体的现实形象或作家打造的蕴藉意象的独特体悟中，寄托微妙的精神价值取向。

由是可知，追求哲理性的主题内蕴无疑是"寓言化"写作和"象征化"写作的共同追求，但在实现途径上，前者是通过压缩"万殊"来凸出"一本"，在对待"万殊"的态度上用的是减法；而后者则恰恰相反，旨在通过尽量丰赡多元的"万殊"以求见证"一本"，在对待"万殊"的态度上运用的是加法。

由于"寓言化"写作从美学本质上限制"万殊"细节的过分铺展，这就决定了使用"寓言化"手法写作小说时的美学限定性——即是这种手法更适合中短篇小说的创制，这就从艺术策略的层面说明了为什么评论界至今最为看好的小说差不多还都是残雪早期以"寓言化"手法创作的非鸿篇巨制的中短篇小说。而一旦残雪仍然采用这种艺术手法企图对长篇小说也进行同样的

---

15 转引自雷·韦勒克、奥·沃伦的《文学理论》，三联书店 1984 年版，第 204 页。

惨淡经营时，就会显得力不从心、捉襟见肘。试以残雪早年发表的《突围表演》和其十余年后由北京十月文艺出版社推出的另一部长篇《单身女人琐事纪实》为例就能对此进行说明：对于前者，虽然朱正琳、沙水个别几个批评者对残雪的这部她个人自认前期写得最好的作品给予很高的评价，但批评界应者寥寥。客观看来，仅仅围绕着五香街上的一段"奸情"展开叙事，然后以作家分别推出的不同角色发表各自"性爱指南"意义上的演说辞来凑齐二十五万字的"篇幅"，其长篇身份的合法性的确令人质疑；而对于后者——这部以"寓言化"手法写作的长篇小说和《突围表演》一样，完全没有支撑其作为长篇小说内在凝聚力的有机基因，除了从头至尾由"述遗"这个神出鬼没的老太婆象征性地将全书四个章节部分人为地强行链接在一起给人以貌似长篇的样子而外，倘若读者将这个穿针引线的人物忽略不管，自己给每一章节换上一个其他的叫作张姑、李妈的人名作为贯穿该章节的故事行动者，这个长篇就可以分为四个或更多的若干个中短篇；反之亦然，如果作者愿意无休无止地象古典小说《西游记》那样将"取经"途中遇难脱险的类同情节无休止地延续下去的话，则这部长篇又可以写成几百万字的巨型长篇！

黑格尔说过："美的生命在于显现（外形）。"[16]"魔幻象征化"的崭新美学范式在小说文本中的运用，客观地讲，无疑使得残雪新千年的后五部长篇于小说的故事趣味性、可读性而外，还彰显了不少值得圈点的其他思想和美学新质。较之残雪的头两部长篇小说和其前、中期的绝大多数中短篇小说而言，这五部小说不仅都说的上是内容丰富，而且其呈现的写实性无疑也大大地增加了。当然这种写实是和象征化的写意紧密地结合在一起的，在文本中，不难看到，具有象征意义的"魔幻"意象群、事件和人物在这些小说写实的基座元素中也都有频繁地呈现，这些变化无疑显示出作家试图尽力地将作品深层的象征内蕴尽量移植进具体的、个别的、感性的事物之中，祈求将内容与形式二者有机统一的美学努力。

《最后的情人》当中的主人公一直都在寻找、追求各自"形而上的情人"的路上颠沛流离，乔最后到了东方，埃达在绕了一大圈之后回到了农场，文森特来到了五龙塔，马丽亚去旅行了……《边疆》中雪山脚下植有棕榈、芭蕉的"热带花园"，来去无踪的雪豹，边疆山城的海涛声等，归根结底乃是祈求精神返乡的灵魂众生心灵深处的梦的再现。启明、麻哥儿渴望听到的海潮

---

16 [德]黑格尔：《美学》第 1 卷，朱光潜译，商务印书馆，1979 年版，第 7 页。

声则是大自然的天籁，宏大，清亮，悠长，富有节奏的律动，是自然神性的象征。《吕芳诗小姐》中，芸芸众生如过江之鲫，往复穿行于由燃烧着原欲的"红楼"到住满幽灵的"贫民楼"，通过对死亡和虚无的体验自省，最后涅槃重生后再进入象征艺术故乡的"钻石城"的生死轮回中。《新世界爱情故事》中涂满浓重魔幻色彩的"乡村"曲折折射出迥异于异化都市的缥缈空灵：翠兰回家乡看望堂兄和堂嫂，离开时，"翠兰走出那片稻田之后回头一望，吃惊地发现那屋子和樟树都从地上消失了。她脚下是那条鹅卵石小道，小道给她一种亲切感。她想，长着金属叶片的参天大树，艾叶浓浓的香味，银白的雕像般的人影，还有那滚动的火球，这些都是永远不会忘记的。一个有着这样的家乡的幸运的人，用不着害怕迷路。"[17]《黑暗地母的礼物 上》中沙门女士组织的那个汇聚了教师、退休干部、登山爱好者乃至还有轻度的精神病患者的读书会，展示了人们渴望从对书籍的阅读中寻求心灵的净化解脱，显然也寄寓作者的某种理想色彩。

总体上看，作为新千年创作转型的这五部长篇，明显地克服了此前作家小说创作中晦涩隐蔽的弱点，大大地增加了小说的可读性、趣味性。从作者想象和虚构的一个个怪诞的、异乎寻常的世界中，通过一些变态的、稀奇古怪的人物和种种荒谬的、令人难以置信的事情或现象，读者也多少能够看到作者曲折折射出来的一些充满危机、群魔乱舞、日趋衰败的这个失范社会的可怖面容。

二、"魔幻象征"的猎奇化倾向和"故事"的情节、结构危机

我们当然尊重作家残雪在这五部长篇小说中取得的可喜成果，也对其努力追步西方现当代超一流的小说大师的美学雄心不加丝毫怀疑，但就整体而言，倘若将这五部长篇放进同类小说的艺术历史之中进行彼此之间的细微考量，我们就不难发现，这些小说的确还鲜有能说得上是真正成功的名篇佳制。

从小说修辞的维度看，幅度过大的魔幻书写无疑已经成为残雪小说中不容回避的硬伤之一。如上所述，适度的魔幻书写一度为残雪的长篇小说创作添色不少，如在《边疆》、《黑暗地母的礼物 上》中，幻想奇特、扑朔迷离的魔幻手法就为二者镀上了一层魅力非凡的行文色彩。但是，任何一种修辞技法如果不加节制地一味滥用，那么，它所造成的弊端同样不容小觑。如在《最

---

17 残雪：《新世纪爱情故事》，北京：作家出版社，2013 年版第 27 页。

后的情人》和《吕芳诗小姐》这两部小说中，让人感到文本中几乎处处充满了为魔幻而魔幻的猎奇、志怪式的描写，限于篇幅，这里只各举一例予以说明；譬如："埃达隐约地记得同里根在一起的那一夜那种乱蛇狂舞的情景。性交的回忆有点恐怖，因为弄不清是人还是蛇，身体下面的土地变得热烘烘的，不断膨胀起伏……他说完这句后，头颅一下子就消失了，没有头的身体在痉挛颤抖。这个男人无所不在，但又没有实体，埃达感到她那敞开大口的子宫已变得无比的疯狂"18……（《最后的情人》）；"老翁翻过身来了，琼姐发出一声惊叫。那张脸上，本来该长鼻子的地方长出了一只角，灰色的，尖尖的。这使他的面目显得十分狰狞。"19……（《吕芳诗小姐》）。这种种喧宾夺主、类乎哥特小说般荒诞不经的描写，不仅在小说审美上陷入画蛇添足、骈拇枝指式的低劣俗套，还遮蔽和伤害了作品本身内在严肃庄重的象征意蕴。

魔幻书写方面的既存缺憾还只是癣疥之疾，对长篇小说故事内在情节结构基本驾驭能力或曰编织能力的孱弱——才是残雪更为致命的深层创作危机。

当然，从纯粹理论的角度而言，世界上的所有的故事都会有情节，但同样不容否认的是，小说故事中情节性的多少强弱无疑是判断一部小说成功与否的重大美学尺度之一。从残雪既有的长篇小说呈现出来的稀薄"情节性"来看，显然在这方面距离一流的长篇小说的美学要求还差距甚远。

通过对残雪《最后的情人》转型后的五个长篇的考察，笔者发现了一个可供分析的类同化模式。这五部长篇在叙事上呈现出来的共同表征是：它们几乎都是在故事"本事"展开的第一章或前几章，将或因工作关系或因商务关系或因空间关系等表面浅层的机缘而偶然联系在一起（而非因为主题的一贯性或情节的矛盾冲突性联系在一起）的若干故事主人公次第地推到读者面前，逐一简要介绍一番后就分章让他们进行各自沿着自己的运行轨迹去行动。文本结束时，一部分有幸剩下的故事人物读者可以多多少少地知道一下他们各自的结局归宿，但另一部分不那么幸运的可怜故事角色可能会在叙事的中途就无缘无故地"失踪"了。当然，当有时作者自己也发现这种叙事的单调呆板时，她就会安排文本中的某些故事人物象提线木偶那样分分合合碰撞一下，算是多少给沉闷乏味、很难引起读者期待遇挫的一塘死水吹进一丝带动波澜的微风。

不错，小说故事离不开事件，但事件仅是生活中一个个事实，可以是单

---

18 残雪：《最后的情人》，花城出版社，2005 年 09 月第 1 版，第 48 页。

19 残雪著，《吕芳诗小姐》，上海文艺出版社，2011.07，第 261 页。

独的，也可以是连带的，如果所有事件都处于孤立状态，那就没有故事可言了。事件之间总要通过某种具有联结功能的"粘合剂"将彼此联系成一个个牵一发动全身的事件链接，这样"事件"才会上升到什克洛夫斯基所谓的"情节序列"层面。众多"情节序列"经过有机的排列组合进而形成故事的"整体结构"，由此可见，"故事"是一个"事件"按一定的方式聚集的结晶体，是一个经过了"情节序列"和"篇章结构"组织化了的结果。由"事件"直接构成的"故事"仅是读者看到的显性层面，事实上在从"事件"通往"小说故事"的途中尚有一个"情节化"和"结构化"的质变转化过程。

正是出于对长篇小说"情节"和"结构"维度的特别重视，米兰·昆德拉才会在其《被背叛的遗嘱》中对此反复强调：在该书的相关论述中，他将欧洲小说的历史比照音乐那样分为三个"半时"。处于上半时的拉伯雷、塞万提斯、狄德罗、斯特恩的创作是与自由和即兴联在一起的。将追求复杂严谨的结构艺术的十九世纪看作下半时。又将二十世纪至今的小说视为"第三时"。在对三个半时的评价中，无论对哪一个小说阶段，昆德拉从来都认为"情节"和"结构"之于小说创作的重要性都是不容置疑的，作为游戏的小说要戴着情节和结构的"规则"镣铐跳舞，因为"一切游戏都建立在规则之上，规则越是严格，游戏就越是游戏。"[20]也正基于此，他有力地嘲弄了那些诋毁十九世纪小说复杂情节结构的批评者们将其称为"对艺术毫无悟性的人"："到了十九世纪前期，复杂而严谨的写作的艺术才成为必须。那时候诞生的小说形式，以一个在时间跨度上相当短的动作为中心，让有许多人物参与的许多故事在一个交叉点上相遇；这种形式要求有一个精心构思的情节与场面的计划：在动笔之前，小说家把小说提纲描划复描划，计算复计算，排列复排列，这是以前的小说家所从不曾做过的……（矛盾只是表面上的，作品结构越是经过精心计算，人物也就越是真实自然。）反对结构条理的偏见，将之视为阉割人物'活生生'性格的'非艺术'因素，只不过是那些对艺术一无所知者的天真情感。"[21]他还认为即使在像《宿命论者雅克》那样的即兴小说他也坚持以为会有"某种神奇的建筑一般的构思包括在这一令人生羡的即兴创作之中

---

20 昆德拉（Kundera M.）：《被背叛的遗嘱》，余中先译，上海译文出版社，2003 年版，第 20 页。

21 昆德拉（Kundera M.）：《被背叛的遗嘱》，余中先译，上海译文出版社，2003 年版，第 19 页。

的，这可能是一座复杂、多彩的建筑物，它同时得到精确的计算，测量和设计，就如同一座巍峨挺拔的、雄伟壮丽的大教堂。"[22]他要求处于第三时（20世纪至今）的小说家们，应该将前两个半时的小说优点有机整合后开拓小说在"情节"和"结构"上推陈出新的新范式、新境界。这种新范式和新境界并不是回到上半时复旧的风格，也不是天真地拒绝十九世纪的小说，而是要求把拉伯雷或斯特恩的放佻的自由与 19 世纪结构的要求重新结合起来，重新确定和扩大小说的定义本身，将小说的全部的历史经验给予它作为基础。基于此点，他大力地称赞那些在此方面做出卓越贡献的诸多小说作家，如卡夫卡、穆齐尔、布洛赫、贡布罗维茨、伏昂岱斯和拉什迪等等。

　　作为欧洲小说史上"第三时"的作家，昆德拉以自己的小说创作诠释了这种创作理想。读过《生命中不可承受之轻》《笑忘录》《玩笑》《生活在别处》《不朽》……等小说的读者不难发现，在米兰·昆德拉的绝大多数小说结构安排中，既有类乎 19 世纪传统小说中的那种以人物、故事内在的各种矛盾冲突为"粘合"事件、凝聚情节的外结构方式，更有 20 世纪以来以某种哲学、文化、潜意识、意象、意念或命题等更为深层、复杂的主题架构小说使之连贯统一的内结构方式。对于这种小说情节的双重结构方式，在面对别人质疑其小说情节都不大严整统一时，米兰·昆德拉这样回答："我从来就把它们建筑在两个水平上：在第一水平，我虚构小说故事，在其上，我发展一些主题。那些主题存在于小说故事之中并通过它不断地被开掘。什么地方小说放弃了它的主题并满足于讲述故事，它就在什么地方变得平淡，反之，一个主题却可以在故事之外独自得到发展。这种着手一个主题的方法，我称之为离题。离题就是说，暂时甩开小说的故事。比如，在《生命中不能承受之轻》里，对于媚俗的全部思考就是一个离题：我抛掉了小说故事直接地攻克我的主题（媚俗）。从这一点来看，离题并不削弱小说结构的秩序，而是使其更为强有力。"[23]

　　残雪上述五篇小说的"结构方式"貌似和这位后现代主义小说大师的绝大多数作品之间有着很多的相类性。但是，仔细考量二位作家的小说诸文本，就会发现残雪小说与后者之间的某种似是而非性——以昆德拉的小说《笑忘

22　昆德拉（Kundera M.）：《被背叛的遗嘱》，余中先译，上海译文出版社，2003 年版，第 20 页。

23　昆德拉（Kundera M.）：《小说的艺术》，孟湄译，生活·读书·新知三联书店，1992年版，第 81 页。

录》为例，我们发现，全书共 7 章，以《失去的信件》为题统领第一章和第四章，主要涉及的是记忆和遗忘主题，《母亲》作为第二章则是对这一主题的戏拟；《天使们》以探讨笑的不同含义为主题，统领第三章和第六章；第五章的《利多斯特》补叙了另一种可笑；第七章《边界》则是从另一种角度继续讨论可笑的问题。分析结果表明：这部小说既有昆德拉上文指出的旨在维护传统小说结构完整性的外结构层面，也有在外结构层面上生发的以"笑"和"遗忘"两大主题为凝聚不同情节序列的内结构方式。事实上，外结构和内结构的交替出现，成功地实现了昆德拉在"情节"和"结构"上力图将上半时和下半时小说在"历史之线断裂之处将其重新接合"的拓展魄力。

而以之重新打量残雪的五部"魔幻象征化"小说乃至其目前发表的全部七个长篇，就会发现，笔者之所以说残雪长篇小说"情节性"稀薄的原因就在于这些小说述说的故事均缺乏使得各个不同主人公经历的孤立事件、故事中各个不同的独立版块转化成内聚性极强情节序列和由此结晶的有机篇章结构的质素！——这种粘合故事事件、内聚故事情节、调度故事内外两种结构使之系统化有机化的质素——就是残雪一直没有真正找到的孤立故事事件之间的粘合剂。

三、残雪长篇创作突围的三种可能性路径

可以毫不夸张地断言，为魔幻而魔幻的猎奇、志怪化的不良创作倾向而外，情节序列的离心、结构形式的散乱已经构成了残雪长篇小说继续突围的瓶颈。而在这形式危机背后隐藏着的却是残雪思想美学内蕴有待进一步提升的更为核心的本质问题——正是这种思想美学内蕴的孱弱才导致残雪找不到那种神奇的使得长篇小说故事得以将流浪在故事中的不同人物和事件化零乱为整齐、化腐朽为神奇从而显示出自己是一个生气灌注的有机整体的"神奇粘合剂"！基于此，真诚地面对创作实际，走出此前由不无偏颇的哲学思想、自我设限的现代化视界和妄自菲薄的民族虚无主义构成的禁锢之牢。从最广阔的思想、哲学、美学、艺术等世界中多方面汲取营养以涵养提升自身的写作水平才是残雪结束辗转游弋的状态实现真正破壁突围的大道与通途！

对苍生民瘼的现实关注、对民族文化身份的积极认同和对当代前沿哲学精神的吸纳汲取是作家获得这种思想美学提升从而步出危机所亟待注入的三种新鲜血液。

　　罗杰·加洛蒂曾这样说过："一切真正的艺术品都表现人在世界上存在的一种形式……没有非现实主义的、即不参照在它之外并独立于它的现实的艺术"[24]这段话从知识分子应有的普世化现实主义精神的高度深刻地指出，在传统意上的现实主义作家而外，在现代主义乃至后现代主义小说作家笔下并不应该缺乏对其所属时代的现实反映和反抗！是的，从奥地利的卡夫卡到爱尔兰的叶芝和乔伊斯、英国的沃尔夫、法国的萨特和俄国的布尔加科夫；从日本的川端康成、美国的冯尼戈特、法国的西蒙、拉美的卡彭铁尔、阿斯图里亚斯、鲁尔福到捷克的米兰·昆德拉等等，在他们那饮誉全球的经典作品中哪一部不流淌着对时代苦难的现实关怀？比起新时期同代中国作家中的莫言、北村、吕新、格非、和余华等现代主义先锋小说作家而言，残雪的长篇小说中对现实的关怀显然需要进一步加强。

　　对中华古老民族文化和古典文学、小说艺术传统的鄙夷不屑，一直是残雪为文坛广为诟病的主要原因之一。事实上，无论是从作家的民族文化认同方面还是从作家思想美学资源的获取途径方面而言，对于任何一个时代任何一个国度的小说作家，在对待自己民族传统中的优秀文化、文学遗产时，都不应该采取妄自菲薄的民族虚无主义态度，这样只会画地为牢，自行限制自己在文学创作上的潜在成就。中国传统文化博大精深，以此赢得了很多西方现代精英的青眼有加。譬如雅斯贝尔斯就称赞老子是一位"从根源上思维的形而上学的哲学家"或"原创性形而上学家"，将他与古希腊的前苏格拉底哲学家（阿拉克西曼德、赫拉克利特、巴门尼德）、柏罗丁、安瑟尔谟、斯宾诺莎、印度的龙树并举。而针对有人对中国哲学的批评，莱布尼茨说："我们这些后来者，刚刚脱离野蛮状态就想谴责一种古老的学说，理由只是因为这种学说似乎首先和我们普通的经院哲学概念不相符合，这真是狂妄之极！"[25]一方面，任何古典的文化艺术固然不可能超越时代，有其不够"现代"的一面，但倘若仅仅用庸俗进化论的眼光来对待传统文学艺术，就无法解释古希腊悲剧和中国唐诗的辉煌和不可重复性！对于那些盲目以西方唯马首是瞻而鄙弃中国传统如敝履做法的偏激主义者，鲁迅先生早就对之进行了犀利的批判。

---

24 [法]罗杰·加洛蒂：《论无边的现实主义》，《外国文学研究资料丛刊》吴岳添译，上海文艺出版社，1986版，第167页。

25 [德]莱布尼茨：《致德雷蒙先生的信：论中国哲学》，庞景仁译，《中国哲学史研究》，1981年第3期。

对于民族化和现代化之间的取舍，他在《文化偏至论》一文中指出："所为明哲之士，必洞达世界之大势，权衡较量，去其偏颇，得其神明，试之国中，翕合无间。外之既不后于世界之思潮，内之仍弗失固有之血脉，取今复古，别立新宗"。[26]这种兼取二者、不可偏废的精神显然也充分地践行在其小说创作之中——事实上鲁迅的小说创作在汲取西方艺术营养的同时，自始至终都没有脱离"民族化"的轨道。设若没有对中国古典美学强调"神似"传统的精湛理解，没有在《中国小说史略》著述中对中国古典小说中的"白描传神"、"动态描写"……等多种美学积淀的深沉体悟和承传发展，就很难解释为什么在其堪称"圆熟"后的一些重要篇什中从故事情节到人物形象乃至小说的形式或结构格局中都充盈着民族化气息反而找不到什么西方色彩或异国情调的悖论式现象了。放眼世界，从日本的川端康成、安部公房、大江健三郎到拉美"爆炸"文学中涌现出来的一大批世界级经典小说作家，在把世界现代思潮和民族固有血脉相结合的民族化、现代化的取舍上他们无不和鲁迅先生一样作出了二者并重的抉择！

关注世界前沿哲学主题的当代嬗变，对于坚持先锋写作姿态的残雪而言意义尤为重大。应该看到，自二战后期以来，西方的哲学主题已经开启了从"物的时代"向"情的时代"的大步迈进。倘若在世界文化、哲学、文学较之二战之前已经发生了很大变化的今天，仍旧在小说文本中继续消费卡夫卡的时代病症不能说是没有意义但毕竟难逃重复自我的窠臼拘泥。

正基于此，积极补充二战后期以来以存在主义、主体间性等哲学中蕴含丰富的人本主义思想，切实将之作为自身写作创新的新鲜血液对于残雪来说刻不容缓——所幸，我们在其若干小说中多少看到了作者的这个努力尝试。譬如在《边疆》中出现的那个神秘的"空中花园"意象和在《最后的情人》中作为主人公乔理想憧憬的"东方雪山"理想国，在《黑暗地母的礼物 上》的"猎人阿迅"一章则甚至是直接出现了海德格尔的人名符码，我们且来看以下两个场景：

——"阿迅是狩猎高手，这门家传的技艺使他过上了比较富裕的生活。七年前，他因为失恋一度消沉，决心远离人群，于是在好友的帮助下在陨石山修建了这个石屋，离开父母到这里独居……在漫长寒冷的冬夜，阿迅逐渐

---

26 鲁迅：《鲁迅全集》，第一卷，人民文学出版社，1981 年第 1 版，第 56 页。

发展出了阅读小说和诗歌的爱好，除了文学，他后来还读起哲学书来。"[27]

——"那怎么行！这是您的家。我吃完饭就要回去。不过我想把那本海德格尔的书借去读一读。我们猎人应该属于读书人一族的，我们天生适合读书。要不是——唉，还是不说了。"分手时，阿迅将海德格尔的书送给良伯了，良伯高兴得跳了起来，说："我做梦都想不到我这把老骨头还能派上用场！"[28]

这种努力无疑是一个美好的开端，但还需要作家在继续加深作家自身哲学补课的同时将海德格尔的"在场"的存在主义哲学和主体间性思想等像盐溶于水那样在文本经营中化于无形，而不是采用这种直接给文中的故事主人翁贴上海德格尔标签的"两张皮"做法——将一个中途辍学的打猎少年写成《儒林外史》中那个天赋异禀自学成才的王冕一样能够不经专业的哲学训练就精通海德格尔倘若还能让幼稚的读者相信的话，那么，让另外一个终岁酗酒的老年猎手居然也很快爱上海德格尔并且以能拥有他的书而高兴的跳起来——这种处理毕竟会让人感到作家缺乏最基本的细节真实表达能力从而落入巨大的叙述罅隙！

第三节　余华小说创作概述

在二十世纪八十年代中后期，稍晚于作家残雪，先后以《十八岁出门远行》《河边的错误》《现实一种》《世事如烟》……等系列小说蜚声文坛的余华连同苏童、格非、孙甘露等新锐作家一起将新时期"先锋文学"的影响继续超前推进，进一步壮大了先锋小说作家的声威和阵营。随着余华创作的深入，其多部短篇小说及其代表性的长篇作品先后被翻译成多种语言，在美国、法国、德国、意大利、荷兰、瑞典、希腊、挪威、俄罗斯、巴西、日本、韩国、越南和印度出版。其中《许三观卖血记》入选百位批评家和文学编辑评选的"九十年代最具有影响的十部作品"。《兄弟》获得第一届法国《国际信使》外国小说奖。另外，余华也是中国当代作家中在国际上影响最大知名度最高的作家之一，接连斩获 1998 年的意大利格林扎纳·卡佛文学奖，2002 年的澳大利亚悬念句子文学奖和 2004 年的法国文学与艺术骑士勋章。

余华的创作才华曾经受到许多著名批评家和作家的热烈赞赏。张清华将

27　残雪：《黑暗地母的礼物　上》，湖南文艺出版社，2015 年版，第 291 页。
28　残雪：《黑暗地母的礼物　上》，湖南文艺出版社，2015 年版，第 302 页。

历史上的作家分成了"只代表自己"的和"代表了全部文学"的两类，余华无疑属于会被文学史记忆下来的、"不但构成了他们自己，还构成了全部文学'规则和标准'"的后者，他还盛赞余华的作为其先锋小说的开山之作《十八岁出门远行》"已经可以达到与《狂人日记》和《药》、与鲁迅的很多小说并驾齐驱的高度了"；[29]陈思和将余华和王朔对比，热情地褒扬余华的小说具备真正的世纪末意识，能"精致地表现出末日感阴影下人所意识到的恐惧与残忍……他的小说充满了先知式的预言和对人生不祥征兆的感悟。"[30]批评家李劼更是语出惊人地断定："在新潮小说创作，甚至在整个中国文学中，余华是一个最有代表性的鲁迅精神的继承者和发扬者。"[31]

一、余华的生平与创作分期

余华，祖籍山东高唐，于 1960 年 4 月 3 日生于浙江杭州，其时正值中国历史上的"三年自然灾害"时期，王世诚在其《向死而生，余华》一书中认为，余华出生的时间节点多少对其小说创作有着一定影响。他说："余华写了一篇小说，名字便叫《四月三日事件》……他有一篇作品名为《古典爱情》，其中对饥荒的描写显然有着某种历史的烙印。"[32]后来随当医生的父亲华自治、母亲余佩文（父母的姓，是余华名字的来源）迁居海盐县。这次迁居的背景据余华在其自传中回忆完全是出于父亲对医生这一事业的志趣，余华的父亲本来在杭州的省防疫站工作，他通过努力自修考取大学以后本来还要回到省防疫站单位的，但为了实现自己当一名外科医生的夙愿，余华的父亲果断联系了海盐县的一家医院，然后举家搬到该地。应该说海盐这座独具韵味、文化资源丰沛的江南小城为余华童年时期的成长提供了一种特殊的成长背景，这使得余华的小说中总是浸润着某种粘稠的南方情调。童年时代的余华非常听话、腼腆甚至有点胆小，这在他后来的许多作品譬如《我胆小如鼠》、《老师》、《黄昏里的男孩》、《我为什么没有音乐》等文本中均有表现。在余华读小学四年级时，全家搬进了医院宿舍，这对余华后来的小说写作影响同样不可低估。余华后来回忆说："那时候，我一放学就是去医院，我对从手术

---

29 张清华：《论余华》，《南方文坛》2002 年第 4 期。
30 陈思和：《余华小说与世纪末意识——致友人书》，《作家》1992 年第 5 期。
31 转引自赵毅衡：《非语义化的凯旋——细读余华》，《当代作家评论》1991 年第 2 期。
32 王世诚：《向死而生，余华》，上海：上海人民出版，2005 年版。

室里提出来的一桶一桶血肉模糊的东西已经习以为常了。"[33]对此，洪治纲教授就在其《余华评传》里专门辟出一节"医院里的风景"来对此进行阐述。他认为医院里的生活之所以是余华创作中的一个重要资源，在其先锋小说创作中占有极为重要的地位。洪治纲"细述了余华在医院中度过的童年生活。尤其是对面就是太平间，童年的余华常在那里避暑，丝毫不感到害怕。医院里生生死死的场景，父亲做手术后各种鲜血淋淋的景象，以及各种病人痛苦的表情，都让余华从小就习惯了生命的自然常态。而余华自己在牙医进修时所碰见的解剖人体过程，更让他对人体器官的细部描述带上了职业化的冷静色彩。往事深植于记忆的底层，一旦在多年后找到了写作的宣泄途径，那些奇特的细节便使余华在叙述死亡时保持了惊人的冷静。于是，我们看到《往事与刑罚》、《现实一种》中的暴力血腥场面犹如摄像机般的清晰，叙述话语内在的张力令人惊恐不安又惊叹不已类似的细部描写与理性探析……"[34]

　　文学史上有不少的作家都经历过从其他专业或职业转向文学艺术的，法国的莫里哀、巴尔扎克、罗伯格里耶，民国时期的郭沫若、郁达夫乃至包括鲁迅也都是如此，余华也历经了这一转型，昔日父亲的那种为了理想不顾家人反对的诗意浪漫的性格在多年以后在儿子身上再次重现。1977 年中学毕业后，在热爱外科医生职业的父亲的一手安排下，余华先是去了镇卫生院，后来又去了卫生学校，在卫校读书时余华已经不安地预感到——像父亲一样成为一名刻板的医生这一命运的安排已经在不远处等待自己了。余华后来说："我喜欢的是比较自由的工作，可以有想象力，可以发挥，可以随心所欲"。[35]然而医学却要求不能想入非非，你"没法把心脏想象在大腿里面，也不能将牙齿和脚趾混同起来"[36]。这种反感终于让后来强忍着做了五年牙医的余华终于开始寻找人生突围的路径了。可以设想的是余华当时将目光可能投向每一个医生之外的行业，所幸他最后将文化馆当作了最适合自己投奔的容身之地。而要调入文化馆，既不会唱歌、绘画也不会跳舞的余华只好试着拿起笔投身写作了。这，就是没有受过具体文学理论教育的余华开始写作生涯的最初起点。

33　余华：《自传》《余华作品集》（三），中国社会科学出版社，1995 年版。

34　曹霞：《探寻沿途的秘密——评〈余华评传〉》，《当代作家评论》2005 年 03 期。

35　余华：《自传》《余华作品集》（三），中国社会科学出版社，1995 年版。

36　余华：《自传》《余华作品集》（三），中国社会科学出版社，1995 年版。

最初的写作当然只能是模仿和跟风，现在回看那段曲折沧桑，余华应该感谢的命运馈赠有二：一是八十年代是一个文学的黄金时代，那时候竟连邮寄文学作品都是免费的，而且编辑还会热情鼓励广大的文艺爱好者，这是支撑余华继续前行的第一个原因；二是应该感谢当时二次启蒙带来的大陆文学视界的重新开放，许多原先被官方视为洪水猛兽予以压制的西方文学经典特别是现代、后现代文学诸大师的一流翻译作品都能够和文革和十七年文学的"红色经典"在书架上并列摆放，这就使得余华很快就得以从诸如《金光大道》《艳阳天》《牛田洋》《虹南作战史》《矿山风云》《新桥》的包围中走出来，开始将汲取营养的文学源头锁定了西方现代后现代小说大师的经典作品上。从模仿川端康成到学习卡夫卡，经过了不算太长的又一个五年的文学磨合期，余华终于在 1987 年写出了他的第一个代表性的短篇《十八岁出门远行》。这篇具有标志性意义的小说不仅让余华调入文化馆的夙愿兑现，还让他从海盐调到嘉兴文联。作为作家的余华终于从作为牙医的余华身上破蛹化蝶了。紧接着，余华一鼓作气，又写出了先锋色彩更加浓厚的《西北风呼啸的中午》《四月三日事件》《一九八六年》《古典爱情》《鲜血梅花》《往事与刑罚》等作品。这些作品付梓后，影响更大。以至于丹麦的汉学家、奥尔胡斯大学的汉学系教授魏安娜在其文章《一种中国的现实——阅读余华》中有这样的感慨："中国当代文学中自八十年代初已突显的个性与民族性问题，到了八十年代中晚期，越来越与语言及表现的问题混合在一起，其时出现的令人瞩目的作家之一是余华。他的小说，在我看来，是以一种与众不同的方式与上述问题及论点相关联的。在中国，他的创作曾如催化剂，刺激了各种不同的对待审美现代性之一般观念的美学态度的显现；在西方，一些华人学者如唐小兵、赵毅衡等·在他们的有关中国文学中现代与后现代的存在或存在之可能性的思考中，常常视余华为中心角色。"[37]这些作品既满足了国内批评家对现代性后现代性中国小说的文本呼唤，也让国外关心中国新时期小说创作的汉学界看到了一些真正区别于社会主义现实主义写作的更加新鲜生动的现代汉语白话小说。

从 1983 年，余华在《西湖》第 1 期发表了自己的处女作《第一宿舍》到 2013《第七天》的付梓问世。余华已经出版问世了多部作品集。除中短篇小说集《十八岁出门远行》《偶然》《我没有自己的名字》《夏季台风》《战栗》和

---

37 [丹麦]魏安娜：《一种中国的现实——阅读余华》（吕方译）《文学评论》1996 年第
6 期。

长篇小说《活着》、《许三观卖血记》、《在细雨中呼喊》《第七天》而外。还有随笔《我的真实》《虚伪的作品》《川端康成与卡夫卡的遗产》《我，小说，现实》《传统·现代·先锋》《长篇小说的写作》《谁是我们共同的母亲》《布尔加科夫与〈大师和玛格丽特〉》《叙述中的理想》《契诃夫的等待》《我能否相信自己》《内心之死》《灵魂饭》、散文集《温暖和百感交集的旅程》《强劲的想象产生现实》《没有一条道路是重复的》及创作谈等其他文学体裁的创作。

　　回顾余华 30 余年的小说创作，可以大致分为四个阶段：即是 1983-1987 年的模仿期；1987-1992 的先锋期；1992-2003 的深化期；2008 年以后至今的成熟期。1983 年，随着余华在《西湖》第 1 期发表的处女作《第一宿舍》，余华开始了祈求改变牙医身份转向作家"行业"的最初尝试，这以后的几年间，他又先后发表了《星星》《竹女》等短篇小说。在这个模仿期发表的小说虽然助力余华从医院正式调入海盐县文化馆，但余华自己从不愿意将之视为自己文学创作之旅的组成部分，这段创作经历期间发表的作品，也未见余华将之编选进任何自己的小说文集中。它们都被作家有意无意地"遗忘"了。正式开启余华先锋小说创作的，无疑是其 1987 年发表的《十八岁出门远行》，这以后，就中短篇小说而言，余华连续不断的发表了一系列挑战读者和批评家接受心理和期待视野的，无论在主题、语言还是在叙述、陌生化形式方面极具实验色彩的先锋小说文本。奠定了自己在新时期以来的当代文坛上先锋小说作家的坚实基础。进入 20 世纪 90 年代伊始，鉴于外在商品经济的时代语境转换带来的贫富群体的日益分化、文学与政治关系的紧张，余华亦开始着手对自己的小说创作进行再次调整，1992 年《活着》的发表，可以视为是余华再次转型和创作深化的标识。在《活着》《许三观卖血记》两个长篇和此后一直延续到新千年初期的众多中短篇小说中，苦难主题的比重加大，甚至开始大大地取代了前一阶段小说中作家一度沉湎于其中的暴力主题、死亡主题、存在主题、人性之恶主题。在小说的语言和叙事方面，余华也有意地淡化小说外在"形式"的实验色彩，开始注意汲取传统现实主义小说注重情节完整性的"讲故事"手法，与此同时，余华并没有放弃先锋姿态，在这一阶段的小说创作中，在结构的意义深层，余华更多地朝向欧美荒诞派和存在主义文学层面的"精神先锋"奋力掘进。新千年以后，随着 2008 年《兄弟》的付梓，一个打破现实主义与先锋文学二元对立，融古典小说与现代小说两种优势，将民族化与世界化两种基因有机卯榫在一起的成熟作家余华令人惊喜地出现在读者眼前。特别是其发表于 2013 年的《第七天》。更可以视为余华后期创作的最重要代表，笔者将会在下节对该文本进行专门的分析。

二、现代、后现代的"艺术真实"观

研究余华的小说，必然要涉及他的小说创作理论。余华属于那种类乎普鲁斯特、萨特或罗伯格里耶那样的有理论意识地进行写作实践的小说家，即使余华不是新时期以来最著名的先锋小说作家，他同样有可能成为一个非常出色的小说批评家。不过，哪怕最简洁地将余华发表在各种刊物上的创作随笔或创作访谈中提出过的批评观念罗列一下，也非得需要专门撰写另一篇论文才能胜任。毕竟，余华的小说创作本身就是他小说理论的具体化展开。所以，以下笔者仅就余华小说创作中所表现出来的现代、后现代的"艺术真实"观作些概括的探讨。

在余华不同创作阶段的随笔与创作谈中，对于生活真实与小说作品中的艺术真实这两者的联系与区别，作家作了不止一次的现身说法。随便可以罗列的文本就有《我的真实》（原载《人民文学》1989 年第 3 期）《虚伪的作品》（原裁《上海文论》1989 年第 5 期）《博尔赫斯的现实》（原载《读书杂志》1998 年第 5 期）《文学中的现实》（原裁《上海文学》2004 年第 5 期）等。

作为先锋作家的余华对小说创作中"艺术真实"的反复强调引发了笔者对既往学界偏重于从"怎样写"的美学形式维度（即是小说表现论层面的实验性的语言和叙事）来研究先锋小说的创作偏狭性的反思——若按照余华提出的此一指掌图示所指进行重新的考量，就会发现，处在时代现场其时其后的先锋小说作家在外国现代主义、后现代主义文艺思潮冲击下在创作意识深处形成的各自区别于此前社会主义现实主义的现代、后现代派"艺术真实"观同样是启动先锋小说作家实现创作起飞不可忽略的另一种（更大）动因。

诚如本章第一节笔者谈及残雪的早期创作时谈过的，正是在新时期文学二次开放的时代背景下，在外国现代主义、后现代主义文学、文化思潮的强烈影响下，在文化、文学经过了前期的现代化酝酿而整体向内转的时代背景下，在官方意识形态话语调节相对宽容的 1985 年及其后的几年间，大批不愿意再回到此前"社会主义现实主义"创作旧路上的作家从各个向度对"社会主义现实主义"创作立论之本的"艺术真实"观进行艺术层面的挑战和反叛，包括先锋作家群体在内的不同小说流派纷纷从西方现代主义以及后现代主义哲学、美学和文学资源中汲取营养，锻造属于他们自己的、区别于此前社会主义现实主义的"艺术真实"观理论，并以之作为践行各自创作的根本指南。纵观先锋小说作家在 80 年代中后期以来的小说创作，不难发现，对其创作观产生影响的、包孕在此一时期诸多外国文艺思潮中的现代、后现代主义"艺术真实"观有表现主义"艺术真实"观、存在主义"艺术真实"观、博尔赫斯幻想主义"艺术真实"观、拉美魔幻现实主义"艺术真实"观、美英新历史主义"艺术真实"观、后现代语言本体论层面的"能指艺术真实"观"、法国新小说派的反人类中心主义重视写物的"物我平等艺术真实"观……等等。

　　和残雪一样，在先锋小说的创作之初，余华受以表现主义为主的现代主义艺术真实观的影响很大，后来又在这一影响因子之外增加了博尔赫斯元小说艺术真实观、新历史主义艺术真实观和存在主义艺术真实观等，所有这些非现实主义的艺术真实观都对作家的创作发生过潜移默化的影响。笔者在上编已经探讨过，以博尔赫斯为代表的"元虚构"式的叙事"真实"观，除了对马原、格非、苏童、孙甘露、残雪、潘军等人施加了影响而外，对余华的《四月三日事件》、《河边的错误》、《难逃劫数》等文本的影响也一望可知，这里就不再重复论述了，对于表现主义艺术真实观对于余华文本创作的持续影响，笔者拟在下一节对《第七天》的阐释分析中重点展开，这里，主要谈谈后两者对余华小说创作的影响。

（一）新历史主义艺术真实观

　　按照新历史主义的文学定义，余华的发表于《收获》1987 年第 6 期的《一九八六年》和两年后付梓于《北京文学》的《往事与刑罚》显然是两篇彰显鲜明新历史主义色彩的中篇小说。笔者这里先就新历史主义的概况简单交代一下：1980 年美国加州大学教授格林布拉特出版了其被公认为是新历史主义的奠基之作的《文艺复兴时期自我造型》。这以后，随着海登·怀特、詹姆逊、布鲁克·托马斯等学者的先后汇聚新历史主义在欧美学术界和文化界声名逐渐煊赫。新历史主义打破了形式主义的文本中心论和旧历史主义的历史决定论，从多方面解构了传统的历史观念，建立了崭新的历史"真实"观：比如新历史主义认为以往历史学家挑选材料、取舍历史事件的标准是那一时代占统治地位的主流意识形态，而新历史主义应从其对立面出发，深入开掘与以往大写的、单数的历史相反的小写复数的历史；再如在新历史主义看来，历史的真实性并非是主体面对的客观存在，而是存在于文本编织物之中。历史的真实性只是语言叙事和阐释活动的结果，因而其客观性大为可疑；又如新历史主义者否认历史与文学对立的观点，声称它们同属于一个符号系统，要借助语言再现过去，要借助想象形成虚构部分，海登·怀特则干脆认为，历史叙事同文学一样就是虚构。新历史主义的"文本艺术真实"观在先锋小说的创作中影响甚广，莫言在 1986 年发表的《红高粱》系列一般被认为是先锋小说作家早期的"新历史主义"写作的经典文本。除了莫言而外，可以延展到苏童、叶兆言、格非和洪峰几人。从 1987 年到 1990 年前后，又大量涌现出了象叶兆言的《状元境》、《追月楼》、《枣树的故事》、《半边营》，苏童的《1934 年的逃亡》、《罂粟之家》、《妻妾成群》、《红粉》，格非的《迷舟》、《青黄》、《风琴》，洪峰的《东八时区》、《和平年代》……等作品。余华的《一九八六年》《往事与刑罚》可以说是这一创作思潮中的重要代表。因为二者也都是"着眼于个人命运的变迁，将以往红色或主流历史幻象中的巨大的板块溶解为细小精致的碎片，散射出历史局部的丰富而真实的景象……从各个不同的角度展示出新历史主义小说广阔的空间。"[38] 摩罗将《一九八六年》的诞生视为中国文学尤其是"文革"题材和知识分子题材的文学的重大事件。他说："历史教师内心生活的复杂、强烈、深刻，使得他与历史真实中的知识分子和别的文学作品中的知识分子判然有别。在知识分子'不是异化为狼，就是异化为羊'，'除了紧跟，除了服从之外不能有任何独立的人格、独立的思想的时候'，历史教师却既不做狼也不做羊，既不紧跟也不服从……他以其最伟大的文化想象力和精神能量，成为了我们的时代所能出现的最高尚最深刻的非人。"[39] 赵毅衡断定余华的《往事与刑罚》中内蕴的对历史的深刻认识，足以使五四时代的中国作家战栗。"历史本是中国文化中'意义权威'最高的文体，'六经皆史'，经不如史。因此，历史在余华的小说中成为首先需要被颠覆的对象。当历史崇高的光圈显出原形，只是盲目残杀的刀刃之反光，当以'历史的利益'为名而实行的酷刑被剥去言词装饰，历史就失去了意义的权力。"[40]

（二）存在主义艺术真实观

如果说残雪的小说创作最能体现其深受表现主义"艺术真实观"影响的

---

38 张清华：《中国当代先锋文学思潮论》，江苏文艺出版社，1997 版，第 195 页。

39 摩罗：《论余华的〈一九八六年〉》，《文艺理论研究》1997 年第 5 期。

40 赵毅衡：《非语义化的凯旋——细读余华》，《当代作家评论》1991 年第 2 期。

话，那么余华的小说创作则在表现主义真实观之外还大大地得益于存在主义
"艺术真实观"的滋润与灌溉。存在主义艺术真实观直接继承了表现主义艺
术真实观的衣钵：二战后薪传以表现主义为主要代表的现代主义文学各流脉
对人的反异化主题进行进一步追问的存在主义者普遍对文艺复兴以来的科学
主义、理性主义、乐观主义等进行了无情的再解剖，从中将文艺复兴时期以
来的一个被工具理性、人类进步等宏大公共话语所长期遮蔽的旨在首先追求
个人解放、个人幸福为主导价值取向的个人主义优秀传统重新摆到人类哲学
思索的最大母题地位上来。在《存在与时间》中，"海德格尔从个体的人出发
把异化理解成人的生存的普遍形式，晚期的海德格尔又从'自己与他物'共
存关系的角度谈人的非本真生存方式，但不管是他人对自己的异化还是人在
技术时代的异化，都着眼于从个体的人"。[41]同样，在萨特看来，异化并非是
马克思认为的那样仅仅是私有制的特殊现象。他断言，"个体的人在匮乏的环
境中首先失去人性然后又起来反抗以求恢复人性。但是反抗或革命一旦被组
织起来，就会被制度化而重新陷入分散状态和惰性状态，也即是说，反抗或
革命不可能消除异化，相反只能导致新的异化"。[42]正是在这种对人类首先作
为不可重复、不可替代的个体该怎样在这个荒诞世界的包围中如何存在的追
问中，存在主义的"存在的本真"、"存在的真实"这一命题才成为二战以来
西方亦是全人类迄今仍在直面的最大哲学命题。萨特、加缪而外，西方继起
文学思潮中的荒诞派、黑色幽默等莫不是这一命题的派生和延伸。这种人应
该追求的最高境界之"存在的本真"、"存在的真实"观认为：对个人的生存
和生存处境"如何才能不被异化"的关注，应该成为了存在主义的出发点。
以此对照余华的创作，不难看出，从八十年代的《十八岁出门远行》、《现实
一种》到九十年代的《在细雨中呼喊》、《活着》、《许三观卖血记》再到新世纪
的《兄弟》，尤其是 2013 年引起文坛、评坛乃至社会媒体极大关注和反响的
《第七天》中，余华莫不以其深刻的思想和独到的视角，向我们不断反复、
不断叠加地展示了一幕幕他眼中的这一人类存在本质世界的真实图景。在对
常理的极度化颠覆、对欲望的变形性书写、对时间的非常态呈现的文本背后，

41　杨经建，董外平：《历史的"虚无化"和文明的"非理性"》，《浙江社会学刊》，2010
　　年 01 期。
42　杨经建，董外平：《历史的"虚无化"和文明的"非理性"》，《浙江社会学刊》，2010
　　年 01 期。

莫不律动着克尔凯郭尔、尼采、海德格尔、萨特和川端康成们对人类存在的"虚无——救赎"这一命题苦苦追索的精神共通性。

"虚无"表现在他在**认识论**方面擅于通过刻画荒诞的社会图景来深入发掘人的异化现象。"**救赎**"则表现为他又能从**价值论**的向度鼓励人们勇敢地直面荒诞、反抗异化，从而成就人自身能够坚持自为地存在着的尊严、勇气和伟大。

对于一些批评家指摘自己在小说的叙事迷宫和语言演练上因为实验性太强而导致晦涩时，余华这样解释道："从《十八岁出门远行》到《现实一种》时期的作品，其结构大体是对事实框架的模仿，情节段落之间的关系基本上是递进、连接的关系……那时期作品体现我有关世界结构的一个重要标志·便是对常理的破坏"。然而，"当我写作《世事如烟》时，其结构已经放弃了对事实框架的模仿。表面上看为了表现更多的事实，使世界能够尽可能呈现纷繁的状态，我采用了并置、错位的结构方式。但实质上，我有关世界结构的思考已经确立，并开始脱离现状世界提供的现实依据"。[43]，在余华看来，他使用的语言和结构不过是要深入到人和世界内部的手段，旨在从认识论的高度把自己对世界的认知从过去那种陈旧的结论中解放出来。而这种认知的结果就是美丽谎言掩盖下真实世界的无边荒诞和人性的异化。反过来，这荒诞、异化又成为余华塑造艺术世界的立足点和切入角度。这种作家对于世界的体验、判断显而易见地是受了卡夫卡作品的启蒙。如同我们在卡夫卡的《变形记》中看到主人公被生活的重负挤压异变成一只处境可怜的大甲虫最后只能可悲地死去、在《美国》中看到的卡尔·罗斯曼这个诚实善良的 16 岁少年在与他格格不入的、敌对荒诞的世界中像无力的水母那样任人欺凌却无法把握命运一样，早在余华的《十八岁出门远行》中，作者就清楚地表达出他对人与世界、人与人之间冲突对抗而非和谐共处的荒诞认知。18 岁的主人公辞别父亲要"认识一下外面的世界"，最初的美好憧憬被接踵而来的迷路、搭车、好心帮司机保护车上的苹果被村民们胖揍、司机没有同情反而幸灾乐祸地旁观……所有的厄运合奏出十八岁的少年对世界荒谬性感触的最强音！此后对这一 18 岁少年被施行的"成人礼"——暴力、血腥、荒诞、孤独、人性恶诸元素的夸张变形——就奠定了余华此后许多小说作品的情感基调：理性、智

---

43 余华：《我能否相信自己)，人民日报出版社，1998 年版。

慧，充满爱心、信任和希望的大写的人在余华的此类小说中了无踪迹，人人不过是一个个欲望的符号、人与人之间只有相互敌对的异己冲突、人与世界永恒对峙不被容纳劫数难逃……在《兄弟》（下）中，余华对商品经济下被拜金主义强烈异化后的众生万象更是有意地为读者进行不无夸张地聚光一照：这里面有一心一意投其所好将为上司拉皮条看做主要乃至唯一业务的刘作家；有许多带着孩子，堵在私人公司门前的大街上编造富豪风流丑闻要给自己和孩子讨要应得补偿的"良家妇女"，有规格之高轰动全国的选处女大赛……小说讲述的就是在这样一个当物欲横流的商品经济颠覆一切传统价值观念时，金钱、物欲对于李光头、林红这两个小说主人公，包括对刘作家、童铁匠、王冰棍、余拔牙……等其他各色小说人物人性异化的故事：对于有些论者将从小流氓成性、长大后依靠作家赋予他的商业天才而大发横财的李光头定性为民间英雄的论调，笔者以为实在是荒谬至极！从弗洛伊德的精神分析法出发，笔者以为，李光头从小到大的几乎所有行为都是执行者完全追求本能物化的原则在行事，其丑陋的人格和变态的心灵始终停滞在那个偷窥女性屁股的少年时代，小小年纪因为"力比多"旺盛就随时随地在大庭广众下自慰，长大发财后完全将钞票大把大把地用在处女选美大赛、让手下为自己天天物色美女，最后竟然对患难哥哥的老婆又打起来主意，并在得逞后最终害死了宋钢。从传统中国文化、伦理衡量人的标准来看，李光头是一个对亲人无情无义、为欲望不顾廉耻的禽兽；从西方弗氏心理学的观点，他更是一个不为"超我"所规范，一心听凭"本我"驱使的人格缺陷者——如果像李光头这样的小流氓，并没有在商品经济时代变成所谓的商业巨子、成功人士的话，那么，他还有可能在不得不控制自己的本能上回归常人，从而间接地塑造自己"本我"、"自我"、"超我"三者比例合理的健康人格，但正是身价几个亿的金钱彻底断送了李光头这种向善的可能，小时候人性恶的基因在其后来发财后借助金钱的魔力终于将这种恶在几何倍数的量上被放大。李光头不折不扣地是一个被他自己挣得的金钱充分异化成一个十足的病态者。

　　和格非《望春风》笔下的蒋维贞相类，作品中另一个主人公林红的蜕变让人既瞠目结舌，又觉得合情合理。昔日高大帅气的宋钢也和那闪闪发亮的"永久牌"自行车一样曾经给予林红无上的幸福，但是，随着爱恋激情被柴米油盐酱醋茶普通生活的稀释，丈夫的下岗和家庭入不敷出的经济状况的恶化，随着自己也同样面临失业威胁的局面，在童话般的爱情失去了保鲜期开始日益褪色的同时，对稳定、富足的物质生活的向往亦开始成为无比实在的需要，这是造成林红转向李光头的契机。接下来的故事似乎也就顺理成章了，当读者看到这个从昔日害羞的纯情少女最后变成八面玲珑、见人笑三分的老鸨林姐时，不能不对此唏嘘感叹。造成林红异化的罪魁，既有金钱的因素，但同时亦有权力对女性的戕害：那个利用手中掌控员工的去留生杀大权的刘厂长的逼奸也是直接导致林红投向李光头怀抱的有力推手。

除了在认识论层面进行荒诞控诉而外，余华也在价值论层面企图提出拯救性的方案，这集中体现在余华九十年代创作的文本《活着》《许三观卖血记》里：在从卡夫卡的表现主义朝向萨特的存在主义的认知迈进途中，余华的创作观也发生了从卡夫卡的揭露荒诞向萨特和加缪的直面荒诞敢于反抗的自为性存在主义的境界飞升。彻底抛弃了西方人对历史目的性的坚信和乐观主义的存在主义大师萨特，首先承认人类进入工业文明以来卡夫卡们所描述的物化的桎梏已经导致了人性的空前异化，继而认为："既然世界已注定陷入崩溃和荒诞，人类注定陷入不幸与痛苦、陷入无出路的苦闷与彷徨之中，那么，还有什么必要紧紧守护着以往的理想大厦之废墟而祈祷、哭泣呢？过去的哲学曾致力于确定客观世界的发展规律和人在这规律中的作用和意义。现在，既然规律已成碎片，人为什么还非得命中注定地欲与'规律的碎片'一起默默殉葬呢？今天的哲学更应该面向人，这是唯一可以不断选择其生存方式的'自为'的存在。哲学应该激励人勇敢地活，勇敢地肩负起扭转被动地位的使命。让人以寻觅自我生存的意义为本体。因为世界人生无所谓意义，只有人的行为才能赋予荒诞的世界和自我人生以意义"。[44]正是在这一点上，我们重新看待余华的《活着》《许三观卖血记》等长篇小说和九十年代余华的诸多嬗变后的中短篇创作，才会真正认识到以往不少批评者对余华九十年代创作的肤浅误读——余华在深掘商品经济语境下弱势群体日益局促的现实主义苦难主题、力求借助现实主义传统讲故事的手法并不代表余华向现实主义缴械投降，余华恰恰是打破了先锋与传统的二元对立，在更深的精神先锋层面朝向以萨特为代表的存在主义哲学高歌猛进！"萨特的存在主义以极端悲观的终点走向了积极乐观的新起点。或者说，从认识论的透彻的绝望，走向了价值论的崭新的希望。它无异于向人们宣示：世界是毫无理由的荒诞，

---

44 龚翰熊：《欧洲小说史》，成都：四川大学出版社 1997 年版，第 289 页。

人生是毫无内容的虚无。但反过来，正因为世界荒诞，才显出人直面荒诞而活下去的勇气和伟大。人生虚无，才需要人以自己的顽强追求予以充实，从而以自己的活动赋予世界以意义"。[45]——难道这些，不正是对"福贵为什么在所有亲人都先后不幸谢世的孤独中为什么还要坚持活下去"的最佳答案吗！

第四节　《第七天》的双重主题和先锋表征

余华是大陆文学新时期以来一直关注底层社会的先锋小说作家的主要代表，进入八、九十年代之交以降，他将文学的先锋性由过多专注外在单纯的"形式先锋"开始注意吸纳传统现实主义小说"讲故事"的长处，并在更深层的意义上更多地向欧美荒诞派和存在主义文学层面的"精神先锋"之维移形换位。接连创作了诸如《细雨中哭喊》《活着》《许三观卖血记》《兄弟》等很多脍炙人口的长篇小说作品。在这些浸润着人性反思的作品中，对于底层平民、弱势群体的悲悯与同情无一不是隐藏其中的串珠红线，正如作家在2010年的一次接受采访时所夫子自道的那样："从我写长篇小说开始，我就一直在写人的疼痛和一个国家的疼痛。"。《第七天》作为余华后期创作的重要长篇，更是一以贯之的承绪了这一思考和写作主题，作家以其如椽的巨笔逼近现实、拷问现实并忠实地反映在虚假宣传画下面当代中国那许多令人不忍直视的各种不幸、苦难和死亡。

掩藏在《第七天》表层苦难主题下的更为深刻复杂的主题在于，它在更深的社会学层面上将全球化背景下中国的现代性脱域带来的新型风险以及由日益严重的信任缺失可能导致的改革遇挫以"反方案"的形式发出了提前预警。从艺术表现层面而言，小说《第七天》在相当程度上染上了"现代派"小说的浓郁色彩。出于表现作品在思想意蕴和人物塑造等方面的需要，作家余华在文本中运用到的现代、后现代手法，从亡灵叙事、碎片拼贴、审丑意识、黑色幽默到后现代性的重复与互文式写作，以及魔幻现实主义等等……可谓不一而足，限于篇幅，这里笔者重点探讨在小说中出现的以下几种现代派小说成分：即是《第七天》的第一人称亡灵叙事和多视角叙事，表现主义现代派的荒诞变形两个方面。

---

45 龚翰熊：《欧洲小说史》，成都：四川大学出版社1997年版，第289页。

一、实录苦难的人道主义情怀

小说《第七天》采用了拟仿《旧约》中上帝用"七天时间"进行创世的时序安排和《神曲》中但丁游历"三界"的空间历险这一"时空交织、经纬错综"的结构布局将整个"故事本事"内容给予了"内在结晶化"的处理。随着小说的开头："浓雾弥漫之时，我走出了出租屋，在空虚混沌的城市里孑孑而行。我要去的地方名叫殡仪馆，这是它现在的名字，它过去的名字叫火葬场。我得到一个通知，让我早晨九点之前赶到殡仪馆，我的火化时间预约在九点半……"[46]，出现在读者脑海中的主人公杨飞就以第一人称的口吻占据了故事主讲人的地位。他接下来在七天时间内穿行于阴阳两端、"四个世界"（一是现实世界，一是殡仪馆候烧室，一是安息地，一是死无葬身之地）[47]的空间历程，即是小说的文本内容：第一天，总括全局：打开故事折扇，所有由主人公杨飞这一中心视点沿着各条扇轴延展开来的不同扇面几乎全都出现了：死在了早已被公安、消防、卫生、工商、税务等部门的白吃白喝整垮，已经入不敷出的谭家菜馆里面的我（杨飞），要赶去殡仪馆火化，来到 203 路车站，目睹了为了市长去殡仪馆火化出行实行道路封锁造成的车祸发生、自己做家教的那家女儿郑小敏孤零零地坐在废墟上边写作业边等她那已双双被埋进废墟中的父母；殡仪馆要根据权力和金钱的高低多少来定死者所享待遇的三六九等……；第二天，采用了闪回的补叙手法陈述了我在一家公司的工作以及和前妻李青的恋爱、婚姻经历。她作为公司的明星人物、第一美女当年因为看重我的善良、忠诚、可靠而下嫁与我，但 3 年后终于因为要实现自己的野心和价值而弃我令嫁，但最终被骗自杀，重又与我的孤魂相遇了。第三天，回顾了我的传奇般的在行驶火车厕所中的出生和丢失经历、以及在养父杨金彪的呵护下的成长、上学和亲生父母的相认旋即又重回养父身边的往事和乳母李月珍在穿越马路时的被撞身亡。第四天写刘梅和伍超的爱情、生活和悲剧归宿：故事从鼠妹（刘梅）从 28 层高的鹏飞大厦堕楼自杀入手，透过刘梅寻短的表面理由（男友送的生日礼物 iPhone 4S 是假的），深刻揭示出这事件背后那二人不堪生活重负折磨的真正原因：刘梅和男友伍

46 余华：《第七天》，北京：新星出版社，2013 年版，第 4 页。本节其余引文也出于该书，不再另注。

47 "四个世界"的界定，参见赵海涛：《〈第七天〉中的四个世界》《中山大学研究生学刊》（社会科学版）2015 年 02 期。

超在进入城市打工以来曾经做过洗头工、服务员，因为收入低下又不甘心被欺侮连续更换更加廉价的租房，最后搬到了被称为"鼠族"的一群有 2 万人栖身常住的地下室，流浪于城市的边缘和缝隙中，年纪轻轻却活不下去。第五天摹写了四处游荡着没有墓地的幽灵所在的彼岸世界：他们中间有十多年前的被男扮女装的卖淫女和被他寻仇杀害的办案警官骨骼；有大型商场被烧死的 38 人的骨骼；有郑小敏的父母骨骼；有在谭家鑫依然在此处开的谭家菜馆里吃饭用餐的骨骼；有被冤枉枪毙说他害死疯妻的骨骼；还有李月珍及其带着医院的 27 具死婴一行人的骨骼。第六天，肖庆的幽灵转告刘梅，伍超是因为在老家守候病危的父亲才没有及时看到、回复她的 QQ 质问，在回到城里地下室得知她坠楼身亡后，伍超用卖肾得来的钱给鼠妹买了块墓地。自己仍旧病危在床。众骨骼于是捧来河水给鼠妹净身，将她送往墓地。第七天，我终于在殡仪馆找到了业已先我而来的养父杨金彪的亡灵骨骼，鼠妹的男友伍超由于卖肾感染死亡也来了，我带他找到了那个"死无葬身之地"的地方："那里树叶会向你招手，石头会向你微笑，河水会向你问候。那里，没有贫贱也没有富贵，没有悲伤也没有疼痛，没有仇也没有恨……那里人人死而平等"。

这样，读者就跟随文本设置的这一内在聚焦视角，既看见了主人公杨飞对温馨的童年生活、对他与养父杨金彪之间感人至深的父子之情以及他与前妻李青的甜蜜爱情和短暂婚姻……等温馨感人的回溯性场景，也更见证了在这袭温情脉脉、诗意祥和的菲薄人性之光背后延伸开来的无边黑暗：现实生活中每天轮番上演的暴力强拆、火灾、弃婴、冤案；"毒水毒气毒奶泛滥，假货假话假人当道；坐在家中得提防地层下陷，吃顿饭小心被炸得血肉横飞；女卖身男卖肾，不该出生的婴儿被当作'医疗垃圾'消灭，结婚在内的一切契约关系仅供参考。"；[48]处处充盈着令人窒息的污染、欺骗和公害："权力与金钱控制着社会运行的速度与方向，所有的价值与所有的资源都被垄断，普通人要获取生存必需品，必须舍弃最珍贵的生命（身体的部位）、爱情、精神"！[49]；乃至因为公平正义的匮乏、地方政府的极端不作为而引发的总计 14 个死亡事件造成的上百个人物的分别或集体殒命的人道主义灾难……《第七

48　王德威：《从十八岁到第七天》《读书》2013 年 10 期。
49　王兴文：《被荒诞美学遮蔽的杂闻汇编——评余华的小说〈第七天〉》，《哈尔滨学院学报》，2015 年 01 期。

天》延续了余华既往在书写死亡题材时追求零度叙事的冷漠写作惯性，将"死魂灵"杨飞离世后的上述种种见闻构成小说叙事推进的脉络和故事情节发展的节点——"彼岸"和"此岸"两个世界里任由种种魑魅魍魉飞扬跋扈怙恶不悛却能得以肆无忌惮地畅行无阻、而居于其中的各种各样的社会底层平民如何日日忍受被奴役、被侮辱和被损害的残酷遭际却无人问津的全部异化和荒诞性酣畅淋漓地表述了出来。可以讲，满怀着深切体恤之情，并力图呈现一个生之痛、死之苦的悲惨世界、忧患人生的苦难主题无疑是小说《第七天》所彰显出来的第一大主题，其所表现出来的对当代各种底层苦难的书写使得小说从某种意义上已经达到了某种社会学的高度。

作品从人道主义的思想立场出发，在淋漓尽致地勾勒出一个令人发指的"悲惨世界"、揭示暴露出社会上的种种罪恶和不公的同时，又有意使用了善恶二元对照的行文原则，通过对众多类型的"为恶者"的反观来衬托众多"为善者"的光辉，从而在"为善者"的人物群像身上寄予了自己对以关心人、爱护人、尊重人为价值取向的悲悯情怀。诚如一位论者所指出的那样："尽管人的外部生态世界充满了血腥和死亡，但人的内心世界并不是只有硬结和冷漠，诸如杨乐、杨金彪、李月珍、伍超、刘梅、肖庆等，他们的内心世界依然柔软，依然善良，依然闪烁着人性的光辉，这就是这个绝望世界中不可忽视的希望"。在这些熠熠生辉的"为善者"之中，读来最令人动容的，无疑是主人公"我"的养父杨金彪和乳母李月珍这两个彰显人间大爱和至善的人物形象了。

年轻的铁路扳道工杨金彪意外地捡到了一个婴儿，那是"我"的生母去看望外婆时在奔驰的火车厕所里生下了"我"。因为这个机缘，异外地降生在两条冰冷铁轨间的"我"，却又幸运地落生在一个善良男人的柔软心间，从此尽享绵软悠长的父爱。杨金彪给予"我"无微不至的呵护与关爱——竟至为了"我"而一生未婚。文中令人信服地写到，最后一次因为太想结婚的杨金彪强忍痛苦下定决心丢弃了杨飞，但仅隔一夜后无法忍受内心煎熬的他重又去找回杨飞，并最终放弃了婚姻。在抚养"我"长大成人且读了大学时，"我"的亲生母亲找到了我，他不仅分文不予索取，而且还花费一生的积蓄为作为养子的"我"买名牌西装，当"我"从亲生父母家返回时，他才又与"我"相依为命；在到后来，养父杨金彪竟然因为一生积劳成疾身患重病不愿拖累"我"的生活而毅然离家出走，并死在外地。死后的杨金彪仍旧不改其勤劳本分与忠厚谦让，为了能再见养子一面，他心甘情愿在侯烧室做服务员。一生恪守贫富本分的杨金彪被塑造成为了一个充满神性的完人。

虽然养父杨金彪一生未婚，然而"我"母亲的角色却并未真正缺席。这是因为父亲的同事郝强生的妻子李月珍填补了"我"心目中无比神圣的母亲位置。"我"生下来的第一天喝的就是她的奶水，尽管当时条件艰苦，她本身也营养不良，加上她还有一个嗷嗷待哺的女儿也需要喂养的情况下，"母亲"也一直用她的奶水喂养着"我"，她指导"我"的父亲杨金彪如何剪脐带、换尿布，在父亲上夜班的时候，"我"吃住在她家。李月珍将"我"当成儿子看待，"我"亦视李月珍为"我"的母亲。"我"的生母对我只有生育之恩，但"我"对于生父生母的家庭来说，不过只是半途而降的不速之客罢了。李月珍在"我"的心中才是真正的母亲。她或因揭露弃婴丑闻而身披车祸，她死后，灵魂看着丈夫和女儿远赴美国，伤心哭泣之余的她，在知道自己已经失去了现实世界的丈夫和女儿之后，将那那二十七个死去的婴儿当作自己的二十七个孩子，再次成为母亲。在文本描摹"我"的"母亲"带着这群婴孩走向"死无葬身之地"的特写"镜头"中，我们看到的分明就是一副玛丽亚在小天使的簇拥下走向永生之所的圣母升天图！

在以"我"的养父和乳母为代表的众多"为善者"人物群像进行精心素描时，余华以他温暖而感伤的笔触让我们看到了社会底层人身上那善良温暖的美好人性。像鲁迅先生在夏瑜的坟前填上花环一样，作家显然要在苦难生活的苍凉底色上留下些许抵抗绝望的希望之光。

二、脱域机制下中国当下改革的信任危机

掩藏在《第七天》表层苦难主题下的更为深刻复杂的主题在于，它在更深的社会学层面上将全球化背景下中国的现代性脱域带来的新型风险以及由日益严重的信任缺失可能导致的改革遇挫以"反方案"的形式发出了提前预警。

上世纪八九十年代以后，随着中国现代化建设的骤然提速，以存在主义文学为主要代表的、早先滥觞于西方欧美各国和日本的现代派文学在中国大陆开始逐渐被越来越多的作家践行。以存在主义、表现主义小说写作登上文坛的余华就是其中的一个主要代表。可以说余华在其主要的生活和创作时期，全部见证了并经历了共和国由前现代的农耕文明迈向经由八九十年代的商品经济转型直至新世纪的今天中国现代化进程的各个阶段：他也都用自己不虚

美隐恶的"史笔"在《活着》《许三观卖血记》《兄弟》等作品中书写了这个转化过程中底层平民和弱势群体在历史嬗变脚步中的苦难遭际和自己的悲悯思想。当然，在这些文学作品中也同样浸润着自己在时代转型中各种异化现象对人性戕害的思考。《第七天》正是这样一部余华对新世纪中国在改革开放进入深水区各种矛盾在社会上凸显的崭新思考的结晶。

众所周知，共和国在进入新时期以来业已发生过两次转型，第一次转型以粉碎"四人帮"、"关于真理标准问题的讨论"以及"思想解放运动"为标志，中国开始全面实行改革开放；第二次转型以邓小平"南巡讲话"为缘起，借助城市化、信息化与电子化的强力助推，"市场"成为了社会的主导性话语；到了世纪之交，又一次转型正在酝酿和发展：中国加入 WTO，城市化的突飞猛进，消费主义思潮的风起云涌，全球化和市场化进程的加速推进等等。伴随着中国经济的发展与城市化进程，中国贫富差距日趋拉大，这一差距表现在城乡之间、市民与进城打工者之间，以及收入较高的阶层与下岗职工之间，等等。这一经济发展过程使得昔日发生在欧美日本诸国的现代性"脱域"化带来的种种社会异化问题日趋凸显，引发了余华表现这一重大题材的浓厚热情——余华在小说《第七天》中所展现的崭新思考，从某种意义上，正是建立在共和国在进入新世纪以来的第三次社会转型中基于现代性脱域机制的信任问题引发的包括政府、专家、法律、经济等方面全面的异化的社会背景上的。

在现代性的运行机制中，脱域处于核心地位，吉登斯在《现代性的后果》一书中将"脱域"定义为："所谓脱域，我指的是社会关系从彼此互动的地域性关联中，从通过对不确定的时间的无限穿越而被重构的关联中'脱离出来'。"[50]当然，现代性扩展的实现还需要一个"再嵌入"的反向操作进程。吉登斯将"再嵌入"定义为："重新转移或重新构造已脱域的社会关系，以便使这些关系（不论是局部性的或暂时性的）与地域性的时-空条件相契合。"[51]其实质上就是使脱域得到的"抽象系统"重新"境域化"。具体而微，通过脱域机制将社会关系先从具体的地域性关联中抽离出来，形成专业、权威性抽象

---

50 [英]安东尼·吉登斯：《现代性的后果》，田禾等（译），南京：凤凰出版传媒集团，2000 年版，第 18 页。

51 [英]安东尼·吉登斯：《现代性的后果》，田禾等（译），南京：凤凰出版传媒集团，2000 年版，第 69 页。

系统，再跨越时-空将抽象出来的社会理论通过逆方向的二次操作重新嵌入到具体的情境中去，以此实现现代性的扩展。吉登斯又将马克思关于资本的经典表述吸纳进他的脱域体系，从而将全球化看做是资本在脱域体制下运行的必然趋势和结果。马克思断定："作为资本的货币流通本身就是目的，因为只是在这个不断更新的运动中才有价值的增殖。因此，资本的运动是没有限度的"。[52]在此启发下，吉登斯进一步认为："资本逐利的本性对脱域机制的运行提出更高的要求，促使脱域机制更高效地运作，从而在速度和规模上实现突飞猛进的变革，最终走向全球。在资本积累的激励下，资本主义在全球范围内发掘原料产地和商品市场，现代性的生产方式随之扩展开来，也就是说，强势的社会关系通过脱域和再嵌入的过程被普适化。资本主义生产方式在全球范围的扩张，使各民族都卷入到现代性浪潮中"。[53]

在吉登斯看来，脱域机制运行的基础是现代性条件下的新型"信任"关系，由于前现代的社会关系被特定的时间和空间所局限，人和人之间的信任是基于他们都属于一个由熟人组成的群体。而脱域机制的运行促成了时间与空间的分离，使前现代社会意义上的时间与空间的一致性发生了根本的变革，社会关系脱离了同一区域的时间与空间的控制，由此人们主要是和陌生人而非熟人在打交道，在这种情况下，他们的信任不可能再向从前那样建立在对对方人品道德的信心上，而只能以尊重的态度通过咨询相关的专业人士提供的抽象系统为其信任提供预期的保障。尽管这种建立在精深专业知识上的抽象体系具有一定的风险，但是这种风险却可以通过精确的评估大大降低到一个可以接受的水平——综之，"在现代性条件下，人们对抽象系统之所以采取信任的态度，既源于抽象系统的专业性和权威性所带来的可信性，又出于个体在风险社会对本体性安全的诉求"。[54]

改革开放以来，在全球化背景下，通过脱域机制的运行，在短短三十几年的时间内，西方的现代性被压缩式地再嵌入到中国现代化的具体情境中。中国社会启动了由传统农业的、乡村的、封闭或半封闭的前现代社会向工业

52　马克思，恩格斯：《马克思恩格斯选集》（第二卷），北京：人民出版社，1995 年版，第 168 页。

53　孙凤兰，邢冬梅：《基于现代性脱域机制的中国信任问题》，《湖北大学学报（哲学社会科学版）》2017 年第 4 期。

54　孙凤兰，邢冬梅：《基于现代性脱域机制的中国信任问题》，《湖北大学学报（哲学社会科学版）》2017 年第 4 期。

的、城市的、开放的现代社会的全面变迁，西方社会所经历的前现代、现代、后现代的过程在中国几乎被同时呈现出来。这种现代化的压缩是从生产力到生产关系，从经济基础到上层建筑，从生产方式到交往方式，从经济到政治、文化和社会的整体性环环相扣的变革。

　　脱域机制的运行既为中国的现代化进程注入了前所未有的加速度，同时也给当代的中国社会带来了有别于传统社会乃至计划经济时代的新型风险。中国传统的社会交往建立在人情基础上，计划经济时代的社会生活则按照政府统筹的逻辑展开，而在脱域机制的运行催生的社会转型期，一者，工业化和城市化的加速推进带来了巨大的利益冲突，由于缺乏合理而有效的整合，不同的社会群体已经呈现固化状态；二者，自 20 世纪 90 年代邓小平南巡讲话以来，处于转型期的中国社会渐次将市场作为社会资源配置的最主要手段，市场在作为一种迄今为止最有效的经济组织方式推动现代性社会发展的同时，其本身先天携带的趋利本性和中国当前市场经济的发展还不够完善的现状使之成为目前国内现代性风险产生的基本根源："各种系统用来保障人们的合法权益不受侵犯，保障抽象体系的运行与其预期一致，但是，市场经济原则的泛化收编了专业人士的社会良知，各种系统的管理和监督功能减弱，甚至沦为形式化的存在。各种系统的管理和监督功能在市场经济原则的作用下也附带了浓厚的功利色彩，管理和监督的力度更加着眼于当下利益的获得，有时不惜损害公众的整体利益和后代的长远利益。甚至，管理和监督的行为被个人欲望左右，为一己私利不惜损害他人的合法权益，因此破坏了各种系统的权威性和可信性。"[55]——政府部门、专家体系是组建抽象系统的根本要素，其公信力如何，直接制约着中国通由脱域行为进行进一步现代化的步伐和走向，因为时-空伸延是脱域机制运行的必然结果，而脱域机制的运行要以信任为基础。正是基于信任，脱域得到的抽象系统才能再嵌入到具体的情境中去。而在长篇小说《第七天》的文本世界中，我们看到的却是从地方政府部门到行业专家体系在民众心目中公信形象的全面崩塌：

　　"我"的鬼魂在第一天就遇到了抗议暴力拆迁的群众，"我们是来要求公平正义的，我们是和平示威，我们不要做出过激行为，我们不能让他们抓到把柄。"底层群众遇到强拆，第一时间想要从政府那里寻求保护、渴求公平和

55 孙凤兰，邢冬梅：《基于现代性脱域机制的中国信任问题》，《湖北大学学报（哲学社会科学版）》2017 年第 4 期。

正义，而回答他们的，不仅是推诿、拖延乃至欺骗，更兼腐败官僚利用地痞流氓混在和平抗议队伍中寻衅滋事、制造事端而导致无辜群众被投入了监狱："一辆驶来的面包车停在我身旁，跳下七八个人，他们的上衣口袋鼓鼓囊囊，我看出来里面塞满了石子，他们走到封锁道路的警察前，从裤袋里掏出证件给警察看一下后就长驱直入。我看到他们先是大摇大摆地走过去，随后小跑起来，他们跑到市政府前的台阶上，开始喊叫了：'砸了市政府他们掏出口袋里的石子砸向市政府的门窗，我听到玻璃破碎的响声从远处传来。警察从四面八方涌进广场，驱散示威的人群。广场上乱成一团，示威者四下逃散，试图和警察对峙的被按倒在地。那七八个砸了市政府门窗的人一路小跑过来，他们向站在我前面的两个警察点点头后跳上面包车，面包车疾驶而去时，我看清这是一辆没有牌照的面包车"。马克思说过："法律是穷人的《圣经》。"，但代表法律的警察这里无疑却也成了权力的帮凶；作为社会公信最高象征的专家更是利用其专业知识的权威地位为权力洗脱罪名："然后一位教授出现在电视画面上，他是我曾经就读过的大学的法律系教授，他侃侃而谈，先是指责下午发生的暴力事件，此后说了一堆民众应该相信政府理解政府支持政府的话。"；作为曝光事实真相为天职的新闻媒体更是极力地利用话语权掩盖事实、粉饰太平："电视里正在报道下午发生的示威事件。电视里说少数人在市政府广场前聚众闹事，打砸市政府，煽动不明真相的群众，警方依法拘留了十九个涉嫌危害公共安全的人，事态已经平息。电视重复刚才新闻主播说过的话。然后记者问他盛和路拆迁中是否有一对夫妻被埋在废墟里，他矢口否认，说完全是谣言，造谣者已被依法拘留。"。作家还有意通过一个电视观众的反应来表明一般群众对于上述代表公信的各方的撒谎的厌恶："坐在旁边桌子的一个正在喝酒的男子大声喊叫：'服务员，换台。'一个服务员拿着摇控器走过来换台，新闻发言人没了，一场足球比赛占据了电视画面。这个男子扭过头来对我说：'他们说的话，我连标点符号都不信了'。"。

　　如上所析，现代性的脱域必然带来风险，但脱域机制之所以能够仍然在全世界进行再嵌入的复制发展，其中最根本的原因就在于：在应对风险的挑战方面，现代社会的人们可以依赖完全可以信任的抽象系统的评估为信任的支撑点的。一旦民众对这个由政府部门和权威专家们构筑的公信体系、这个可资借助规避或降低风险的抽象系统的信任消失了，整个现代性脱域体系必然遭遇发展的瓶颈乃至倒退——余华的《第七天》的深层社会学价值正在于其对目前中国当下日益沉沦的公信体系可能导致的改革遇挫、受阻乃至倒退作出了提前的预警。《第七天》里种种貌似耸人听闻的事件、情节当然不可能一一会在现实中法制的中国发生，余华也并非是对中国的改革开放的成果予以全盘否定——《第七天》的出格描写事实上更多地表达了在朝向未来进一步深化改革开放的征途中，作家对因为政府公信力的下降有可能出现的、背离中国原初改革构想与承诺的种种社会危机和严重弊害进行大胆的预测和深刻的反思而已。这种预测和反思，意味着作家对现代性的脱域机制在中国有可能带来的复杂问题的多元思考和对新的治疗方案的广泛探寻，是一种以纠偏方式表达的对未来更加健全、合理社会进行筹划的"反方案"而已。

三、多元杂糅的先锋艺术表征

从艺术表现层面而言，小说《第七天》在相当程度上染上了"现代派"小说的浓郁色彩。出于表现作品在思想意蕴和人物塑造等方面的需要，作家余华在文本中运用到的现代、后现代手法，从亡灵叙事、碎片拼贴、审丑意识、黑色幽默到后现代性的重复与互文式写作，以及魔幻现实主义等等……可谓不一而足，限于篇幅，这里笔者重点探讨在小说中出现的以下几种现代派小说成分：即是《第七天》的第一人称亡灵叙事和多视角叙事，表现主义现代派的荒诞变形等。以下笔者分而论之：

（一）第一人称的亡灵叙事和多视角叙事

视角（perspective），又译"视域"、"观察角度"、"透视点"、"投影"等，是叙述的一个重要方面，珀·路伯克在《小说技巧》一书中写道："小说技巧中整个错综复杂的方法问题，我认为都要受到观察点问题——叙述者所站位置对故事的关系问题——支配。"[56]同样的事件，往往会由于叙述者或人物观察故事的位置和角度的不同而产生不同的叙事效果。在《第七天》中，全部小说的都以杨飞的第一人称"我"作为主要叙述视角，作家这样的选择是和第一人称"我"的表现优势分不开的。一般说来，第一人称叙事可以不费吹灰之力地拉近读者和故事中叙述者的距离，进而增进读者对故事的"信任度"。易于让读者的"您"站在"我"的立场上去理解本人的观点从而更加信服"我"的所说内容。在《第七天》中，"我"的第一人称叙述由于采用了亡灵这一后

---

56 胡亚敏：《叙事学》，湖北：华中师范大学出版社，2004 年版，第 19 页。

死亡角色，使得这种信任效果经过了一个"陌生后的熟悉"这一中转站的延宕，获得了审美满足的最大化，给读者带来了更多的陌生和新奇。在小说一开篇，作者就安排一个死人杨飞进行自我感知式的陈述，他细密逼真地描述自己的死亡和死后发生的种种事件，在这种难以置信的超越中，读者得知死者是被砸死的，死后形状极为凄惨恐怖："我揉擦起了自己的眼睛，奇怪的感觉出现了，我的右眼还在原来的地方，左眼外移到额骨的位置。接着我感到鼻子旁边好像挂着什么，下巴下面也好像挂着什么，我伸手去摸，发现鼻子旁边的就是鼻子，下巴下面的就是下巴，它们在我的脸上转移了。"……继而，作者利用杨飞的亡灵身份、亡灵思想、亡灵语言、亡灵感受等各个方面，通过第一人称的视角观照，在对"我"生前事件的闪回追溯中记叙"我"在死后所游历的亡灵世界，这种强烈的异世色彩使得作品的整体风貌迥然有别于现世生活，极富想象力地拓展了作品的艺术审美空间。当然，按照丹纳在《艺术哲学》中所提到的观点，任何作家和他的貌似"独创性很强"的作品其实都显在或潜在地隶属于与他同时代的创作思潮或作家流派。在作家家族中，后继者总是会以先驱者的作品为范本进行艺术创作，即艺术作品的发展会或多或少地受到先驱者的浸染。余华的在《第七天》中所采用的第一人称亡灵叙事的手法显然是受到了其他当代作家的创作启发："受到飞跃发展、光怪陆离社会现实的影响，创作空间随着世界的扩展而扩大，这一时代出现了热衷于亡灵叙事的作家，也诞生了一大批亡灵视角的作品。美籍华裔作家伍明慧《向我来》、莫言《生死疲劳》、方方的《风景》等……阎连科更是'亡灵叙事'的代表作家，非常多的作品都用了亡灵叙事的叙事视角，比如作品《横活》，《寻找土地》《鸟孩诞生》《行色匆忙》《天宫图》以及收在 1997 年出版的《阎连科文集·和平窟》中的《和平疡》与《在和平的日子里》等作品都是亡灵视角。"[57]当然，客观说来，作家利用杨飞亡灵进行阴阳两界的超时空单一叙事也有着难以避免的局限性，譬如鉴于它视域的单一狭窄性，读者很难知道"我"叙述者以外的世界信息。在文本中，余华使用了第一人称的多视点转换（如"鼠妹"追述自己和伍超的恋爱、生活遭际等）和其他人称补叙的手段来克服了这一瓶颈，从而成就了有限叙述与叙事盲点之间的壁垒打通。《第七天》的叙述者"我"不是单纯的主人公杨飞，除他之外还有其他的亡

---

57 丁婷婷：《第七天》的亡灵叙事论，硕士论文，广西师范学院，2015 年。

灵"鼠妹"、"伍超"、"李青"、"杨金彪"、"杨飞乳母""谭家鑫"……等 10 多人都在进行着对杨飞第一人称亡灵视角的叙述补充。

（二）表现主义的荒诞变形

《第七天》是余华进入新世纪第二个十年之初的作品，属于作家的晚期之作，也无疑可以视为是一部最能代表余华在艺术上追求现代派的先锋技巧、在内蕴上坚持存在主义哲学主题的集大成的经典之作。对此，作家曾不无感慨地夫子自道："假如我要说最能够代表我全部风格的小说，只能是这一部，因为从我八十年代的作品一直到现在的作品里面的因素都包含进去了。"，[58]《第七天》在很大程度上都可以视为是余华对自己过去经验的一个总结。

除却小说在结构上体现出来的借鉴《圣经·旧约》和《神曲》的时空交错、在叙事上使用第一人称亡灵叙事兼采其他多重叙事视角予以补充而外，在《第七天》的艺术表达上，还彰显了鲜明的表现主义艺术表征。

表现主义兴起于上世纪的二三十年代（兴起的时代语境、非理性哲学背景以及文学史传承流变等相关问题笔者在本章的第一节分析残雪前期的中短篇小说创作时已经充分展开，这里不再赘述），作为现代派文学艺术的最大分支，该流派带有强烈的反传统色彩。在《第七天》的文本中，一方面它典型地体现出表现主义的先锋艺术美学追求，譬如情节、人物、主题的象征化、抽象化和陌生化变形等先锋手法，另一方面，从上世纪九十年代之交就开始主动亲近现实主义小说传统的余华，在此部长篇中，仍然没有完全抛弃或否定传统的现实主义小说注重故事完整化、情节有机化的讲故事的长处和优势。也即是说，余华没有像同为专注存在主义哲学内蕴的残雪那样，在自己的大部分中短篇小说和几乎所有长篇小说中都彻底走向"反故事"的碎片化、迷宫化。这是二人除了对西方存在主义主要师法的源头不同外，在小说的艺术表达上的最大不同。《第七天》保留了较多的现实主义小说讲故事的传统，比较明显地显现出余华杂糅传统和现代的写作能力。

在《第七天》中，余华设计了一系列荒诞的小说情节和故事场景，由此让自己浓厚的主观体验和情绪色彩充溢其中，在小说的行文推进中，在现世社会的身旁作家又又创造了一个亡灵的死亡世界。由"我"在死后七天的魂

---

58 张清华，张新颖，曹卫东，陈晓明，程光炜，余华等：《余华长篇小说〈第七天〉学术研讨会纪要》，《当代作家评论》，2013 年 06 期。

游牵扯出的这各色亡灵，他们可以在现实世界、候烧室与死无葬身之地来回穿梭而不受任何时空的阻碍；当李青与"我"二人在亡灵世界重逢后我们可以像活着的时候那样互诉衷肠，而在前妻李青的魂灵去往安息之地后，"我"又开始了生前未完成的寻父之旅；遭强拆被埋的夫妻向我打听他们阳间女儿的下落；生前开餐馆的谭家鑫一家死后也继续做生意招待亡魂；在现实世界中存在着的候烧室（殡仪馆）是进入安息地的一个中途转运站，是生者与死者都可以往来的地方；在死无葬身之地这个世界的"人"，他们的"肉体"会随着时间的流逝而消解、消逝，最终只剩下骨骼？……等等这一个个令人讶异的人鬼同台、生死交叉的戏剧性场面。这样的情节和场景描摹显然有悖于客观世界的自然形态和本来面目，乍看起来，对比镜子一般反映现实的写实性文学，它们的确让人感到太过失真乃至不可理喻。但这种由小说表现的荒诞不经的技法使作品生成的与传统现实主义文学完全不同的荒诞效果，正是表现主义小说追求的富有特色的新型艺术美学追求。

表现主义现代派作家反对像自然主义小说家那样力图惟妙惟肖地模仿复制自然、世界那原子般的外在形象的真实，转而在非理性思潮的影响下，对灵魂的真实和世界的本质表现出强烈的渴求。他们声称："只有当艺术家的手透过事实抓取到事实背后的东西，事实才有意义。"，[59]因而，表现在小说创作中，他们积极运用手中的外科手术刀，将人物内在的灵魂、世界深层的本质统统剥离出来予以表现，而不屑于再去表现世界的外在面貌和生活的表面真实。正基于此，余华非常反感对现实亦步亦趋的进行临摹，他认为这样的作品只能传达虚伪："所谓的虚伪，是针对人们被日常生活围困的经验而言。这种经验使人们沦陷在缺乏想象的环境里，使人们对事物的判断总是实事求是地进行着。"[60]表现主义作者的作品中也会追求真实，但是这种真实不是明明白白地停留在事物表面，作家不费吹灰之力就可以轻易俘获的真实，而是一种需要由作家自身通过向生活中的表层进行大胆突进以后，在"主观与客观艰苦卓绝地搏斗过程中"深刻体验到，感觉到的主观真实。正是在这个意义上余华坦言："我觉得我所有的创作，都是在努力更加接近真实。我觉得生活

---

59 [德]卡斯米尔·埃德斯米特：《创作中的表现主义》，《现代西方文论选》，上海：上海译文出版社，1983 年版，第 152 页。

60 余华：《虚伪的作品》，《我能否相信自己——余华随笔选》，人民日报出版社，1998 年版，第 158 页。

实际上是不真实的。生活是一种真假参半的、鱼目混珠的事物。"因此，他的
创作追求"个人精神上的一种真实。"[61]这样，我们就不难明白，在《第七天》
的部分章节中，现实世界的真实性和外界事物的逻辑性为何均被余华无情地
抛弃，而代以荒诞与变形的凸出艺术表征——荒诞和变形的情节、场景及其
人物只是一种表面的不合理，这种悖谬和混乱正是他所感觉中的世界的真实
面目：它祛魅了人们通常所憧憬的真、善和美，而代以无边无际的荒诞本身。
因为"现实的荒诞已让生活本身成为文学虚构的一种真实"，"与现实的荒诞
相比，小说的荒诞真是小巫见大巫。"（见小说《第七天》的封面）。可见，荒
诞变形的艺术方法使小说《第七天》要表达的主观真实与情绪感受获得了最
大限度的表现。

---

61 余华：《我的真实》，《人民文学》1989 年第 3 期。